묵향 5
외전-다크 레이디
묵향, 판타지 세계로 가다

묵향 5
외전-다크 레이디

초판 1쇄 발행일 · 2007년 06월 22일
초판 4쇄 발행일 · 2022년 09월 30일

지은이 · 전동조
펴낸이 · 유용열
기　획 · 김병준
편　집 · 김은희, 유지원
펴낸곳 · 도서출판 스카이미디어

주소 · 서울시 동대문구 용두동 234-35번지 대명빌딩 201호
전화 · (02)922-7466
팩스 · (02)924-4633
E-mail · skymedia62@hanmail.net
출판등록 · 제6-711호

Copyright ⓒ 전동조 2022

값 9,000원

ISBN · 978-89-92133-10-4　04810
ISBN · 978-89-92133-00-5　(세트)

※ 온라인상의 불법 복제물의 유포나 공유는 저작자의 재산권을 침해하는
　 중대한 범죄 행위로 관련법에 의거해 처벌 대상이 됩니다.
※ 작가와의 협의에 의하여 인지는 생략합니다.
※ 잘못된 책은 본사나 구입하신 서점에서 교환해 드립니다.

DARK STORY SERIES II

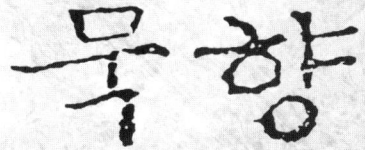

외전-다크 레이디

전동조 장편 판타지 소설

5

묵향, 판타지 세계로 가다

차례
묵향, 판타지 세계로 가다

새로운 세계 …………………………………… 8
여행의 시작 …………………………………… 27
불케인시 ……………………………………… 37
샤헨시를 향하여 ……………………………… 53
한밤의 방문객 ………………………………… 61
충돌 I ………………………………………… 70
샤헨 …………………………………………… 85
모험의 시작 …………………………………… 93
마법이란? …………………………………… 112
또다시 만난 말썽꾸러기 …………………… 125
던전 발굴 …………………………………… 132
충돌 II ……………………………………… 144
마법 병기 타이탄 …………………………… 166

차례
묵향, 판타지 세계로 가다

갈로시아 …………………………………… 181
도둑들과의 세 번째 만남 ………………… 195
조금씩 드러나는 진실 …………………… 203
충돌Ⅲ ……………………………………… 215
최악의 저주 ………………………………… 232
절망스러운 나날들 ………………………… 242
신탁 ………………………………………… 263
다크의 위기 ………………………………… 270
마도 왕국 방문 …………………………… 278
또 다른 깨달음 …………………………… 292
청기사, 힘을 드러내다 …………………… 300
만남 ………………………………………… 311

검과 마법이 지배하는 세계.
그 세계에는 많은 국가들이 나름대로 힘을 키워 나가며
서로를 견제하고 있었다. 하지만 나중에 전 세계를
전쟁의 소용돌이 속에 몰아넣은 시발점이 된 사건은 어느 산속,
아무도 신경도 쓰지 않던 곳에서 일어났다.
다른 세계의 인간이 이곳에 방문했던 것이다.
그 또한 다른 세계에서 마법에 의해 추방된 인물.
그는 자신이 살던, 익숙했던 그곳으로 돌아가기 위해
몸부림치게 된다.
그의 고향은 송나라, 아니 무림(武林)이란 곳이었다.

새로운 세계

"쿵!"

순간적으로 지상 위 2장(약 6미터) 거리에 검은색 원반이 생기더니 그곳에서 한 물체가 떨어졌다. 약간 불그스름한 황색을 띠는 덩어리였다. 그 덩어리는 땅바닥에 처박히자 튀어 오르듯이 몸을 일으켰다. 사람이었다. 완전히 벌거벗은 사내는 맨손 격투라도 불사하겠다는 듯 먹이를 노리는 맹호(猛虎)처럼 살기 띤 눈으로 주위를 둘러보더니 곧이어 멍한 얼굴로 중얼거렸다.

"도대체 여기가 어디지?"

약간 짙은 눈썹으로 인해 강인해 보이는 얼굴. 그리 잘생긴 얼굴은 아니었지만 또, 그렇게 못생긴 것도 아닌 그런대로 봐 줄 만한 얼굴이었다.

묵향(墨香)은 혈교(血敎)의 무리들과 싸우던 도중 갑자기 주위에 짙은 어둠이 내리고, 잠시 후 지독한 어둠의 폭풍 속으로 떨어져 내렸던 기억을 상기하며 주위를 찬찬히 둘러봤다. 여기가 어딘지 도저히 짐작조차 가지 않는 것으로 보아 놈들은 뭔가 해괴한 술법을 동원하여 자신을 어딘가로 날려 버린 모양이었다.

그런데 그 '어딘가'라는 점 때문에 그의 마음은 약간 복잡해졌다. 어떻게 자신의 부하들과 합류해야 하는 고민은 둘째 치고, 지금 이곳이 어딘지 또 어떤 위험이 도사리는 곳인지조차 알지 못했기 때문이다.

묵향은 천천히 주위를 둘러봤다. 눈에 보이는 것은 산과 골짜기뿐 아무런 위험도 느껴지지 않았다. 묵향은 천천히 끌어올렸던 기를 다시 가라앉히고는 투덜거리기 시작했다.

"제기랄…, 어디쯤인지 알아야 돌아가지. 순간적으로 하늘을 날아온 것인가? 이해가 안 가는군. 거기다 옷은 어디 간 거야? 또 내 검과 비수는? 제길 돌아 버리겠네……. 어쨌든 일단은 민가(民家)를 찾아서 옷부터 구하고, 여기가 어딘지나 알아본 다음 돌아갈 궁리를 해야겠어."

묵향은 길도 없는 숲 속을 경공술(빠른 속도로 달리는 기술)을 전개해서 달려가기 시작했다. 옷을 홀랑 벗고 경공술을 펼치는 것은 그로서는 난생 처음해 보는 경험이었다. 이윽고 삼림 지대(森林地帶)가 나타나자 묵향은 곧바로 나무 위로 뛰어올랐다. 삼림 지대에서는 나무 밑으로 달려가는 것보다 나무 위쪽의 가지들을 밟고 가는 게 덜 귀찮기에 묵향은 그 방법을 애용했다.

거의 두 시진(네 시간) 정도 달렸을까……. 하지만 아직도 삼림은 끝도 없이 펼쳐져 있었고, 배가 고파진 묵향은 달리기를 멈추고 나무 아래로 내려갔다.

 '뭐라도 잡아먹어야 해. 그리고 가죽이라도 벗겨서 입으면 그래도 좀 낫겠지.'

 이리저리 둘러보던 묵향의 눈(目)에, 아니 눈이라기보다는 기(氣)에 무언가 생물이 포착되었다. 묵향은 그쪽으로 재빨리 몸을 날렸다.

 "큭! 뭐 저렇게 생긴 게 있지?"

 묵향이 보기에 그놈은 정말 이상한 모양을 하고 있었다. 거의 10척(약 3미터)의 장신에 부리부리한 눈알, 털은 없었지만 초록색이 나는 징그러운 가죽, 거기에 기괴하게도 사람처럼 두 발로 걷고 있었고, 한쪽 손에는 거대한 돌도끼를 들고 있었다. 가죽으로 대강 아랫도리를 가린 것을 보면 꽤나 지능도 있는 모양이었다. 그놈은 묵향을 바라보더니 뭐라고 떠들어 댔다.

 "크르르르… 호비트인가? 크르르르… 배고픈데 잘됐군……."

 물론 이 말은 그 괴물 족속의 고유 언어였기에 묵향으로서는 알아들을 수도 없었지만 그건 큰 문제가 되지 않았다. 왜냐하면 묵향은 곧바로 그 퍼런 놈의 행동에서 그 뜻을 알 수 있었기 때문이다. 퍼런 놈은 거대한 돌도끼로 위협하며 묵향을 향해 다가왔다.

 '이게 말로만 듣던 영물(靈物 : 신령스런 생물, 잡아먹으면 내공 증진에 효험이 있다)인 모양이군. 아직 연수가 덜 차서 말은 못 하는 모양이지? 평생 영약, 영물은 먹어 본 적도 없었는데……. 크크크… 말년에 이게 웬 횡재(橫財)냐. 거기에 잘 말려 놓은 가죽 옷까지 입고 있군.'

 묵향은 그놈의 심장이 있을 거라 예상되는 지점을 향해 곧바로 지풍(指風)을 날렸다. 역시 그놈은 덩치만 컸지 동작은 굼떠서 그대로 지풍이 격중되었고, 퍽 하는 소리와 함께 푸른색 피가 튀면서 몸에 구멍이 뚫렸다. 하지만 묵향은 그놈의 상처가 눈에 보일 만큼 빠른 속도로 아물어 가는 것을 보고는 정말이지 놀라지 않을 수 없었다.

'공격력은 별 볼일 없는 영물이라서 그런지 상처 회복 속도는 끝내 주는군. 그렇다면 이거 한번 받아 봐라.'

곧이어 묵향의 공격이 시작됐다. 묵향은 그대로 손을 횡으로 쫙 그었고, 그의 손에서는 퍼런 강기(剛氣)가 반월형으로 상대에게 날아갔다. 상대는 몸통이 그대로 두 토막이 나는 것 같았지만 그것도 곧 아물어 버렸다. 정말이지 신경질 날 정도로 재생력이 좋았다.

이때 묵향의 머리에는 과거 무림에서 괴이한 무공을 익혀 비정상적일 정도로 강한 재생력을 가진 고수들과 싸웠던 기억이 떠올랐다. 그들은 재생력이 너무나 좋았기에 웬만한 상처는 순식간에 아물어서, 상대적으로 작은 상처를 남기게 되는 칼로는 잘 죽지도 않았다.

그때의 기억이 떠오른 순간 묵향의 손에서는 다시금 강기가 뿜어져 나갔고, 그 목표는 놈의 목이었다. 묵향은 상대의 목이 강기에 베어지는 순간 몸을 허공에 날려 왼발 뒤꿈치로 상대의 머리를 깨부숴 버렸다. 퍼런 녀석의 목은 재생해서 붙을 시간도 없이 타격을 받다 보니, 반쯤 터져 나간 채 2장 반(약 7.5미터)쯤 떨어진 나무에 맞고 아래로 떨어졌다. 그리고 목을 잃은 그 퍼런 녀석은 서서히 앞으로 쓰러졌다.

놀랍게도 쓰러진 퍼런 녀석의 목에서는 녹색 피가 쏟아져 나오고 있었다. 묵향은 제일 먼저 놈의 엉성한 가죽 옷을 벗겼다. 막상 벗겨 놓고 보니 너무 컸지만 어쩔 수가 없었다. 찬밥 더운밥 가릴 처지가 아니었던 것이다. 그 가죽 옷을 죽 찢어서는 대강 몸에 두른 후 그 녀석을 발로 뒤집어 앞부분이 드러나게 만들었다.

"루루루… 내단, 내단……."

묵향의 손이 푸른빛을 띠며 놈의 배를 쭉 훑어 내리자 곧장 피가 튀며 배가 갈라졌다. 퍼런 놈은 죽었는데도 계속 재생을 하는 바람에 내단 찾는 일이 늦어지기는 했지만, 묵향은 내단에 대한 집념을 떨쳐 내지 못했다.

내단은 영물이 오랜 시간에 걸쳐 자신의 기를 정제하여 한 곳에 쌓아 두는 것으로서 그걸 먹으면 엄청난 내공 증진의 효과가 있었다. 그렇기에 묵향은 이 하늘이 내려 주신 기회를 포기할 수 없었다. 사실 묵향은 내단 따위를 필요로 하지는 않았지만 자신의 부하들은 그것을 필요로 했기 때문이다. 묵향은 상당한 시간을 들여 퍼런 놈의 뱃속을 샅샅이 뒤집어 보고야 이놈에게는 내단이 없다는 사실을 알 수 있었다.

"제기랄! 내단이 없다니……. 아직 어려서 그런가? 할 수 없지. 이럴 줄 알았으면 후배들을 위해서 좀 더 살게 놔두는 건데. 이왕 죽였으니 요기나 하는 수밖에……. 영물은 내단 말고 고기를 먹어도 힘이 솟는다고 하지 않던가? 흐흐흐."

묵향은 주위에서 나뭇가지들을 모아서는 손가락 끝에 양강(陽强)의 기를 끌어올렸다. 곧이어 손가락이 시뻘겋게 달아오르며 열기를 뿜어 대기 시작했고, 그렇게 불을 지필 수 있었다. 그리고 저쪽에 꿈틀거리는 그놈의 팔을 가져다가 굽기 시작했다. 재생력이 좋아서 그런지 잘 익지 않았지만 그건 큰 문제가 되지 않았다. 보통 고기들보다 익는 속도가 조금 느리다는 것뿐 뭐 별다른 게 없었으니까.

맛은 별로였지만 배를 두둑하게 채우고, 남은 고기를 싸든 묵향은 다시 경공을 전개했다. 몇 날 며칠이 걸릴지는 모르겠지만 일직선으로 계속 달리다 보면 사람이 살던 흔적이 나올 테니까…….

해가 지기 직전에 묵향은 삼림 지대를 벗어날 수 있었다. 들풀이 우거진 초원을 무시무시한 속도로 달려가다가 완전히 어두워져서야 발길을 멈췄다.

"제기랄, 인적(人跡)이 안 보이는군. 오늘은 이쯤에서 쉬고 내일 또 달리기로 하지."

탈마(脫魔)의 경지에 이른 고수가 식량까지 준비된 상황에서 모닥불을 피울 리는 없다. 모닥불 따위를 피워 봐야 그 불빛을 보고 초대받지 않은 손님들밖에 더 모이겠는가. 묵향은 벌렁 드러누워 가져온 고기를 씹으며 밤하늘을 쳐다봤다.

공기도 맑고, 촉촉한 습기를 안고 있는 시원한 밤바람도 불어오고, 별들도 많고, 달들도 밝고…….

"헉!"

묵향은 벌떡 일어나서 하늘을 바라봤다. 눈까지 비볐는데도 변함이 없었다. 이번에는 꼬집어도 보고…….

"으윽, 제기랄! 꿈은 아닌데……. 달이 두 개가 될 수는 없잖아. 그런데 저건 뭐지?"

묵향이 아무리 부인을 해도 하늘 위에 떠 있는 달들……. 하나는 중원에서 보던 달만 하고 또 하나는 그것보다 조금 작았다. 그 달들의 숫자는 변함이 없었다. 꿈이 아니라면 저쪽에 보이는 조그만 달은 없어져야 하는데 말이다.

묵향이 떨어진 곳에서 대단히 먼 곳에, 면적은 제법 넓었지만 그 국토의 90퍼센트 이상이 산이라서 경제 사정이 별로 좋지 못한 크라레스 제국이 있었다. 원래 크라레스 제국은 지금보다 세 배쯤 더 넓었고, 비옥한 크로나사 평야를 가지고 있어 매우 풍요롭고도 아름다운, 평화를 사랑하는 국가였다.

크라레스 제국은 이웃의 코린트 제국과 동맹하여 그 당시 세계 최강의 군사력을 자랑하던 강대한 아르곤 제국을 견제하고 있었다. 하지만 아르곤 제국의 황제가 갑자기 광신도가 되어 버렸는지 크로노스교를 국교로 선포하면서 내전이 벌어졌다. 이로 인해 아르곤이 정신없는 동안 코린트는 크라레스 제국을 기습했고, 크라레스 전 영토의 80퍼센트나 되던, 비옥한 크로나사 평야를 차지해 버렸다.

코린트가 군사적으로 어느 정도 우위를 점하고 있는 상황에서 기습까지 당하고 보니, 크라레스 제국은 완전히 박살 날 수밖에 없었다. 국가가 멸망하는 사태라도 막아 보자는 일념으로 바운스고르 5세는 비옥한 크로나사를 영구히 포기하겠다는 굴욕적인 평화 조약을 제안했다.

코린트로서도 크로나사 평야를 제외한 쓸모없는 대지를 차지하기 위해 장기적인 전쟁을 벌이기에는 군사력의 소모가 너무 크다고 판단하고는 그 조약에 찬성했다. 비옥한 크로나사 평야를 차지

해 풍족해진 코린트는 30년도 지나지 않아 내전으로 전력이 약화된 아르곤을 제치고 세계 최강의 대국으로 올라서게 되었다.

　현재 크라레스 제국의 수도는 크로돈. 과거에는 여름 궁전이 위치하고 있던 황제의 여름 휴양지에 불과했지만, 지금은 제국의 수도가 되었다. 작은 별장처럼 지어진 아름다운 궁전의 한 방에는 수려하게 생긴 30대 정도의 젊은이가 식사 중이었다. 그의 몸은 상당히 건장했고, 꽤나 근육질이었다. 또 그 근육이 거저 다져진 게 아님을 인식시키듯 그의 허리에는 매우 호화로운 바스타드 소드가 매달려 있었다.

　하지만 그 젊은이의 식탁에 놓인 음식들은 도저히 왕궁에서 먹는 음식으로는 보이지 않았다. 각종 채소와 약간의 돼지고기를 넣고 푹푹 끓인 스프, 검은 호밀빵, 우유, 그리고 여러 가지 채소만 듬뿍 넣고 쇠고기는 조금만 넣은 채소볶음이 전부였다.

　그가 한참 맛있게 식사를 하고 있는 모습을 별로 기분 좋지 않은 얼굴로 바라보는 인물이 있었다. 50세는 넘었고 60은 안 되어 보이는 얼굴에, 마법사들의 공식 복장인 로브(Robe)를 입고 있는 것으로 보아 마법사인 듯했다. 그는 젊은이가 식사를 끝내고 우유를 벌컥벌컥 들이켜는 걸 보면서 조용하지만 뭔가 감정이 억눌린 듯한 음성으로 말했다.

　"폐하, 제국의 안위는 폐하의 건강에 있사옵니다. 제발 좀 기름진 식사를 하시옵소서. 웬만큼 사는 백성들도 이 정도는… 아니지, 이것보다는 더 잘 먹사옵니다."

　그러자 그 젊은이는 씁쓸한 미소를 지으며 말했다.

　"토지에르 경. 이 산골로 쫓겨난 후 대 제국 코린트에 복수한답시고 무거운 세금을 물리고 있는데, 어찌 백성들이 이 정도 식사라도 할 수 있단 말이오? 또 이 정도 식사라도 할 수 있다면 다행이지요. 나 혼자서 잘 먹고 잘살자고 이 자리에 있는 게 아니지 않소? 돌아가신 선황 폐하께서도 윗사람이 모범을 보여야 한다고 항상 말씀하셨소. 또 그걸 실천하셨구요. 내가 선황 폐하의 말씀대로 실천했다고 해서 내 건강이 나빠진 게 또 뭐가 있소?"

"그래도 폐하께서는 모든 백성들의 희망이시옵니다. 좀 더 몸을 생각하시옵소서."

"자자, 그 이야기는 그만 두시구려. 내가 한 끼 잘 먹을 돈을 절약하면, 백성 수십 명이 한 끼 요기할 돈이 되오. 나는 쓸데없이 낭비를 하고 싶지 않소. 그건 그렇고 무슨 일이오?"

토지에르 경은 침중한 안색으로 조심스레 말을 꺼냈다.

"코린트에서 사신을 보낸다고 하옵니다. 아마도 국경 부근의 산적과 몬스터 토벌을 위해 군사력을 쓰라는 말이겠지요. 그 녀석들 자기 군사력은 쓰지도 않고……."

그러자 젊은 황제는 늙은 신하를 따뜻한 어조로 위로했다.

"너무 상심 마시오. 뭐 그런 일을 한두 번 당했소? 선황 폐하께서 그놈들의 간계에 빠져서, 그게 사실이 아님을 입증하기 위해 자살까지 하셨잖소. 내가 제위에 오른 게 여덟 살 때였으니, 흐음…, 벌써 28년 전에 있었던 일이군. 그때 이후로 그놈들은 본국이 힘을 기르지 못하게 갖은 방법을 동원해 오지 않았소? 산적과 몬스터 토벌이야 군사 훈련도 되니 뭐 일석이조지."

묵향은 토끼나 사슴 비슷하게 생겼는데 염소처럼 뿔이 붙어 있는 짐승들을 사냥하면서 4일 밤낮을 달리고서야 사람이 만들어 놓은 도로(道路)를 볼 수 있었다. 그 길을 따라 한 시진(두 시간) 정도 달려 올라가니 언덕 위에 통나무로 만들어 놓은 색다른 모습의 집이 한 채 있었다. 집이 색다른 건 둘째 치고 굴뚝에서 연기가 올라오는 것 하나만 보고 사람이 살고 있을 거란 생각에 묵향은 그 집을 향해 달려갔다.

똑똑.

그러자 안에서 열두세 살 정도로 보이는 여자 애가 문을 살짝 열고는 밖을 바라봤다. 아이는 괴상한 가죽 쪼가리를 걸친 묵향의 행색을 보고는 놀라서 물었다.

"와, 몬스터를 만났어요? 옷이 왜 그래요?"

'이런……'

묵향으로서는 가장 큰 문제에 봉착한 순간이었다. 꼬마 애의 생김새가 자신과는 완전히 달랐던 것이다. 한 번도 본 일이 없는 갈색 머리카락에 푸른 눈……. 어찌 보면 요괴라고 생각이 들 만큼 깜찍하게 생겼다. 그 덕분에 하마터면 주먹을 날릴 뻔했지만… 생각해 보면 달이 두 개인데, 사람이 갈색머리에 파란 눈이 아니라 파란머리에 갈색 눈이라도 이상할 건 없다는 생각이 들어 참았던 것이다. 하지만 그것보다 더욱 놀라운 사실은 그 꼬마 애가 떠드는 소리를 전혀 알아들을 수 없다는 것이었다.

'일단은 아이는 인간인 것 같지만…, 말이 통하지 않으니 여기가 어딘지, 어떻게 돌아가는지 알 수가 있나?'

난감해하는 묵향 앞에 한 여자가 나타났다. 아마도 묵향이 가만히 있자 어머니를 데려온 모양이다. 그녀 또한 묵향으로서는 본 적이 없는 색다른 옷을 입고 있었다. 통이 넓은 긴 치마에 천으로 만든 이상하게 생긴 걸 옷 위에 걸치고 있었다. 그리고 그 이상하게 생긴 것에는 허연 가루가 묻어 있었는데, 묵향이 보기에는 밀가루가 아닌가 싶었다.

가죽을 대강 둘둘 말아 몸을 가리고서 멍청한 표정으로 자신을 바라보고 있는 이상한 남자를 보고, 꼬마 애와 같은 갈색 머리카락과 푸른 눈을 가진 그 여인은 조심스럽게 질문을 던졌다. 지금 집에는 남자가 없었기에 이 눈앞의 이상한 남자가 광기라도 부리면 곤란했기 때문이다.

"무슨 일이세요?"

"저 혹시, 제기랄… 이런다고 알아듣나?"

색다른 묵향의 말에 여인도 놀란 듯했다. 그 여인은 재빨리 아이를 자신의 뒤로 숨기면서 말했다.

"뭘 원하는 거죠?"

원래 부근에서는 다 같은 말을 쓴다. 서로 말이 다르면 의사소통이 안 되니까 그건 어쩔 수 없는 일이다. 그러니 이 부근은 모두 다 이런 언어를 사용할 것이 분명했다. 만약 이곳이 국경 지대라면 또 모르지만…….

하지만 묵향은 여태껏 지나왔던 곳을 되돌아 반대편으로 갈 생각은 포기했다. 왜냐하면 여기는 달이 두 개였으니까……. 그 말은 곧 이곳에서 아무리 돌아다녀도 중원이 나올 가능성은 없다는 말과 같지 않은가. 정말 오랜만에 만나는 사람이니까 그들과 대화를 할 수 있도록 실력을 닦는 게 무엇보다도 우선적인 과제였다.

"저…, 여기서 지내면서 말 좀 배울 수 없겠소?"

"엄마, 저 사람 뭐라고 하는 거예요?"

"모르겠구나. 오크나 고블린도 아닌데, 이상한 말을 하네……."

모녀가 의심스런 눈빛으로 묵향을 바라보며 쑤군거리자 묵향은 말로 해서는 도저히 안 된다는 사실을 뼈저리게 인식했다. 묵향은 먼저 상대의 옷을 가리켰다가 자신의 가죽 옷을 가리켰다.

'제발 좀 눈치 채라!'

몇 번 더 손짓을 해 대자 여인은 그 남자가 옷을 원한다는 걸 알 수 있었다. 그래서 여인은 자신의 남편이 입던 옷 중에서 제일 낡은 걸 사내에게 가져다 줬다. 묵향은 그걸 받아서는 집 뒤로 돌아가서 입었다. 좀 크긴 했지만 어쩔 수 있나? 이나마 있는 게 어딘데……. 옷을 입고 난 묵향은 주변을 휙 둘러본 다음, 저쪽에 패다가 놔둔 장작더미가 있는 것을 보고 그쪽으로 걸어갔다. 모녀의 의심스런 눈빛을 뒤로하고 묵향은 도끼를 들어 묵묵히 장작을 패기 시작했다.

"그래, 천천히…, 서두르지 말고 천천히 하는 거야."

갑자기 묵향이 장작을 패기 시작하자 의아했지만, 그의 행동으로 모녀도 한 가지는 알 수 있었다. 아무래도 강도나 도둑은 아닌 거 같고, 옷을 얻어 입었으니 그 대가로 장작을 패는 건가? 어쨌든 말이 안 통하니 두고 볼 수밖에.

묵향이 이 궁리 저 궁리 하면서 천천히 장작을 패는데, 꼬마 애가 묵향의 곁으로 다가왔다. 묵향은 꼬마 애한테 이것저것을 물었다. 당연히 말이 안 통하니 손짓 발짓을 할 수밖에 없었지만…….

묵향은 일단 자신이 쥐고 있는 도끼를 손가락으로 가리키며 물었다.

"이게 뭐냐?"
꼬마 애는 한동안 묵향이 의도하는 것을 알아채지 못했지만 끝내는 뭘 원하는지 알 수 있었다.
"도끼."
"엑스(ax)?"
"예, 도끼요."
"그럼 이건?"
쌓아 둔 장작을 가리키며 물었다.
"장작!"
"파이어우드(firewood)?"
조금 무식한 방법이었지만 꼬마 애를 데리고 다니며 근처에서 볼 수 있는 모든 것들을 물어 댔고, 열심히 머릿속에 그 생소한 언어들을 기억하려고 애썼다. 몇 달이 지나 어느 정도 말이 통하게 된 후에는 펜과 종이를 구해다가 거기에 기록을 하며 외웠지만, 처음에는 무조건 머릿속에 쑤셔 넣는 도리밖엔 없었던 것이다. 어쨌든 목마른 사람이 우물을 판다고 묵향은 그들의 언어를 죽자고 익혔고, 서서히 그 결과가 드러났다.
저녁때가 되어서야 돌아오는 그 집 주인과 남자 아이를 보고 묵향은 그가 사냥꾼이라는 것을 알 수 있었다. 둘 다 큼직한 활을 가지고 있었으며, 사슴처럼 생긴 것 한 마리를 등에 지고 돌아왔던 것이다. 사냥꾼은 아내에게 옷도 제대로 입지 않은 정체모를 인물이 자신의 집에 기거하게 되었다는 이야기를 듣고 약간은 못마땅해하기도 했다. 하지만 제대로 말도 못 하는 데다가 꼬라지로 보아하니 뭔가 지독한 일을 당한 것 같기도 하고……. 어쨌든 옷 한 벌

얻어 입었다고 장작을 패는 등, 여러 가지 일을 하는 걸 보면 나쁜 놈 같지는 않아서 그냥 놔둘 수밖에 없었다.

하지만 며칠이 지나고 나자 사냥꾼은 묵향에 대한 생각이 많이 달라졌다. 사냥꾼이나 그의 아내가 조심스러워하는 것을 눈치 챈 묵향이 일부러 밤에는 근처 숲에서 자고, 아침에나 돌아와서는 여러 가지 일을 거들어 주면서 말을 배웠던 것이다.

묵향은 정말 열심히 말을 익혔다. 밤에 잠자는 시간 빼고는 거의 말 배우는 데 시간을 투자했다. 일단 의사가 통해야 지금 상황이 어떻게 돌아가는 것인지 알 수가 있을 테니까…….

그리고 틈틈이 사냥도 하고, 장작도 패 주고, 여러 가지 잡일도 도와줬지만, 그것도 그냥 얻어먹고 있을 수만은 없다는 생각 때문이었다.

사실 묵향에게는 반 시진(한 시간) 정도의 사냥이야 별로 시간이 아까울 게 없었고, 살수 생활을 거쳤던 고수에게 있어서 토끼나 사슴 정도 추격하는 것은 일도 아니었던 것이다. 그런 식으로나마 이래저래 밥값을 해 주는 덕에 그 집 사람들도 묵향이 말을 배우는 것을 잘 도와줘서 빠른 시간 안에 말을 배울 수 있었다.

쓸쓸한 표정으로 걷고 있는 젊은 황제에게 한 남자가 걸어왔다. 그의 나이는 40대 초반 정도로 단단한 근육질의 우람한 덩치를 자랑하는 인물이었다. 그는 크라레스 제국의 근위 기사단장인 프로이엔 폰 론가르트였다.

"어서 오시게, 론가르트 단장."
"폐하, 상심하지 마시옵소서."

"상심하지 않을 수 있겠는가? 코린트에 공녀를 2백 명이나 또 바쳐야 하는데…, 내 백성들을……."
"어쩔 수 없는 일이옵니다. 매년 있어 온 일이 아니옵니까? 그걸 없애려면 최대한 빨리 국력을 회복하여 코린트에 맞먹는 힘을 길러야만 하지요. 그렇게 사소한 데까지 신경을 쓰시면 몸이 못 견디옵니다, 폐하."
그러자 젊은 황제는 씁쓸한 얼굴로 물었다.
"그래, 공녀는 차출해 놨소?"
"예, 폐하. 일주일 후에 코린트로 떠날 것이옵니다."
"가는 길을 철저히 호위하여 코린트 녀석들이 수작을 부리지 못하도록 하게."
10여 년쯤 전에 산적을 가장하여 코린트 정규군이 공녀들을 빼돌린 후 공녀를 보내지 않았다고 억지 트집을 잡았던 일이 있었다. 그때 2백 명의 공녀를 또다시 차출해서 보낼 수밖에 없었는데, 그 후로 크라레스 제국에서는 공녀나 공물의 호위에 대단히 신경을 쓰고 있었다.
"명심하겠사옵니다. 소신이 직접 기사 1백 명을 이끌고 갈 것이니 심려하지 마시옵소서, 폐하."
"그럼 부탁하겠소."

두 달 정도가 지난 다음에야 묵향은 이곳이 '트루비아'라는 작은 왕국이고, 여기서는 각 지방을 '귀족'이라 불리는 '영주'들이 다스린다는 것을 알 수 있었다. 트루비아는 코린트라는 대 제국의 작은 속국이며, 이웃인 '토리아' 왕국과 사이가 안 좋다는 것 등 자잘한 사실들도 주워들었다.
 그리고 이곳에서는 '몬스터'라 불리는 괴물들이 많은데, 지능은 사람보다 떨어지지만 그런대로 뛰어나 패거리로 행동하며 산적질을 한다는 것도 알았다. 게다가 사람을 잡아먹기도 한다는 것도……. 그래서 몬스터는 조심해야 한다나? 그리고 가장 중요한 것은 사람은 몬스터를 먹지 않는다는 거였다.
 묵향은 돼지 비슷하게 생겼지만 짤막한 두 다리로 걸어 다니며 '취익, 취익' 하는 이상한 소리를 내는 맛깔스럽게 생긴 녀석을 잡아다 주고서야 그 사실을 알 수 있었다. 물론 구역질난다는 표정을 짓고 있는 모녀에게는 오크를 가져다 버린다고 하고 숲 속에서 구워 먹어 버렸지만…….
 쩝쩝… 역시 중화인들의 식성은 대단해……. 두 다리 달린 놈으로는 사람을, 네 다리 달린 놈으로는 책상과 걸상을 제외하고는 다 먹을 수 있다는 그 막강한 식성이 증명되는 순간이었다.

 이제는 꽤나 말이 잘 통하게 된 타리아 블레어란 꼬마 애는 묵향과 꽤나 가까워졌다. 오빠나 아빠와는 달리 별로 힘도 안 들이고 슬슬 하는데도 나무들이 쩍쩍 토막 나는 것을 신기한 눈으로 바라보며 타리아가 물었다.
 "다크는 용병(傭兵)이에요?"
 타리아는 '묵향' 이란 발음을 할 수가 없었기에 처음에는 그냥 '아저씨' 라고 불렀다. 그래서 묵향도 이곳에서 생활하자면 뭔가 이름이 하나 더 있어야 한다는 것을 깨닫고 자신의 이름인 '묵향'과 뜻이 약간은 비슷한 '다크(Dark)' 라는 이름을 지었던 것이다.

"용병이 뭔데?"
"왜, 있잖아요. 돈 받고 고용되어 싸움질하는……."
"아, 그게 용병이냐? 아니야. 나는 용병이 아니야."
"그럼 뭐예요?"
"음, 그러니까 나는…, 마교의 교주지."
"마키오? 마키오가 뭐예요?"
"하하, 뭐 그런 게 있어. 그런데 지금은 길을 잃어버려서 먹고 살 길이 막막하단다. 그리고 다시 그리로 돌아가는 것도 중요하고."

묵향은 짐짓 웃음으로 얼버무렸지만 그의 눈은 과거를 그리워하는, 또 자신이 여태껏 살아왔던 그 친근했던 삶을 그리워하는 눈빛이 가득했다. 그걸 보고는 타리아가 약간 궁리를 하더니 대책을 떠들어 댔다.

"그럼 용병 길드에 가서 알아보지 그러세요?"
"용병 길드?"
"예, 용병들이 모이는 곳이에요. 그러니까 여기서는 모두들 길드를 조직하거든요. 용병들이 모여 길드(조합)라는 조직을 만들고 길드에서는 용병을 원하는 사람과 또 일 없는 용병들을 연결해 주죠. 길드 사무소는 큰 마을에는 다 있어요. 그리고 여러 가지 세상 돌아가는 걸 주워듣는 데도 빠르구요. 그러면 아마 돌아가는 방법을 알 수 있을지도 몰라요."

'호오… 이거 좋은 정보를 알게 되었군.'
"그런데 여자 애가 그런 걸 어떻게 그렇게 잘 아냐? 용병은 남자들이나 하는 거잖아."
"고리타분하게 무슨 말이에요? 여자 용병도 있다구요. 그리고 사실은 오빠가 용병을 하려고 했었거든요. 세상 구경하겠다구요. 가출했다가 얼마 가지도 못하고 아빠한테 잡혀서 죽도록 맞았지만…….”
"하하하하, 알 만하다. 알 만해."

황궁의 한쪽 구석, 마법사들이 기거하는 곳에서 뭔가 빛이 번쩍하더니 곧이어 황성(皇城)이 흔들거릴 정도의 대 폭발이 일어났다.
"콰쾅!"
곧이어 그쪽으로 사람들이 모여 들었고, 부상당해 비틀거리며 걸어 나오는 마법사들을 재빨리 부축하고는 치료를 시작했다. 이곳에서는 신전에서 축복을 내린 '포션'이라고 불리는 성수(聖水)가 매우 효력이 있는 치료약으로 사용되고 있었다. 포션은 가격이 비쌌지만 상처 치료에는 효과가 그만이었다.
노마법사의 상처에 수련 마법사(修練魔法師 : Mage)가 포션을 바르고 있는데 젊은 황제가 나타나서는 근심스런 표정으로 물었다.
"토지에르 경, 무슨 일인가?"
노마법사는 황당함과 죄송함이 뒤섞인 미소를 지었다.
"실험이 실패했사옵니다."
"흐음… 벌써 다섯 번째군……. 과연 엑스시온을 새로이 만든다는 게 그렇게 어려운 건가?"
엑스시온. 타이탄(Titan)의 심장이었고, 타이탄이라는 강철 덩어리를 사람과 같이 움직일 수 있게 만들어 주는 마법 장치였다. 하지만 그것을 만들기는 매우 힘들었다. 특히나 이들이 만들고자 하는 것은 엄청나게 강력한 엑스시온이었기에, 거의 90퍼센트 이상 완성되어 있는 설계도를 입수해 30년에 가까운 시간을 연구했는데도 나머지 10퍼센트도 안 되는 부분을 완성하지 못하고 있었다.
 "예, 하지만 성공할 수는 있사옵니다. 실물을 만들다가 사고가 난 게 아니라 자그마한 실험용 엑스시온을 만들다가 폭발했으니 이 정도로 끝난 것이옵니다. 어쨌든 점점 더 많은 자료가 쌓이고 있습니다. 아마 조만간에 성공할 수 있을 것이옵니다."
 "휴우…, 대마법사(Wizard) 안피로스의 던전(일종의 마법 연구를 위한 비밀 실험실)을 발견했을 때 짐은 모든 게 끝난 줄로 알았는데 그게 아니었군……."
 그러자 마법사는 씁쓸한 미소를 지으며 말했다.
 "안피로스의 던전에서는 그가 과거에 만들었던 엑스시온에 대한 자료는 거의 없었고, 만년(晩年)에 생각했던 엑스시온에 대한 자료만 있었사옵니다. 안피로스도 이론만 세워 두었을 뿐, 실제로 만든 것은 아니었사옵니다. 하지만 연구는 거의 90퍼센트 이상 진척되어 있었기에 소신이 감히 그걸 만들어 볼 생각을 할 수 있었던 것이구요. 이제 거의 끝나 가옵니다. 조금만 더 참으시옵소서, 폐하."
 "알겠소, 경만 믿겠소. 그걸 만들어서 백성들에게 조금이라도 더 나은 미래를 줄 수만 있다면…, 10년, 아니 50년이라도 믿음을 가지고 기다리겠소."
 황제의 눈에서 신하에 대한 깊은 신뢰를 읽은 노마법사는 새로이 충성심을 다지며 더욱 연구에 박차를 가해야겠다고 생각했다.
 "감사하옵니다, 폐하!"

여행의 시작

다크는 토미 블레어라는 사냥꾼 집에서 장장 2년이라는 세월을 소모했다. 일단 가장 중요한 것은 말을 배우는 것이었고, 또 길 가다가 미친놈 취급 안 당하려면 이들의 관습이나 생활 습관 따위도 어느 정도 알아야만 했다.

블레어 씨가 일주일에 한 번씩 알란 마을에 사냥을 통해 얻은 가죽과 말리거나 소금에 절인 고기, 버섯, 약초 따위를 팔려고 갈 때 그와 동행하면서 이들의 생활상을 조금씩 이해할 수 있었다. 아울러 자신이 사냥한 것들의 가죽이나 이빨, 뿔 등 돈 되는 것들을 함께 팔아 약간씩 돈도 모았다.

여기서는 돈의 최하 단위가 타라. 1백 타라가 모여 1실버라는 10그램 무게의 은화가 된다. 그리고 50실버가 모여 10그램의 무게를 가진 1골드라는 금화가 되는 것이다. 그리고 너무 많은 동전을 가지고 다니지 않아도 되도록 10타라, 25타라, 50타라짜리 동전이 있었고, 5실버, 10실버, 25실버짜리 은화도 있었다. 그리고 5, 10, 25골드짜리 금화도…….

다크가 최초로 구입한 것은 옷이었다. 토미 블레어 씨의 낡은 옷은 좀 컸기에 먼저 자신의 체구에 맞는 옷이 필요했던 것이다. 물론 돈이 그렇게 많지 않아 보통 사람들이 그냥 평범하게 입는 바지와 셔츠, 속옷 등을 구입했다. 그리고 망토도 구입했다. 망토야 중원에서도 권문세가의 자제들 중 멋 내기 좋아하는 녀석들이 입는 것을 보긴 했지만, 여기서는 좀 더 실용적으로 사용되었다. 망토는 아주 두터웠고, 여행자들의 경우 이걸 담요 대용으로 썼다.

다크는 블레어 가족이 사는 부근에서 언제나 노숙을 하고 있었기에 여러모로 편리할 것 같아서 망토를 하나 구입한 것이다. 그리고 두 번째로 구입한 것은 이 세상에 대한 정보였다. 즉, 잡화점에서 35실버 16타라나 되는 돈을 주고 지도와 여행자를 위한 안내책자를 구입했던 것이다.

다크는 그때서야 지금 자신이 사는 곳에서 아무리 동서남북 어느 쪽으로 죽자고 달려도 중원으로 돌아갈 수 없다는 사실을 확실히 깨달았다. 혹시나 했었는데 그 최후의 가능성마저 완전히 무너지는 순간이었다. 그래도 다크는 포기하지 않고 돌아갈 수 있는 방법을 찾아내려고 고심했다. 하지만 조그만 마을에서 얻을 수 있는 지식으로는 자신의 궁금증을 해결할 수 없다는 것을 알고, 그 길드란 것들이 존재한다는 좀 더 큰 마을로 떠날 결심을 굳혔다.

2년간 함께 생활하며 정이 들었던 블레어 가족을 떠난 다크는 지도 상의 좀 더 큰 마을로 향했다. 그의 첫 목적지는 이 지방 영주, 누구더라 하여튼 복잡한 이름을 가진 녀석이었는데……. 그자의 성(城)이 있는 곳이었다. 주머니 안에는 12골드 8실버 62타나 되는 돈이 들어 있었고, 뭐 이거라도 다 떨어지면 적절히 해결(?)하면 되니까 처음부터 돈 걱정 따위는 안 했다.

다크가 길을 가면서 느낀 것은 대단히 짐승들이 많다는 것이었다. 여기서 말하는 몬스터라는 것들도 그렇고 늑대나 여우, 토끼나 사슴 등 수많은 동물들이 버글거렸다. 덕분에 며칠에 한 번씩 맛깔스런 개고기를—늑대도 개니까—먹을 수 있었지만…….

그날 저녁도 개고기를, 아니지 늑대 구이를 먹고 있었다. 블레어 가족과 살면서 늑대의 발이나 송곳니 같은 것은 꽤 돈이 된다는 것을 알고 있었기에—도대체 왜 이런 걸 장신구로 쓰는 미친놈이 있는지 모르겠지만—필요한 부분은 잘라 내거나 뽑아내고 구웠다. 그리고 잘 익은 뒷다리부터 뜯어 먹고 있는데 늑대 떼가 나타났다.

그날은 달이 하나밖에 안 떴지만 보름달이었기에 제법 주위가 환했다. 그런데 늑대들 사이에 괴상하게 생긴 늑대가 한 마리 있었다. 그걸 늑대에 포함시켜야 될지 감이 잡히지는 않았지만, 머리는 늑대같이 생기고, 몸통과 사지(四肢)는 수북한 털로 뒤덮인 녀석이었는데, 얼핏 봐도 8척(약 2.4미터)은 되어 보이는 장신을 자랑하고 있었다.

다크는 늑대 뒷다리를 우물거리며 중얼거렸다.

"저건 도대체 또 뭐야. 하여튼 여기에는 별별 것이 다 있군."

놈이 천천히 접근해 오는 것을 보면서도 다크는 빙그레 미소만 지으며 늑대 다리를 쥐고 뜯을 뿐, 다른 행동은 하지도 않고 있었다. 하는 짓이 같잖았으니까……. 하지만 상대는 순식간에 다크를 덮쳐 왔다. 이 정도로 빠르리라고 다크가 미처 예상을 못 했기에 잠시 동안의 주도권을 쥔 그 녀석은 열심히 공격을 해 댔다. 정말이지 놀라운 속도에, 놀라운 힘이 느껴졌다.

이때 순간적으로 빛이 번쩍인다 싶더니 다크의 손에서는 퍼런 강기가 날아가 상대의 몸에 깊은 상처를 냈다. 하지만 그놈의 살은 순식간에 아물어 버렸고 계속적으로 놀라운 공격을 퍼부어 댔다.

"제기랄, 정말 여기는 재생력 좋은 놈들이 많군. 그럼 이거나 먹어랏!"

다크는 순간적으로 왼손에 들고 있던 늑대 다리를 옆으로 던져 버리고 장풍(掌風)을 쏘았다. 물론 넓게 확대시킨 것이 아니라 좁은 공간으로 한정시킨 장풍이었기에 그 위력은 더욱 강했다.

늑대 같기도, 인간 같기도 한 놈의 몸에 적중되자 녀석의 몸통에 커다란 구멍이 뚫리며 뒤로 튕겨졌다. 하지만 그 녀석은 쓰러졌다가 다시 일어섰다. 물론 가슴에 커다란 구멍을 가진 채로 말이다.

정말이지 놀라운 생명력이었다. 그 녀석은 비틀거리기는 했지만 일어나자마자 꽁무니가 빠지게 도망치기 시작했다. 도저히 자신이 상대가 안 될 정도로 강자라는 걸 깨달은 모양이었다.

"멍청한 녀석! 그렇게 도망갈 거면 처음부터 뭐 하러 덤벼. 괜히 아까운 다리만 한 짝 버렸잖아."

저런 괴물이 대도시 부근에도 나타난다는 것은 치안에 상당한 문제가 있다는 말이다. 영주라는 녀석이 산다는 불케인 마을까지는 이제 하루거리밖에 안 남았는데, 그런 대도시 주변까지 저런 놈이 나타나다니……. 아마도 이곳은 상당히 치안이 엉망이든지 아니면 인구가 적은지도 몰랐다.
 다크는 중원에 있을 때도 그랬지만 정말 필요할 때를 제외하고는 거의 경공술을 사용하지 않았다. 사실 급할 것도 없는데 죽자고 경공술을 전개할 필요를 못 느끼기 때문이다. 오늘 도착하지 못하면 내일 도착하면 되는 것이고…….
 그것이 다 그놈의 탈마에 이르러 5백 년에 이르는 생명을 보장받고 난 다음에 생긴 습성이 아닌가 싶다.

 다음 날 아침에도 어제 먹다 남은 늑대 고기를 소금에 찍어 먹는 것으로 식사를 해결한 다음 천천히 걷기 시작했다. 말이 천천히지 보통 사람들이 빨리 걷는 것과 거의 비슷한 속도였다.
 "흐읍……."
 상쾌한 아침 공기였다. 이곳에 온 다음에 느낀 것인데, 여기는 대자연의 기가 대단히 풍부한 곳이었다. 정말이지 이상할 정도로 강력했다. 다크 자신이 탈마에 이르러 있어 소모한 기가 빠른 시간 내에 보충된다고 하지만, 여기서는 웬만한 무공을 사용해 가지고는 거의 무공을 사용했는지도 못 느낄 정도로 기가 빠르게 보충되었던 것이다.
 '이런 곳이라면 아마도 무공을 익히기가 더욱 쉽겠지. 내공을 쌓는 게 그만큼 빠를 테니까……. 그렇다면 이곳의 고수들은 어떤 무공을 사용할까?'
 이런저런 생각을 하면서 걷는 사이 어느덧 제법 넓은 하천이 나타났고, 그 위에는 마차 한 대가 겨우 지나갈 정도의 다리가 놓여 있었다. 그 다리를 건너고 있는데 앞쪽에 웬 여자가 다리 옆에 서 있던 나무 뒤에서 나오며 말을 걸었다. 황금색 머리카락에 푸른 눈의 제법 아름다운 얼굴이었지만, 생긴 것과는 달리 2척(약 60센티미터) 정도 길이의 날카로워 보이는 검을 뽑아 들고 서 있었다.
"이봐, 지금 어디 가는 거야?"
"불케인시(市)에……."
"이 다리를 건너려면 통행료가 있다는 거 몰라?"
"얼마냐?"
"10실버……."
"10실버라고? 엄청나게 비싸군. 못 주겠다면?"
그 아가씨는 히죽 웃으며 말했다.
"헤엄쳐서 건너야지."
"하하하…, 이거 재미있는 소저(少姐)로군. 헤엄쳐야 한다 이거지?"
그와 동시에 다크의 몸이 앞으로 쏘아져 나갔다. 그 금발의 아가씨는 놀라서 찌르려고 했지만 다크의 속도는 그녀가 생각하는 인간의 속도와는 차원을 달리하고 있었다. 다크는 재빨리 검을 잡은 상대의 손을 왼손으로 잡고, 그녀의 목을 오른손으로 거머쥔 다음 위로 들어 올렸다. 목을 잡힌 상태에서 위로 대롱거리기 시작한 여강도(女强盜)는 경악에 찬 비명을 질렀지만 다크는 못 들은 척 말을 건넸다.
"내가 솜씨를 보여 줬으니 구경값을 내야지."
"저, 돈 없어요. 오죽하면 강도질을……."
"하하, 그건 네 사정이지. 나야 알 바 아니고. 어디 보자……."
상대는 멱줄을 잡힌 상태라 반항할 엄두도 못 내고 있으니 몸수

색은 아주 간단하게 이뤄졌다. 허리에 있는 돈주머니를 꺼내 보니 얼마 정도의 잔돈이 들어 있었다. 그걸 대강 들여다본 다크가 즐겁다는 듯 말했다.

"히야, 이거 15실버는 되겠군. 감히 돈이 없다고 거짓말을 하다니……."

다크는 그걸 자신의 주머니 속에 넣은 다음 그녀가 가지고 있던 2척 길이 검과 그녀의 품속에서 꺼낸 작은 단검 두 자루도 빼앗았다.

"제법 돈이 되겠군. 하지만 이거 가지고는 모자라."

"뭐가요?"

"구경값……. 눈요기를 했으니 돈을 줘야 할 거 아냐? 할 수 없군. 벗어! 그거라도 팔아야지."

다크는 여자의 망토와 외투까지 벗기고, 그녀의 손수건을 찢어 팔을 묶기 시작했다. 여자는 감히 반항은 못 했지만 그래도 입은 죽지 않았다는 듯 떠들어 댔다.

"뭐 하는 거예요?"

"조금 지나면 알게 돼!"

그가 여강도의 몸을 번쩍 들어 올리자 그녀의 경악한 목소리.

"도대체 뭐 하는 거예요?"

"아직도 구경값이 안 돼. 나머지는 몸으로 대신해 줘야겠다."

"끼야악."

"첨벙!"

다크는 다리 위에서 강으로 곧장 그 여자를 집어 던졌다. 다리는 안 묶었으니 운이 좋다면 살 수도 있겠지……. 하지만 수영 실력이 모자라서 익사(溺死)하더라도 자신의 책임은 절대 아니라는 게 다크의 생각이었다. 평소에 수영 연습을 안 한 놈, 아니 년이군. 어쨌든 그자의 죄지……. 첨벙거리면서 차가운 물속에서 다리를 바둥거려 가까스로 떠올랐다 가라앉았다 하는 여강도를 바라보며 다크는 너털웃음을 터트렸다.

"푸하하하, 꼴좋군. 이걸로 구경값은 됐어."

"어푸, 이, 이 자식……. 죽여 버릴 거야!"

다크는 키득거리면서, 그녀의 악에 받친 욕설을 뒤로 하고 빼앗은 것들을 챙겨 불케인시로 향했다.

"폐하!"

젊은 황제는 허둥지둥 들어오는 신하를 느긋한 표정으로 바라보며 약간은 의아함을 띤 얼굴로 물었다.

"이 시간에 무슨 일이오?"

"아주 긴급을 요하는 정보를 획득했사옵니다."

"뭔가요?"

"전에 구했던 드래곤 하트만으로는 연구하기에 부족했는데……. 드래곤 하트를 더 구할 수 있는 절호의 기회가 생겼사옵니다."

'드래곤 하트'는 드래곤의 일곱 번째 목뼈에 솟아 있는 붉은색 뼛조각을 말하는 것이었다. 드래곤의 절대적인 힘인 용언 마법의 기준점이 되는 곳으로, 사람의 단전과 같이 마나(Mana)가 집중되는 곳이었다. 그렇기에 죽은 드래곤의 드래곤 하트에는 살아 있을 때에 비하면 형편없는 양이지만, 인간으로서는 꿈속에서도 불가능할 정도의 방대한 양의 마나가 집결되어 있었다.

이 드래곤 하트는 마법의 매개물로써 엄청난 효과가 있었기에 그 가격은 상상을 불허했다. 이처럼 대단한 물건이 언급되자 황제의 얼굴에 드리워진 의아함과 궁금증은 더욱 짙어졌다.

"어떻게… 드래곤 하트는 도저히 돈으로 살 수도 없을 정도로 비싼데……. 전에도 어딘가의 던진에서 루빈스키 경이 구해오지 않았던가? 그런데 또 다른 곳에서 찾아내기라도 했다는 말이오?"

"아니옵니다. 지금 코린트 제국에 있는 지혜의 여신 아데나를 모시는 드로아 대 신전에서 보유 중인 드래곤 하트를 트루비아 왕국이 잠시 빌려 간다고 하옵니다. 그걸 가로채야만 하옵니다."

그러자 젊은 황제의 얼굴에 근심이 어리기 시작했다. 트루비아는 별 볼일 없는 코린트의 작은 속국이었지만 코린트의 정규 기사단이라면 얘기가 달랐다.

"흐음… 드래곤 하트라면 경비가 엄중할 텐데, 그 가치가 가치인 만큼……."

"그렇지 않을 가능성이 크옵니다. 드로아 대 신전이 위치한 국가는 대 제국 코린트. 누가 감히 그걸 건드릴 생각을 하겠사옵니까? 입수한 정보로는 트루비아의 국경선까지는 코린트 제국에서 파견된 기사들이 호위한다고 하옵니다. 그중 소드 그래듀에이트(Sword Graduate)는 한 명이라고 하옵니다. 모든 엑스시온의 제작에는 루비가 사용되지만, 청기사의 엑스시온에는 꼭 드래곤 하트가 필요하옵니다. 위험 부담이 크더라도 드래곤 하트를 구하기 위해서는 어쩔 수 없사옵니다."

"흐음, 하지만 소드 그래듀에이트가 있다면 타이탄도……. 이쪽에서도 타이탄 몇 대 동원하는 거야 문제가 없지만, 타이탄이 동원되었다면 어떤 국가가 그걸 훔쳤다는 걸 알고 철저히 추격해 올 텐데……. 안 돼. 타이탄을 동원한다면 코린트가 눈치 챌 것이오.”

 황제의 걱정은 당연했다. 지금 이 시대 최강의 병기는 타이탄이었다. 엑스시온이라는 심장으로 움직이는 거대한 강철 인형(鋼鐵人形). 타이탄의 크기는 보통 어깨 높이 5미터에 80톤의 체중이 표준이었다. 이 거대한 강철 덩어리는 무시무시한 속도로 움직이며 모든 것을 파괴했다. 웬만한 국가들은 거의 1백 대도 못 되는 타이탄을 가지고 있었고, 수많은 종류의 타이탄이 존재했지만 타이탄이 사용되기만 한다면 그 타이탄의 발자국 모양과, 그 타이탄이 움직이면서 형성해 놓은 검술의 형(形 : form)만 보고도 어느 나라의 타이탄인지 짐작하는 것은 어렵지 않았다.

 “예, 그럴 가능성이 크옵니다. 어쨌든 코린트에는 타이탄이 4백여 대나 있으니까요. 하지만 트루비아는 다르옵니다. 코린트 측 경비대는 트루비아와의 국경선까지만 호위한다고 하옵니다. 그다음부터는 트루비아에서 경비를 하겠지요. 정보로는 기사 한 명, 그자도 소드 그래듀에이트지만 타이탄은 없는 자라고 들었사옵니다. 타이탄 대신 기사들 50명으로 호위한다고…….”

 그러자 젊은 황제는 회심의 미소를 지었다.

 “흐음… 타이탄이 없다면 해 볼 만하겠군. 대신 배후에 국가가 개입되었다는 것을 꼭 숨겨야만 해. 알겠소?”

 “예.”

 “백성들과 이 나라의 미래를 위해 행동을 허락하겠소. 그러니 꼭 성공해야만 하오.”

 “예, 폐하!”

불케인시

불케인시는 역시 영주가 사는 지방 도시인만큼 수많은 인간들로 북적거렸다. 다크가 불케인시에 들어가서 제일 먼저 한 일은 숙식을 해결할 곳을 찾는 일이었다. 일단 이곳에 얼마나 오래 있을지도 모를 일이었고, 또 전과는 달리 사람의 이목이 많은 곳이라서 나무 위에서 잘 수도 없었다.

다크가 적당히 물어서 찾아간 곳은 식당과 여관을 함께 하는 '흰 토끼 여관'이었다. 4층 건물이었는데, 중원에는 2층 이상의 건물이 거의 없는데 비해서 이곳은 거의 대부분의 집이 몇 층씩이나 되었다.

다크가 문을 턱 열고 들어가자 살찐 흰 토끼마냥 덩치가 대단한, 살이 투실투실 찐 여자가 그에게 다가왔다.

'음, 역시 이름이 주인과 잘 어울리는군.'

감탄하며 바라보는 다크에게 그녀가 물었다.

"묵으실 거예요?"

다크가 말은 하지 않고 고개만 조금 까딱 하자, 그녀는 이렇듯 말 없는 인물들도 익히 여럿 겪어 봤는지 별 표정 없이 계속 질문을 퍼부었다.

"말은 있어요?"

다크가 고개를 좌우로 젓자 그녀는 또 이어 물었다.

"지금 식사, 목욕, 수면? 어떤 걸 원해요?"

"식사."

다크가 테이블을 차지하고 앉자 그녀가 또 물었다.

"뭘 드실 건데요?"

"그런대로 맛이 괜찮으면 아무거나……."

"그럼 술은?"

"맥주."

다크는 느긋하게 앉아서 식사를 시작했다. 맥주는 다크가 블레어 가족과 지내면서부터 가끔씩 마시기 시작한 술이었는데 쌉싸름했지만 찬 맥주는 나름대로의 독특한 맛이 있었다.

다크는 음식을 먹으면서 맥주를 조금씩 마셨다. 맛은 그런대로 괜찮은 편이었고, 여기서 말하는 요리들이 뭔지 잘 알지도 못하는 다크로서는 설혹 맛이 수상한 게 나왔다고 하더라도 뭐라 할 말은 없었을 것이다.

다크가 2년 동안 지낸 곳은 사냥꾼 가족이 살던 시골구석의 외딴집이었다. 그들이 음식을 만들어 먹어 봐야 얼마나 다양했겠는가? 그냥 푸딩 몇 종류하고 채소를 이용한 몇 가지 요리, 고기는 삶거나 굽거나 튀기거나……. 그 외에 과자 몇 종류하고 빵 외에는 먹어 본 게 거의 없었다.

다크가 앉아 있는 테이블 옆쪽에 또 다른 손님들이 앉았다. 이들은 이미 이곳에 묵은 지 좀 된 듯 2층에서 내려왔다. 그들은 자리를 차지하고 앉은 다음 여러 가지를 주문했고, 음식이 나오기 전에 맥주를 마시면서 담소를 나누기 시작했다.

일행은 일곱 명이나 되었는데, 그중에 두 명은 여자였다. 한 명은 날렵하게 차려입고 2척 반 정도 길이의 얄팍한 검을 차고 있었고, 또 한 명은 여러 가지 복잡한 문양이 수놓아져 있는 특이한 흰 옷을 입고 있었다.

그 외의 남자 다섯은 모두들 그냥 여행자들이 흔히 입는 옷들을 입고 있었지만 무장은 각기 달랐다. 어떤 자는 얄팍한 2척 정도 길이의 검을, 어떤 자는 3척 정도, 어떤 자는 무려 5척(약 1.5미터)에 달하면서도 두툼한, 너무 무거워 보여서 휘두를 수나 있을까 하는 의심이 들 정도의 검을 가지고 있었다. 그 사람은 다른 사람들처럼 검을 차지 않고 탁자 옆에 세워 두었다.

"샤헨으로 가는데 꼭 그쪽으로 둘러 가야 해?"

"이런…, 미디아는 이쪽으로는 안 와 본 모양이군. 물론 브루툰 쪽으로 가면 빠르지. 하지만 그쪽 숲에는 드래곤이 산다구. 성질 더러운 그린 드래곤이. 그래서 그쪽은 접근 금지 구역이야."

"으응……."

이 세계 최강의 생명체는 드래곤이다. 그들의 힘은 도시 하나를 완전히 파괴하는 데 한 시간도 안 걸릴 정도로 강력하다. 5백 살이 넘어 성체가 된 드래곤의 경우 먹지 않아도 살 수 있기 때문에 불

필요한 살생을 하지는 않는다. 그러나 자신의 구역을 침범하면 그 관례를 깨고 침입자를 디저트로 먹는 경우도 있었다. 그렇기에 누구도 드래곤의 영역에 침범하지는 않았다.

하지만 다크는 그 사실을 알지도 못했고, 또 이런 말은 여기서 처음 들어보니 구미가 당길 수밖에……. 거기에 척 보아도 꽤나 노련함을 풍기는 그들은 여기저기를 많이 떠돌아다닌 것이 확실해 보였다. 그렇다면 아는 것도 많을 것이다.

다크는 식사를 중단하고 옆 좌석으로 가서는 정중히 인사를 건넸다. 샤헨이라면 트루비아의 수도였고, 아무리 작은 왕국의 수도라도 왕이 사는 곳이니까 여러 가지 정보를 얻기에는 그곳이 좋을 듯했다.

"실례합니다. 샤헨으로 가십니까?"

"예, 왜 그러시는지?"

"저도 샤헨으로 가는 길인데, 동행할 수 있을까 해서 말이죠."

그들은 다크를 아래위로 찬찬히 살폈다. 아마도 다크가 과연 도움이 될 사람인지, 아니면 짐이 될 사람인지 가늠해 보는 것이리라…….

다크는 7일간의 여행을 거쳐 이쪽으로 왔지만, 여행을 시작할 때 정든 블레어 가족이 여행용 옷을 새로 장만해 줬기에 옷만 봤을 땐 완전히 신출내기처럼 보였다. 거기다 다크가 20대 초반 정도로 보이니까……. 그리고 허리에 차고 있는 얄팍한 검. 그건 다크가 여강도로부터 구경값이라는 정당한(?) 대가로 받은 것이었지만, 아무튼 그 모양으로 봤을 때 이들에게는 좀 어리숙해 보이지 않을 수 없었다. 그러니 그들로서는 어쩌면 짐이 될지도 모를 상대를 데리고 가야 할까, 말까 상당히 고심했다.

그중 한 명이 다크를 지그시 보더니 말했다.

"검을 쓸 줄 아십니까?"

"그런대로……."

그러자 그중 두터운 검을 가진 인물이 약간은 걱정된다는 듯 고개를 갸웃거렸다.

"그런 샤벨(Shabel)을 가지고 여행을 하기는 상당히 힘들 텐데요……. 그걸로 어떻게 흉폭한 몬스터를 상대하려고 그러시오?"

그러자 다크는 슬쩍 미소 지었다.

"이걸로도 충분하죠. 당신들에게 폐를 끼치지는 않을 거니까 같이 가면서 길만 알려 주면 되오."

그러자 상대 남자는 호기심 어린 눈빛으로 다크를 세심히 살펴보았다.

"뭐, 샤헨까지는 그렇게 어려운 길도 아니니 같이 가기로 하지요. 나는 팔시온 엘마리노라고 하오. 이제 서른넷이 되지요. 앞으로 잘 부탁하오."

"나는 다크라고 불러 주시오. 나이는, 이제 스물…다섯이지요."

다크는 나이를 말하면서 잠시 고심을 해야만 했다. 왜냐하면 '내 나이 일흔이 넘었소'라고 한다면 상대는 분명히 '아, 그렇소? 우리는 미친놈하고는 같이 안 가니까 혼자 가쇼'라고 할 게 뻔했다. 그래서 상대가 자신을 봤을 때 정말 최대한으로 볼 수 있을 정도로 나이를 내려 말했다. 너무 젊어도 골치 아프기 때문이다. 괜히 잡일만 하게 되는 경우도 있으니까…….

"스물다섯? 도저히 그 정도까지는 안 되어 보이는데……. 꽤 동안(童顔)이군. 자, 이쪽은 미네리아 로안스에르 사제님. 대지의 여신 케레스(Ceres)를 섬기는 사제시지. 도저히 서른다섯 살로 보이지 않지만 사실이야."

 자신의 소개를 팔시온이 해 주자 대단한 미모를 갖춘 여인이 방긋 미소를 지으며 인사를 건네 왔다.

 "그리고 이쪽은 미카엘 드 로체스터. 무예 수업을 한다고 돌아다니는 사람이지."

 한쪽 구석에 앉아 있던 우람한 덩치에 두툼한 근육질을 소유한 짧은 콧수염을 기른 상당한 미남이 인사를 건넸다. 그 남자는 탐스러운 금발을 어깨 아래까지 내려오도록 기르고 있었다.

 "미카엘이라고 부르게."

 이런 식으로 첫인사를 주고받았다. 미네리아는 신을 받드는 사제이기에 모두의 존경을 받는 듯했다. 그녀 외에 팔시온, 미카엘, 미디아, 가스톤은 거의 나이들이 비슷했기에 서로에게 말을 놓았다. 그 외에 지미와 라빈은 갓 스물을 넘긴 정도의 애송이들이었기에 다른 사람들에게 존대를 해 주고 있었다.

 그렇기에 다크가 대강 생각해서 말한 자신의 나이 스물다섯 살은 그 두 그룹의 중간에 위치하며, 한쪽에서는 존대를 받고, 또 한쪽에는 존대를 해 줘야만 하는 입장이었다. 안 그러면 그런 건방진 놈을 파티(Party : 패거리)에 받아 주지 않을 것이기 때문이었다.

 서로 간에 탐색적인 질문과 답변이 오고가면서 다크가 알아낸 사실은 몇 가지 되지 않았다. 사실 방금 만난 인물들과 인사를 나누면서 시시콜콜 물어볼 수는 없었기 때문이다.

 다크는 자신을 팔시온 엘마리노라 소개한 남자의 두툼한 검에

관심을 보이며 말했다.

"그 검을 좀 볼 수 있을까요?"

그러자 그 남자는 별 생각 없이 옆에 세워져 있는 검을 들어서 다크에게 건네줬다. 다크는 그 검을 잡는 순간 깜짝 놀라 검을 떨어뜨렸다. 그러자 검의 주인인 팔시온이 재빨리 잡더니 의외라는 듯 말했다.

"마력검(魔力劍 : Magical Power Sword)이라는 걸 눈치 챘군. 놀라운 안목이야."

그러자 다크가 어리둥절한 표정으로 되물었다.

"마력검이 뭐지요?"

경악한 팔시온이 되물었다.

"설마? 마력검이 뭔지 몰라서 묻는 건가?"

다크가 고개를 까딱거리자 상대는 기가 막힌다는 표정을 지었다. 아마도 시골에서 올라온 촌놈이라서 그런 상식적인 것도 모른다고 생각한 모양이다. 그는 다크에게 자세히 설명하기 시작했다.

"아마 시골에서 갓 올라온 모양인데, 내가 차근차근 설명해 주지. 마법을 쓸 수 있는 검을 보고 마법검(Magic Sword)라고 부르는데, 그 마법검에는 두 가지가 있지. 마력검과 봉인검(Seal Sword)이야. 그 둘은 좀 차이가 있어. 마력검은 검의 외부에 새겨진 주문 외의 마법은 쓸 수 없지. 또 마법을 쓰려면 마나도 많이 필요로 하고 말이야. 그에 비해 봉인검은 상당히 다르지. 주문 따위가 새겨져 있지 않다고 하더라도 물의 하급 정령 운디네(Undine)가 봉인되어 있다면 운디네가 쓸 수 있는 모든 하급의 정령 마법을 다 쓸 수 있지. 또 정령 마법 자체가 마나를 많이 필요로 하지 않으니까 대단한 효과가 있고…….”

그러나 다크는 더욱 궁금하다는 듯 물었다.

"마나(Mana)란 게 뭐지요?"

주변 인물들이 모두 딱하다는 듯한 표정으로 다크를 바라봤다. 그중 가스톤 기빈이라고 자신을 소개한, 도저히 검사로는 보기 어려운 가냘픈 체구의 남자가 더 이상 다크의 무식함에 참을 수 없다는 듯 참견했다.

"마나도 모른단 말인가? 마나란 세상의 근원적인 힘이지. 마나는 보이지는 않지만 이 세상을 움직이는 원동력이란 말일세. 그렇기에 마나가 있음으로 해서 세상이 생명으로 넘칠 수 있는 것이고. 생명이 있는 존재는 모두 몸속에 마나를 가지고 있지. 저 마력검이나 봉인검은 마법을 사용하게 해 주지만 일반인이 사용했을 때는 엄청난 마나를 빼앗기기 때문에 문제가 되는 것이지. 능숙한 검사는 많은 마나를 몸속에 축적하고 있고, 또 마법사는 자신의 몸을 매개체로 허용하는 한도 내에서 주변의 마나를 흡수해서 사용할 수 있지. 또 그걸 다 소모한다 하더라도 대기에 떠도는 마나를 빠른 속도로 흡수할 수 있기에 어느 정도 마나를 상실한다고 해도 문제가 없어. 하지만 일반인이라면 다르지. 잘못하면 삶에 필요한 최소한의 마나까지 뺏겨 죽을 수도 있다네."

'아…, 기(氣)를 보고 마나라고 하는군. 이제야 저놈의 검을 잡았을 때 내력이 빠져나간 이유를 알겠군.'

"흐음, 이제야 이해를 하겠군요. 자세히 설명을 해 주셔서 고맙습니다. 그런데… 정령이란 건 또 뭡니까?"

그러자 가스톤의 눈이 휘둥그레졌다.

"아니, 세상에 정령도 모른단 말인가? 일반인의 눈에 보이지는 않지만 정령술사의 눈에는 보인다고 하더군. 물을 관장하는 정령, 불을 관장하는 정령, 뭐 하여튼 여러 종류가 있지. 어쨌든 내가 눈으로 보여 줄 수는 없는 노릇이니 그런 게 있다고만 알고 있게."

다크는 팔시온의 검을 다시 받아 들었다. 아주 미약한 기가 빠져나가고 있었지만, 일단 내력이 빠져나가는 이유를 알아냈으니 더 이상의 미지의 물건에 대한 두려움은 없었다. 이 정도쯤의 내공이야 별 문제되지 않았다. 그러다가 가만히 생각을 해 보니 다섯 자의 길이에 두께만도 4치(약 12센티미터)가 넘는 검치고는 너무 가벼웠다.

"이건 특별히 가벼운 재질로 만들어진 검인 모양이죠? 아주 가볍군요."

그러자 팔시온은 싱긋이 미소를 지으며 답했다.

"이건 마법이 걸려 있기에 가볍게 느껴지는 것이지. 일부 검에는 경량화(輕量化)의 마법을 걸지만, 사실 검의 무게를 줄여 봐야 파괴력만 떨어지지. 검의 무게가 줄어들면 아마도 적의 공격으로 검이 부서지는 경우는 줄일 수 있겠지만 제 위력이 나오겠나? 검의 무게도 공격에는 한몫을 하는데 말이야. 이 검에는 파워 업(Power up) 마법이 자동으로 걸려 있어. 그래서 아주 가볍게 느껴지지만 힘이 평소의 두 배 정도 강해졌다는 걸 느낄 수 있을 거야. 왼손으로 딴 물체를 들어 보면 금방 알 수 있지."

다크는 왼손으로 탁자 위에 올려져 있는 맥주잔을 들어 본 다음 팔시온이 한 말을 대강은 이해할 수 있었다.

"자동 마법이란 게 뭡니까?"

"하하, 지금 그 검처럼 사용자가 쥐자마자 자동적으로 마법이 실행되는 것을 보고 자동 마법이라고 부르지. 실제로 그 검은 너무 무거워서 마법 없이 들고 다니려면 상당히 힘이 드는데, 그 검을 들 때마다 '파워 업!' 하면서 주문을 외우기는 귀찮은 일 아닌가? 이처럼 마법을 사용할 때 자신이 사용할 마법의 시동어를 외쳐야만 발동하는 게 수동 마법이지."

다크가 대강은 이해를 했는지 고개를 끄덕끄덕 하는 걸 본 팔시온이 덧붙여서 말했다.

"마법을 쓸 수 있기에 들고 다니기도 좋고 사용하기도 좋지만…, 별로 좋은 마력검이 아니라서 사용할 수 있는 마법의 수가 몇 개 안 된다는 게 흠이지. 그 검을 들고 '파이어 블레이드(Fire Blade : 화염 칼날)' 라고 외쳐 보게나."

다크는 속는 셈치고 따라했다.

"파이어 블레이드!"

그러자 놀라운 일이 일어났다. 다크의 손에 쥐어진 팔시온의 검이 엄청난 열기를 뿜어내기 시작한 것이다. 과연 화염의 칼날이라고 할만했다.

'양강(陽剛)의 무학을 익히지도 않고 단지 기만을 주고도 이런 효과를 볼 수 있다니, 놀랍군.'

"저, 이거 멈추게 하려면 어떻게 하면 되죠?"

그러자 팔시온은 멋쩍은 듯 싱긋 웃었다.

"그냥 검을 손에서 잠시만이라도 놓으면 되지. 그런 세심한 부분까지는 신경을 써 놓지 않은 검이라서……."

다크가 검을 손에서 놨지만 달아오른 칼날은 간단하게 식지 않앉고 나무로 된 마룻바닥을 태우기 시작했다. 뭉클뭉클 연기가 조금씩 올라왔지만 딴 사람들은 별로 신경을 쓰지 않았다. 정작 검 주인이나 여관 주인이 신경을 안 쓰는데 누가 신경을 쓰겠는가.
"그 외에 간단한 방어 마법 두 개와 공격 마법 하나가 더 있지."
그러자 저쪽에서 가스톤이 다시 말했다.
"다크, 그런 실험은 안 하는 게 좋을 거야. 팔시온이야 마법을 배웠기에 저 정도의 마나 소모는 문제가 안 되겠지만, 자네 같은 경우 마나가 뭔지도 모르는 사람이 더 이상 마나를 검에게 뺏기면 잘못하다 수명이 줄어들지도 몰라."
하지만 다크는 그 말을 귓등으로 흘리며 말했다.
"그래도 모처럼 알게 되었으니 실험을 해 보고 싶군요. 이번에는 뭐라고 하면 되죠?"
"화살 같은 걸 막아 주는 포스 실드(Force Shield : 물리력 방어막)하고 마법을 막아 주는 매직 실드(Magic Shield : 마법 방어막)가 있어."
포스 실드는 물리적인 공격만을 막아 주고, 매직 실드는 마법 공격만을 막아 줬다. 그러니까 포스 실드를 친 상태로 싸우는 적에게 화살을 쏘면 별 타격을 줄 수 없겠지만, 마법 공격을 하면 곧장 타격을 입힐 수 있는 이치다. 이 둘을 한꺼번에 막을 수 있는 방어 마법으로 3사이클의 바리어가 있었지만 팔시온의 마법검으로 사용할 수 있는 몇 가지 마법은 모두 1사이클에 속하는 수준 낮은 마법들뿐이다.
"흐음……."
다크는 바닥에 꽂혔던 검을 다시 들어 잠시 시간을 끌다 외쳤다.

"포스 실드!"

그러자 짧은 화살 하나가 보이지 않는 막에 튕기며 떨어졌다. 그와 동시에 다크는 싱긋 웃었다.

"제법 효과가 있군요. 그럼 공격 마법은 뭐죠?"

튕겨 나가는 화살을 보고 잠시 멍해졌던 팔시온이 대답했다.

"공격할 대상을 향해 검 끝을 향하고, 파이어 볼(Fire Ball)하고 외치면 되네."

이때 두 번째 화살이 포스 실드를 향해 날아왔지만 역시 뚫지 못했다. 그와 동시에 검 끝은 창문 밖을 향했고, 다크의 장난기 가득한 목소리가 이어졌다.

"파이어 볼!"

검 끝에서 둥근 형태의 불덩어리가 나와 빠른 속도로 어떤 지점을 향해 날아갔다. 그곳에는 다크를 향해 화살을 날린 사내가 세 번째 화살을 석궁에 장전하고 있었다. 하지만 그는 더 이상 쓸모없이 화살을 장전하진 않았다.

자신을 향해 날아오는 불덩어리를 보고 경악한 그가 나무 아래로 뛰어내리자마자 불덩어리가 나무에 적중되었고, 나무는 곧 화염에 휩싸였다. 아래로 급히 뛰어내린, 아마도 너무 급하게 뛰어내렸기에 떨어지는 것만큼 타격을 입었는지 다리를 절뚝거리는 사내가 인상을 구기며 달아나는 모습이 잠시 보였다.

"하하, 정말 대단한 위력이군요."

여태까지의 상황을 지켜보던 일행은 의심스런 눈초리로 다크를 쏘아봤다. 하지만 다크는 의문에 가득 찬 시선을 받으면서도 시치미를 뚝 떼고 너스레를 떨었다.

이들의 의심은 당연한 것이었다. 보통 사람이 이 정도로 마나를 왕창 써먹었다면 지금쯤 축 늘어져야 정상인데……. 이자는 그렇지가 않았다. 거기에다가 상대가 공격할 타이밍까지 잡아 가며 포스 실드를 동작시키지 않았던가?

팔시온이 가진 마력검은 겨우 1사이클의 마법을 쓸 수 있기에 그 실드가 미치는 공간은 아주 작다. 즉, 1인용이라는 말이다. 그런데 두 발이나 되는 화살이 다 실드에 맞고 튕겨 나갔다면 그 공격은 이 '다크'라고 자신을 소개한 수상해 보이는 자를 노린 것이라는 증거가 되는 것이다.

드디어 저쪽에서 의심스런 눈길을 던지고 있던, 흰색의 헐렁한 옷에 검은색의 각종 문양이 다채롭게 수놓아져 있는 옷을 입고 있는, 미네리아 로안스에르라고 자신을 소개했던 엄청난 미모를 자랑하는 여자가 입을 열었다.

"방금 그 화살, 당신을 노린 거죠?"

"글쎄요, 잘 모르겠군요. 실드를 펼치자마자 날아왔으니. 하지만 나는 시골에서 방금 전에 올라왔고, 원한을 살 만한 사람이……"

다크는 말을 하다가 입을 다물었다. 처음에는 몰랐는데, 말을 하는 도중에 자신에게 원한을 품을 만한 사람이 한 명 있다는 것이 떠오른 것이다. 하지만 자신에게 원한을 품은 자는 '여자'였는데?

하지만 다크의 설명을 들은 그들은 창문 밖에서 볼 때 다크에게 가려진 한 인물에 주목했다. 즉, 그자와 창문 사이에 다크가 위치했으니까, 아무래도 가장 기초 지식인 '마나'도 모르는 인물보다는 '미카엘'이라 불린 그쪽이 더 원한을 살 일을 많이 했다는 것을 생각한 것이리라…….

미카엘 드 로체스터라는 남자는 30대 중반 정도로 보이는 무예 수업자(Paladin)로, 3척 반 정도 길이의 롱 소드(Long Sword)를 가지고 있었다. 두툼한 근육질의 이 미남자는 짧으면서도 멋진 콧수염으로 보아 외모에 신경을 쓰는 인물인 모양이었다. 다크를 제외한 모든 인물들의 이목이 자신에게 집중되자 미카엘은 별일 아니라는 듯이 말했다.

"그런 시선들 보내지 말라구. 나한테 원한 품은 인물들이 워낙 많아서 누군지 감도 안 잡히니까……."

"흠, 아무래도 미카엘에게 날아오던 화살들이 다크가 뿜은 실드에 막혔다는 게 더 신빙성(信憑性)이 있는 추리겠군요. 어쨌든 운도 좋다니까……."

이런저런 말로 쑤군거리며 맥주를 마시고 있는데 문이 덜컥 열리며 두툼한 갑옷을 걸친 세 사람이 들어섰다. 그들의 갑옷은 통짜 철판으로 된 것이었지만 움직이기 편하게 상체만을 가리고 있었다. 그들은 허리에 달린 롱 소드를 철그럭거리면서 들어와서는 술집 주인에게 물었다.

"여기서 파이어 볼을 날린 놈이 누구야?"

"본인이 날렸습니다만……."

옆에서 듣고 있던 다크가 간단히 시인을 하자 그들은 다크에게 다가왔다.

"감히 도시 한복판에서 파이어 볼을 날리다니. 자네 제정신인가?"

"안 그러면 내가 먼저 죽을 텐데, 날리지 않을 수 없었죠."

그러면서 다크는 옆에 떨어져 있던 두 대의 화살을 그들에게 보여 줬다.

"나무 위에 숨은 녀석이 이걸 날리는데, 그럼 반격도 하지 말라는 말입니까? 여기 술집에 있는 사람들 모두가 증인이라구요."

그러자 그들은 다크의 말을 확인하겠다는 듯 술집 주인을 쳐다봤고 술집 주인은 고개를 끄덕였다.

"저분들이 술을 마시는데 밖에서 화살이 날아왔습죠."

그러자 다크를 추궁하던 무사는 잠시 생각하는 듯하더니 다시 입을 열었다.

"아무리 그래도 그렇지. 시가지 한복판에서 파이어 볼을 날리다니, 도저히 용서할 수 없다."

그러자 다크는 멋쩍은 미소를 지었다.

"저도 그게 그 정도로 무식하게 큰 불덩어리가 날아갈 줄은 생각도 못 했거든요."

그러자 그 무사는 다크에게 손을 내밀었다.

"내 놔."

"예?"

"시의 재산인 가로수(街路樹)를 태웠으니, 배상금을 내야 할 거 아냐?"

"얼마를 드리면 될까요?"

"1골드. 저 숲에서 나무를 하나 파다가 여기다 심으려면 그 정도 임금은 줘야 되지. 다행히 다른 피해는 없으니 1골드만 내면 되는 줄 알라구."

사실 숲에서 나무 하나 파다가 심는 데 1골드나 되는 돈이 들어갈 리는 없었다. 하지만 아무도 이의를 제기하지 않았다. 이들은 시에 소속된 수비대원(Guard)들이기에 시비가 붙어 봐야 좋을 거 하나 없기 때문이다. 뭐 남는 돈으로 그들이 술을 퍼마시든, 계집과 하룻밤을 즐기든 자신의 돈을 뺏기는 게 아닌 바에야 참견할 필요가 없었던 것이다.

다크는 더 이상 상대하기도 귀찮아서 돈주머니를 꺼내 1골드를 상대에게 건네줬다. 그들은 돈을 받더니 휘파람을 불면서 우르르 나가 버렸다. 방금 여기서 돈을 빼앗으니 그들의 얼굴 가죽이 아무리 두껍다고 해도 여기서 곧장 술을 마실 수는 없었던 것이다.

그들이 나가고 나서 다크는 팔시온에게 물었다.

"여기 옷가지나 칼 같은 거 팔 수 있는 집은 없나요?"

"그건 왜 묻나?"

"팔 것이 조금 있는데……."

"그렇다면 여기 풀어 놔 보게. 여기서 팔릴 만한 것도 있을 테니까 말이야."

그러더니 술집에 앉아 있는 손님들을 향해 외쳤다.

"이보시오. 이 친구가 방금 돈을 뺏겨서 여비를 장만하려고 물건을 염가에 판매한다고 합니다. 그러니 혹시 필요한 물건이 있으면 좀 구입하십시오."

술집에 있던 사람들이 호기심으로 모여 들자 다크는 여강도에게 관람값으로 거둬들인 것들을 꺼내 놨다. 그가 꺼내 놓은 것은 외투나 망토, 작은 단검 등 여행에 꽤나 필수적인 품목들이었기에 순식간에 몽땅 팔려 버렸다. 다크가 부른 가격이 상당히 저렴했기 때문이었다.

샤헨시를 향하여

 다음 날 아침, 일행은 여관을 나섰다. 어제와 같은 차림의 다크를 제외하고 모두들 옷차림이 많이 바뀐 것을 알 수 있었다. 시골이나 어둑한 산골에만 들어가도 산적 정도가 아니라 바로 몬스터들이 설치는 곳에서 간단한 옷차림에 달랑 돈주머니 하나 들고 여행할 골빈 놈은 아무도 없는 것이다. 모두들 말을 가지고 있었고, 가장 가볍게 무장한 사람이 미네리아였다.
 미네리아는 35세였지만 절대 25세 이상으로는 보이지 않는 대단한 미모를 지닌 사제로, 가죽 갑옷을 입고 위에 그 독특한 흰색 바탕에 검은 문양을 새긴 정식 사제복을 입고 있었다. 그리고 2척 길이의 얄팍한 검을 차고 있었는데, 아마도 그녀의 검술 실력은 형편없는 모양이었다. 그녀가 눈에 확 띄는 이상한 옷을 입고 있는 이유는, 대지의 여신 케레스를 모시는 사제들은 공격 마법을 거의 몰랐고, 대부분 치료 마법 계통을 익혔기에 상대가 해칠 가능성이 적기 때문이었다.

미네리아와 좋은 대조를 이루는 인물이 미디아 가드너라는 여자였다. 그녀는 20대 후반 정도로 보였는데, 안에는 사슬 갑옷(Chain Mail)을 입고, 그 위에 가죽 갑옷을 입었다. 말안장 왼쪽에는 자그마한 금속 방패가 매여 있었고, 그 반대편에는 활과 화살이 달려 있었다. 그리고 2척 반 정도 길이의 내로우 소드(Narrow Sword : 협검, 狹劍)라 불리는, 비교적 가느다란 검을 허리에 차고 있었다.

그 외에 가죽 갑옷 위에는 여덟 개의 투척용 작은 단검이 줄줄이 꽂혀 있었다. 듣기로는 그녀의 단검 투척 솜씨는 대단하다고 했다. 하여튼 여자가 다루기 알맞은 작고 가벼운 무기들을 줄줄이 휴대하고 있었고, 그런 꼴사나운 모습을 큼직한 망토로 가리고 있었다.

하지만 가스톤을 제외한 모든 남자들이 미디아보다 더 엄청난 무장을 갖췄는데, 완전히 중무장을 했다. 상체만이기는 하지만 두터운 강철 갑옷(Half Plate Armor)을 입었고, 두터운 강철 방패, 3척 이상 길이의 검, 심지어 무예 수업자라는 미카엘, 라빈 엘느와 지미 도니에는 한 대 맞으면 아침까지 일어나지 못한다는 공포의 대명사 모닝 스타(Mace : 철퇴)까지 안장에 매달고 있었다.

미카엘이나 라빈, 지미의 경우 셋 다 무예 수업자들이지만 30대 초반의 미카엘에 비해 라빈이나 지미는 20살 정도의 애송이들이었다. 라빈과 지미는 엠페른 왕국에 있는 카로사 아카데미 기사학부를 수료한 동기이자 친구로, 함께 여행을 하면서 무예 수업을 한다고 했다. 아마도 기사(Knight)들은 철퇴를 정식 메뉴로 배워야 하는 모양이었다. 모두들 흉측하게 생긴 철퇴를 안장에 하나씩 매달고 있는 걸 보면…….

이들이 모두 말을 가지고 있다는 사실을 알고 마시장(馬市場)에서 15골드나 주고 말을 사서 합류한 다크—그가 그 돈을 처음부터 가지고 있었는지 아니면 어딘가에서 슬쩍했는지는 아무도 몰랐다. 모두들 처음부터 그가 꽤 많은 돈을 가지고 있었으리라 생각했다—까지 일행은 여덟 명으로 늘어났다. 그들이 천천히 말을 몰아 성문 쪽으로 향하는데 뒤쪽에서 사람들이 웅성거리면서 갈라지는 것이 흘낏 보였다.

그것을 눈치 챈 팔시온이 무리를 이끌어 길옆으로 일행을 인도했고, 잠시 후 거의 50기(騎)가 넘는 기마병들이 번쩍거리는 갑주(鉀冑)를 자랑하며 한 손에는 랜서(손잡이 앞부분이 둥그런 찌르기 전용의 장창)를 잡고 보무도 당당히 지나갔다.

다크도 이 정도 장관을 보게 될 줄은 생각도 못 했기에 자세히 그들을 살펴봤다. 갑옷부터가 중원의 것과는 완전히 달랐다. 여기서는 완전히 옷처럼 생긴 갑옷을 입었다. 은백색의 철로 빈틈없이 감싼 기마병들 사이로 흑색의 갑주를 입은 한 사람이 보였다. 그들을 보면서 팔시온이 말했다.

"이야, 안드레이 남작의 행차시군. 저분도 소드 그래듀에이트지만, 아들까지 그래듀에이트 시험에 통과했다고 하니 정말 대단한 명문이야."

"흐음, 소드 그래듀에이트가 무슨 말입니까?"

"뭐? 자네는 왜 그리 모르는 게 많은가? 전쟁의 신 아레스(Ares)를 모시는 신전에서는 각자가 가진 실력을 평가해서 마나를 움직일 수 있는 고수들에게 '그래듀에이트(Graduate : 자격을 얻은 사람)'의 칭호를 주지. 검을 쓴다면 소드 그래듀에이트, 맨손 격투술이라면 그래플(Grapple) 그래듀에이트가 되는 거지. 정말이지 엄청난 실력을 가지고 있다면 마스터(Master : 지배자, 대가)의 칭호를 받을 수도 있어."

설명을 해 주면서도 팔시온은 도저히 믿어지지 않는다는 표정으로 다크를 바라보았다.

"그런데 자네는 도대체 어디에서 살았나? 그런 기초적인 상식도 모른다니⋯⋯."

"트레보크 산맥 주변의 사냥꾼⋯⋯."

"트레보크 산맥에서 줄곧 살았다면 아무것도 모를 만도 하지."

그러면서 저쪽 지평선에 아스라이 보이는 높은 산맥을 바라봤다. 트레보크 산맥 부근의 일부도 안드레이 남작의 봉토였지만 사실 봉토라고 부를 수도 없었다. 안드레이 남작 자신도 그 근처에는 가지 않을뿐더러, 산세가 지독하게 험악해서 사냥꾼들이나 간혹 들어갈까⋯⋯. 거기다가 드래곤들이 우글거리니 감히 주변에 사람이 얼씬도 못 하는 곳이 많았던 것이다. 그런 산골짜기 얘기를 꺼내니 정말 세상 물정에는 거의 백치쯤 되는 사람으로 해석하고 팔시온은 차근차근 설명을 계속했다.

"아레스의 신전에서 그래듀에이트의 자격을 얻는다는 것은 대단히 힘든 일이야. 또 그래듀에이트라면 거의 일정 수준 이상의 실력들을 다 가지고 있지. 대단히 강한 인물들이야.

저 최강의 군사력을 자랑하는 코린트 제국의 경우도 그래듀에이트의 자격을 받은 인물은 1천 명이 채 안 되지. 우리들이 살고 있는 트루비아 왕국처럼 작은 나라는 34명의 그래듀에이트밖에 없어. 방금 지나간 대열에서도 단 한 명만이 그래듀에이트였다구.
 이들은 엄청난 검술 실력을 가지고 있지. 그 때문에 대부분의 국가들은 그래듀에이트라면 백작과 같은 등급에 놓기도 하고, 또 일부 국가들은 공작의 작위에 올려놓은 국가까지 있을 정도라네. 그만큼 허울 좋은 작위 따위보다 강력한 실력이 우선시된다 이 말이야. 다크 자네도 무술을 배우는 입장이니 열심히 해 보게나. 그러다 보면 언젠가 그래듀에이트가 될 수 있을지도 모르지. 저기 있는 저 친구들도 그래듀에이트가 되기 위해 노력하는 게 아니겠나?"
 "그래듀에이트가 그렇게 대단한 실력인가요?"
 "예를 들자면 방금 지나간 50명이나 되는 기사들 중에서 한 명만이 그래듀에이트지. 하지만 그 그레듀에이트 혼자서 나머지 49명의 기사들을 순식간에 모두 없앨 수 있다면 이해할 수 있겠나?"
 '제기랄, 이해가 안 가는군. 그래듀에이트가 엄청난 실력인 것처럼 말하더니. 나 혼자서도 저런 놈들 쯤은 하루아침 해장거리도 안 되는데……'
 말을 달려가는 도중에도 팔시온의 설명은 멈추지 않았다. 그도 이 산골 구석에서 갓 올라온 아이가 헛되이 목숨을 날리는 것을 보고 싶지는 않았던 것이다.
 "저기, 가스톤이 보이지?"
 "예."
 "가스톤은 마법사야. 3사이클 정도의 마법을 사용할 수 있을 정도로 꽤 수준급 마법사라네. 하지만 지금 입고 있는 차림을 보라구. 저게 마법사의 복장인지. 옷만 봐서는 검사들과 차이가 하나도 없지. 하지만 가스톤은 옷 속에 마법 매개물을 숨겨 둔 진짜 마법사지. 거기다가 검이라고는 거의 쓸 줄도 모르고……. 그렇다면 가스톤은 왜 저렇게 무거운 차림을 하고 있겠나?"

다크가 고개를 좌우로 젓자 그가 말을 이었다.

"마법사라는 걸 숨기는 거야. 내가 적이라도 기습의 첫째 목표를 마법사로 잡을 거야. 마법사는 회피 동작은 느리지만 주문을 외우기만 하면 엄청난 위력을 발휘하거든. 아무리 무식한 오우거(Ogre)라도 그 점은 알고 있다구. 그렇기에 마법사들은 자신들끼리의 공식 집회를 제외하고는 마법사라는 사실을 숨기지.

가스톤의 경우 견습 마법사(Magic User)는 벗어났고, 아직은 수련 마법사(Mage)지. 아마도 운이 좋아서 5사이클급 마법을 사용할 수 있을 정도의 수준에 오른다면, 그때서야 마법사 길드로부터 마법사(Magician)로 인정을 받게 되지. 하지만 지금 되어 가는 상황을 본다면 7사이클 이상의 주문을 행한다는 대마법사(Wizard)라고 불릴 가능성은 정말 눈곱만큼도 없어."

잠시 뜸을 들이더니 팔시온은 다시 말을 이었다.

"내가 왜 이런 말을 하는가 하면 가스톤은 조금 늦게 마법을 배웠고 아직 별 볼일 없는 마법사라는 거지. 하지만 나중에 몬스터와 싸울 때 그를 본다면 별 볼일 없다는 말이 쑥 들어갈 거야. 그만큼 마법사의 위력은 대단해. 아군 쪽에 있다면 대단한 보탬이 되지만 적이라면 아주 위험한, 그것이 마법사지.

그렇기에 자네도 명심할 것은 어떤 싸움이 벌어진다면 상대방 마법사가 누군지를 빨리 알아내는 게 가장 중요하지. 그런 다음 마법사를 저세상으로 보내고 격투를 시작해야 해. 그 원칙을 지키지 않았다가 상대가 마법을 쓰기 시작하면 아주 힘든 싸움이 될 수밖에 없다구."

"명심하죠."

다크는 팔시온에게서 이 시대, 이 세계에 대한 수많은 지식들을 얻어 들을 수 있었다. 하다못해 시 외곽에만 나가도 몬스터들이 출몰하기에 모든 도시들은 두터운 성벽으로 싸여 있었고, 힘없는 주민들은 거의 여행을 하지 않았다. 아니 하지 못했다고 보는 게 옳다. 거의 대부분의 국가들이 노예 제도가 있었고, 농노(農奴) 제도를 토착화하고 있었다. 농노 제도 하에서는 영주의 한마디는 곧 법이었다.

이런 지독하게 폐쇄적인 사회였지만, 젊은이들은 단 하나의 꿈을 가지고 무예를 닦았다. 사실 체계적인 수업 없이 무턱대고 노력만 한다고 익혀지는 게 무술이 아니지만, 그래도 운이 좋다면 변방의 수비대 정도로 출세할 수는 있었다. 더욱 운이 좋다면 어떤 도시의 수비대원이 될 수도, 전공(戰功)만 잘 세운다면 수입도 괜찮을 수 있었다. 몬스터는 버글거렸고, 변경에서는 평화 시라도 몬스터와의 전쟁으로 하루해가 뜨고 지는 판이었다.

운이 좋다면, 정말 운이 좋다면 우수한 동료나 상관을 만나 제법 족보에 있는 무술을 배울 수도 있었다. 그렇다면 그 실력대로 조금 더 승진할 수 있을 것이고, 돈을 벌어 자신의 아들을 아카데미에 보내 기사나 학자, 혹은 마법사로 키울 수도 있었다. 물론 그 아들 녀석이 잘해 준다는 전제 조건이 붙어야 하지만…….

그런 식으로 말한다면 장사 쪽으로 진출한 자들이 더욱 유리할 수도 있다. 하지만 뛰어난 상인을 아버지로 둔 뛰어난 기사들은 의

외로 수가 적었다. 아마도 자라나는 환경 때문이리라…….

그런 면에서 본다면 자손대대 무가(武家)인 집안이 더욱 유리했고, 또 사실상 대부분의 뛰어난 기사들은 각 명문에서 탄생했다. 게다가 무가의 경우 남들보다 더욱 유리한 점이 있었다. 가전(家傳)의 무술이 그것이다. 뛰어난 기사들을 계속 배출한 집안은 예외 없이 막강한 가전 무예를 보유하고 있었다.

코린트 제국이 자랑하는 소드 마스터(Sword Master) 키에리 발렌시아드 공(公)이 그 대표적인 경우다. 그의 아들들과 손자들은 모두 다 그래듀에이트의 자격을 가지고 있었고, 키에리 공이 가장 아낀다는 셋째 아들은 다음 세대의 소드 마스터가 될 가능성이 컸다. 아직은 미숙하다고 하지만 황제조차도 그 셋째 아들의 실력을 아낀다고 할 정도였으니까…….

그런 뛰어난 무가의 사병(私兵)으로 들어가도 좋은 무술을 교육받을 수 있다. 개인의 군대인 만큼 더욱 강하게 만들기 위해 가전 무공의 일부를 가르칠 테니 말이다.

비참한 지경에 처해 있는 농노들은 신분 상승의 가장 확실한 방법인 무예 수련을 포기할 수는 없었다. 한 단계씩 차곡차곡, 성문 수비병이라도 좋았다. 언젠가 자신의 아들은 진짜 수비병이 될지도 몰랐고, 손자는 뛰어난 무가의 사병이라도 될 수 있을지 모르니까…….

이런 식으로 신분 상승의 꿈을 이루기 위해 기사를 바라보고 노력하다 보면 이름난 부자가 되는 경우도 있었고, 어떤 때는 외곽 수비대에서 한자리 차지하는 수도 있었다.

한밤의 방문객

 이런저런 말을 주고받으며 길을 가다 보니 어느덧 해가 저물었고, 일행은 모닥불을 피우고 야영을 준비했다. 가스톤은 의외로 상당히 부지런해 보였는데, 특히 먹는 것에 더욱 부지런했고 또 그만큼 신경을 썼다. 그는 점심은 여관에서 산 빵과 햄 등으로 해결했지만, 야영을 시작하자 곧바로 모닥불에 냄비를 올리면서 식사 준비를 시작했다.
 다크를 제외한 다른 사람들은 가스톤과 오랜 시간 함께 생활했기에 그런 것에 익숙한 듯했다. 팔시온은 조금 떨어진 개울에서 물을 길어 왔고, 미네리아와 미디아는 요리하는 것을 도왔다. 미카엘, 라빈, 지미는 이곳저곳을 뒤지며 땔감을 모았다. 다크도 눈치를 살피고는 주변을 돌면서 땔감을 줍기 시작했다.
 어느 정도 시간이 흐르자 모닥불 주위에는 충분한 땔감이 쌓였고, 맛있는 스프 냄새가 사방에 퍼졌다. 사람들은 모닥불 주위로 모여들어 미네리아가 돌리는 스프 그릇을 받아 들고는 시장에서 충분히 구입한 빵과 햄, 소시지 등을 돌리며 만족스런 식사를 시작했다. 식사를 하면서 가스톤이 팔시온에게 물었다.

"야영을 하면서 보초를 세울 필요가 있을까?"

"여기는 시가 가까워서 별 필요는 없을 거야. 하지만 중부 대로에서 벗어나는 모레부터는 돌아가면서 보초를 서야겠지."

"그 근처에서 가장 위험한 몬스터라면 어떤 게 있나?"

그러자 팔시온이 음식을 우물거리며 자신의 짐 보따리를 뒤지더니 책 한 권을 꺼내 뒤적였다.

"뭐 별로 대단한 건 없어. 위어울프(Werewolf : 늑대 인간) 정도군. 원래가 겉모양도 사람이고, 또 사람과 같이 살다가 보름달만 보면 발작을 하는 놈들이니……. 도시 주변에도 자주 나타나는 모양이지."

세 명의 남녀가 비록 멀리 떨어져 있지만 밤이기에 눈에 잘 띄는 불빛을 지그시 응시하고 있었다. 그때 아주 부드럽고도 긴 금발머리를 가진 여자가 부드러운 목소리로 옆 사람에게 말했다. 그런데 그 여자의 귀는 조금 특이하게 생겼다. 사람의 귀라고 보기에는 너무 크고 뾰족했다.

"네가 말한 녀석이 저들 중에 있는 게 확실하냐?"

"예."

"어떻게 생긴 녀석이야?"

"보통 그냥 여행자 옷을 입었어요. 검은색 망토에 갑옷은 없었구요. 그리고 응…, 얼굴은 20대 초반 정도로 아주 젊어요."
 그 말을 들으면서 여자는 저 멀리 보이는 불꽃 주위에 앉아 있는 사람들을 쏘아봤다. 대강 잡아도 5백 미터는 족히 넘는 거리였기에 사람의 얼굴은 좁쌀 알갱이보다 작게 보였다. 하지만 여자는 알았다는 듯 고개를 끄덕였다.
 "알겠다, 저기 보이는군."
 "지금 공격할 건가요?"
 "아니, 나중에 잠들면. 그런데 그 남자가 그렇게 실력이 뛰어나다는 게 사실인가?"
 "예, 검술은 잘 모르겠지만 격투술은 대단하던데요. 거의 손도 못 써 보고 칼 뺏기고, 돈 뺏기고, 옷 뺏기고, 익사할 뻔했다구요."
 그러자 옆에 있던 남자가 덧붙였다.
 "그 녀석 마법도 쓸 줄 안다구요. 피하지도 않고 화살을 막은 걸 보면 무슨 방어 마법을 쓴 것 같았고, 또 곧바로 내 쪽으로 파이어 볼이 날아왔다니까요. 그때 정말 죽는 줄 알았어요."
 "흥, 겨우 파이어 볼 가지구……. 좋아 저놈은 내가 처리해 주지. 자, 배고프니까 식사부터 하자구."

 첫 번째 화살은 어두운 밤하늘에서 갑자기 날아왔다. 저녁때부터 감도는 희미한 살기(殺氣) 때문에 어느 정도 대비를 하고 있었기에 다크는 간단히 그 화살을 포착할 수 있었고, 곧바로 허리에 매여 있던 샤벨이 날아갔다.
 쾅.
 놀라운 일이었다. 화살과 검이 부딪치면 상식적으로 생각하면

한밤의 방문객 63

챙? 아니면 화살 잘리는 소리, 싹둑 정도 되려나? 하지만 그것과는 완전히 다른 소리가 울려 퍼진 것이다.

화살에 폭탄이라도 장착했는지 화살은 강렬한 힘으로 폭발했고, 아무 생각 없이 샤벨을 거기에 가져다 댄 다크가 가장 큰 피해를 입었다. 물론 호신강기(護身剛氣) 덕분에 큰 부상은 면했지만 그래도 타격이 없었던 것은 아니었다. 앞부분의 옷이 폭발의 충격으로 너덜너덜해졌으니까…….

그 폭발음과 동시에 가스톤이 외쳤다.

"마법입니다. 모두들 조심하세요."

그런 다음 그는 중얼중얼 알아들을 수 없는 주문을 외우기 시작했고, 그의 뒤에서 미네리아도 함께 주문을 외웠다. 이때 나머지 사람들은 어디서 날아올지 모를 마법 화살을 막으려고 주위를 살폈다.

무예 수업자들은 방패를 꺼내어 들었고, 미디아도 얄팍한 방패로 마법사들의 앞을 가렸다. 그들은 자신의 몸이야 어찌 되든 우선적으로 마법사를 보호하는 데 총력을 다하고 있었다. 또 다른 화살이 몇 발 날아왔지만 이번 것들은 폭발을 일으키지 않았다.

다 찢어진 옷을 보면서 망연히 서 있는 다크를 보고 팔시온이 물었다.

"몸은 괜찮아?"

"아…, 괜찮아요. 그런데 방금 그게 마법입니까?"

"그렇지. 나도 자세히는 잘 모르겠지만 마법사들 중에 궁술(弓術)을 배운 자들을 위해 화살의 파괴력을 높이는 몇 가지 마법이 있다고 언젠가 들었어."

"그러니까 상대는 마법사면서 궁수라는 말인가요?"

"그렇지. 하지만 그렇게 강한 마법사는 아니야. 어이, 이봐!"

그와 동시에 다크는 앞으로 달려 나갔다. 이때 또 앞에서 다른 화살이 날아왔다.

'알고도 당할 바보는 없지. 무상검법(無上劍法) 1장 4절, 방(防)!'

다크의 앞쪽으로 보이지는 않았지만 둥그런 막이 형성되었고, 그 화살은 방에 격중된 다음 강렬한 열기를 뿜으며 폭발했다. 하지만 방을 뚫지는 못했다. 다크는 마법이 방을 뚫지 못한다는 것을 알고 더욱 빠른 속도로 경공술을 펼쳐 접근해 갔다. 드디어 나무 옆에 몸을 반쯤 감추고 화살을 날리는 상대가 보였다.

'한 놈, 두 놈, 세 놈……'

그중에 화살을 활에 먹인 상태에서 중얼거리고 있는 여자가 한 명 있었다. 다크의 몸은 그쪽으로 날아갔다. 여자는 다크가 자신을 향해 접근해 오는 것을 보며 주문을 완성할 시간도 없이 곧장 화살을 날렸고, 그 화살은 허무하게도 샤벨에 막혀 버렸다. 그와 동시에 날아드는 다크의 주먹…….

퍽!

"꺅!"

'그다음 우아하게 몸을 선회하여 저 녀석…….'

팍!

"윽!"

'나머지…, 응? 어디선가 본 여자 같은데…….'

퍽!

"악!"

다크는 한 대씩 맞고 기절해 버린 두 명의 여자와 한 명의 남자를 보고 가소롭다는 표정을 지었다.
'응? 이 녀석 체격이 나하고 비슷하군.'
이런 생각이 들자마자 타 버린 옷을 벗어 버리고 그 남자의 옷을 벗겨서 입었다.
"뭐, 쓸 만하군. 옷을 태웠으니 보상을 해야지."
옷을 바꿔 입고, 세 명의 손과 발을 꽁꽁 묶고 난 다음 그들을 툭툭 발로 차 깨웠다.
"이봐!"
그들이 깨어나자마자 다크의 심문(審問)이 시작되었다.
"방금 공격한 이유가 뭐야?"
하지만 상대로부터 답은 없었다.
"좋게 말로 해서는 안 된다는 거야? 그런 거야?"
퍽!
거의 벌거벗은 채 묶여 있는 남자가 정통으로 배를 채여 고꾸라졌다.
"말로 할 때 들으라구. 왜 습격했지?"
그러자 저쪽에 있던 금발 여자가 매서운 눈매로 다크를 노려보며 말했다.
"네 녀석이 더 잘 알 거 아냐? 불케인시의 도둑 길드 회원을 건드렸고, 또 도둑 길드에는 신고도 안 하고 도둑질을 했지? 그러고도 네 녀석이 무사할 줄 알았냐?"
다크는 모르겠다는 표정이었다.
"나야 처음부터 무사할 줄 알았고, 또 지금도 무사하잖아. 가만 있어 봐라……. 일단은 그냥 놔두고 가고 싶다마는 그랬다가는 또 따라올 테고……. 어떻게 하지?"

잠시 궁리를 하던 다크는 좋은 방법이 떠올랐는지 곧장 달려들어서 그 두 여자의 옷을 벗기기 시작했다.

"끼약! 뭐 하는 거야? 이 파렴치한 놈."

"이 치한!"

저마다 한소리씩 했지만 남자의 힘을, 그것도 무술 고수의 힘을 당해 낼 수는 없었다. 그들의 속옷을 제외하고 홀딱 벗겨 버린 다크는 그녀들의 짐 보따리들과 뒤에 매여 있던 말 세 필까지 포함해서 모든 것을 압수, 아니 그야말로 약탈이라고 하는 게 맞을까? 어쨌든 압수했다.

"두고 보자. 이 나쁜 놈!"

"죽여 버릴 거야……."

"흐흐흐, 좋으실 대로……. 다음에 또 봅시다."

다크는 휘파람을 불며 새로 생긴 말 세 필에 짐을 싣고는 일행에게 돌아갔고, 짐은 물론 옷까지 다 뺏긴—거기다가 앞부분이 타 버린 옷까지 몽땅 다 가져가 버렸다—두 여자와 한 남자는 이를 갈면서 돌아갈 수밖에 없었다. 남자라면 몰라도 여자가 속옷만 입고 돌아다닐 수는 없었고, 또 무기는 물론 말, 식량, 돈까지 다 빼앗겼으니 추격할 방법이 없었던 것이다.

주위를 경계하고 있는데 저쪽에서 다크가 말 세 필을 끌고 오자 모두들 궁금해했다.

"그건 웬 말이야?"

"까불기에 몽땅 다 뺏어 왔죠. 옷이고 식량이고 말이고 다 뺏겼으니, 꼼짝없이 다시 불케인시로 돌아가야 할 겁니다. 아, 알고 보니 저한테 원한이 있는 녀석들이더군요."

"도대체 무슨 짓을 했기에 마법을 걸어 놓은 화살까지 날아오나요?"

"뭐, 별짓 안 했다구요. 불케인시로 들어가는데 웬 여도적이 돈 달라기에 잡아서……."

"수비대에 넘겼나?"

"아뇨. 돈 뺏고, 옷 뺏고, 무기도 뺏은 다음 손만 묶어서 강에다가 던져 버렸죠. 그래도 인간적으로 손만 묶었으니까 익사는 안 했다구요. 그때 가게에서 팔았던 게 그 도둑 물건이니까……."

"꺄하하하……."

기발한 대응책에 모두들 배꼽을 잡았지만, 뭐 그래도 도둑 길드의 회원을 건드리는 것은 별로 장수(長壽)에 도움이 되지 않았다. 팔시온은 먼저 그 점을 상기하며 걱정을 해 줬다.

"그래도 상대가 도둑 길드의 회원이라면 조금 귀찮아질 텐데……."

"상관없어요. 방금 그 녀석들도 도둑 길드 회원들이었으니까. 그래서 이번에도 몽땅 다 뺏어 왔죠."

쓴웃음을 지으면서도 미디아가 다크에게 조언을 했다.

"그건 현명한 방법이 아니군. 나도 어렸을 때는 도둑 길드에서 일한 적이 있지. 단검 던지기도 그때 배운 거고, 도둑들은 하급 인생이라는 열등감 때문인지 자존심이 강해. 그래서 무너진 자존심을 다시 살리기 위해 더 강한 사람하고 다시 올 거야. 그땐 아주 귀찮아지게 되지."

"뭐 괜찮을 거예요. 멀리 도망치면 찾기도 어려워질 거고, 기껏 찾아서 복수 따위 한다고 해도 막대한 돈이 생기는 것도 아니니까 아마도 포기하겠죠."

"그렇다면 좋을 텐데……."

충돌 |

 다크는 하늘에 박쥐같은 날개에 목과 꼬리가 길쭉한 이상하게 생긴 거대한 새가 날아가는 것을 보고 팔시온에게 물었다.
 "우와, 저게 뭐죠?"
 팔시온이 하늘을 자세히 살피더니 설명했다.
 "으음…, 길이가 15미터쯤 되는 거 보니 야생 와이번이야. 흔히들 비룡(飛龍)이라고도 부르지. 여기서 봤을 때는 작게 보이지만 다 자란 녀석이네. 저걸 길들여서 용기사단에서 사용하지. 입에서 화염을 뿜기 때문에 대단히 위험한 녀석들이라구. 야생의 와이번은 아주 흉폭해. 가축이나 사람도 공격하지."
 "용기사단에서 사용한다구요?"
 "응. 저 녀석을 타고 날아다니는 기사를 특별히 용기사(Dragon Knight)라고 부르는데, 사실 기사급이 와이번을 타면 정말 당할 자가 거의 없지. 모두 옛날이야기가 되어 버렸지만…, 어쨌든 요즘은 정찰하는 데나 긴급한 서신을 전한다든지, 뭐 그런데 사용하지."

"길들이기는 쉽나요? 저 위에 타고 하늘을 날면 기분 좋을 거 같은데……."

"하하하, 아주 성질이 지독한 놈들이지. 새끼 때부터 길들여야 해. 안 그러면 길들이는 게 거의 불가능하지. 길들이기가 어렵기 때문에 길들인 와이번의 가격은 아주 비싸다구. 아마 1만 골드쯤 할 거야."

"1만 골드라구요? 그럼 황금으로 1백 킬로그램이나 된다는 말이에요?"

"응, 원체 가격이 비싸니까 저 남부 최강이라 불리는 마케론 제국의 적룡 기사단(赤龍騎士團)도 와이번이 5백 마리 정도밖에 없지. 꽤 무섭기도 하지만 편리하기도 한 존재야. 참, 자네 돈이 좀 있으면 샤헨에서 좋은 갑옷을 살 수 있을 거야."

"갑옷이요?"

"갑옷 하면 와이번의 비늘을 가공해서 만든 게 좋지. 샤헨에는 저 마도 왕국 알카사스로부터 '마법의 불'로 와이번의 비늘을 녹여 만든 각종 갑옷이 수입되지. 아주 가볍고 튼튼하다구. 물론 와이번이 아니라 드래곤의 비늘을 녹여 만든 것이 훨씬 좋지만 너무 비싸고, 뭐 와이번만으로도 충분히 가볍고 탄탄하다구.

딴 나라는 마법이 안 되니까 비늘 갑옷(Scale Armor)밖에 못 만들지만, 알카사스는 마법으로 비늘을 녹여서 꼭 쇠로 만들 듯이 여러 종류의 갑옷을 생산하지. 사슬 갑옷(Chain Armor), 통짜 갑옷(Flate Armor), 뭐 없는 게 없어. 그걸로 만든 방패도 판다니까."

"방패도 와이번 비늘로 만들어요?"

"응, 저기 미디아 양이 가지고 있는 얄팍한 방패가 와이번 비늘을 마법으로 녹여서 만든 거지. 아주 가볍고 튼튼하다구."

"상당히 귀한 걸 가지고 다니는군요."

"미디아 양은 근래에 우리 파티에 합류한 용병이지. 나이를 말하지 않지만 아무리 적게 봐도 서른 살은 되었을 거야. 여자로서, 그것도 용병으로 그 정도 오랜 시간 살아왔다면, 자신을 지키는 몇 가지 비장의 술수는 간직하고 있다고 봐야지. 참, 좋은 거 하나 알려 주지."

"뭔데요?"

"저 장갑 보이지?"

그러면서 팔시온은 미디아가 끼고 있는 스파이크가 박힌 검은 장갑을 가리켰다.

"예."

"저게 과거 마도 시대에 대량 생산되었던 여자용 장갑 '다크네'야. 가볍고 질긴 회색 늑대 가죽으로 만들었다고 하는데, 그렇게 자주 볼 수 있는 물건은 아니지."

"여자용치고는 조금 무작스러운 모양을 하고 있군요. 윗부분에 스파이크도 몇 개 박혀 있고……."

"하지만 정작 무서운 건 그게 아냐. 저건 아까도 말했지. 마도 시대에 만들어진 물건이라고. PUG(Power Up Gloves)라고도 불리던 건데…, '파워 업(Power Up)' 하고 주문을 외우면 두 배까지 힘을 뽑을 수 있지. 다 쓰고 나서 '파워 다운(Power Down)' 하면 원상태로 돌아가고……. 아주 편리하지 않나? 잠시만 사용한다면 정말 유용한 물건이지. 사실 물건 따위는 잠시만 들어도 되는 경우가 많거든. 활을 쏠 때도 그렇고…….

다크, 너도 생각해 보라구. 싸움이 붙었을 때 상대가 여자라면 여자의 힘을 어느 정도로 대강 예상하고 싸우게 되지. 더군다나 도중에 몇 번 검을 섞어 보면 그건 예상이 아니라 확신이 되지. 이때 검을 섞는 그 찰나 힘을 높인다면? 마법을 사용하는 시간이 아주 짧으니 마나의 소모는 크지 않지만, 상대는 예상 못한 일격을 맞고 저세상 가는 거야. 이런 비장의 물건들을 몇 가지씩 가지고 있기에 용병이나 모험가들은 아주 싸우기 피곤한 족속들이야."

"그런 마법을 띤 물건들이 많아요?"

"과거 마도 시대 때 만들어진 게 거의 대부분이지. 그때는 무슨 생각을 했는지 마법을 지닌 물건들을 대량으로 만들었지. 방금 설명한 다크네, 힘의 반지, 불의 반지, 각종 마법 무기들…, 종류도 엄청나게 많지.

하지만 마도 시대는 오래가지 못했어. 처음에는 큰 문제가 되지 않았지만 마법을 지닌 물건들은 마법을 사용할 때마다 사용자의 마나를 너무 많이 빼앗았고, 나중에는 저주받은 물건이라며 사람들이 사용을 회피했지. 사실 마력을 사용할 수 있는 물건이 흡수하는 마나는 보통 사람이 견디기에는 좀 무리가 있으니까 말일세.

그때가 아마 마법사들처럼 마법을 죽자고 익히지 않아도, 마법을 사용할 수 있게 해 주는 물건 하나만 가지고 마법을 쓸 수 있는 방법이 갓 개발된, 마법의 중흥기였지. 나중에 그 폐해가 밝혀진 다음에 사용자가 급감하고 생산이 중지되었지만 말이야."

팔시온과 다크가 쑤군거리며 천천히 말을 몰고 있을 때였다. 먼

곳에서 병장기 부딪치는 소리가 들려왔다. 사실 다크는 이들보다 훨씬 오래전에 이걸 눈치 채고 있었지만 모른 척했던 것이다. 뭐 자신에게 해가 되는 것도 아니고, 구해 줘 봐야 별로 득도 없고, 돈이야 불케인시에서 충분히 장만(?)했으니 아쉬울 것도 없었고……. 하지만 그들은 거의 실력이 엇비슷한지 그토록 다크가 시간을 많이 줬음에도 불구하고 아직도 치고받고 있었던 것이다.

그 소리를 듣고 가장 먼저 반응한 것은 가스톤이었다. 사실 마법사들은 그 파괴력은 엄청나지만 주문을 외울 시간이 많이 필요하기에 절대로 앞에 나설 수 없었다. 상대가 마법사라는 사실을 눈치 챔과 동시에 곧바로 사망할 것이 뻔하기 때문이었다.

"이보게 팔시온. 앞에 누군가 싸우고 있어."

다크와 대화에 정신이 팔려 그 미세한 소리에 반응하지 못하고 있던 팔시온이 청력을 집중했고—다크는 눈치 채지 못했지만 팔시온도 1사이클 정도의 마법은 가능했기에 소리를 조금 크게 들리게 만드는 마법을 이용했다—곧이어 가스톤의 말이 사실임을 확인하고 곧장 말을 달려갔다. 그리고 나머지 일행도 그 뒤를 따랐고 가장 뒤에 다크가 마지못해 따라갔다.

일행이 현장에 도착했을 때는 거의 상황이 종료된 다음이었다. 사방에 시체들과 주인 잃은 말들이 널려 있었고, 그들을 죽였다고 짐작되는 회색 갑옷에 청색 망토를 두른 인물들이 여기저기에 쓰러져 있는, 아직도 목숨이 붙어 있는 몇몇 백색 갑옷의 사람들을 확실하게 저세상에 보내 주고 있었다.

"이런 나쁜 녀석들……."

다크가 봤을 때 회색 갑옷을 입은 상대는 제법 뛰어난 인물들이었다. 그들의 수는 부상자가 그중 태반이라고 해도 열두 명. 조금이라도 안목이 뛰어난 사람이라면 쓰러져 있는 사람들을 보고 그들의 실력을 단번에 파악할 수 있을 것이다. 죽어 있는 회색의 수는 20명, 백색의 수는 무려 50명이 넘었다.

그렇다면? 여기 남은 열두 명은 죽어 있는 20명에 비해 운이 좋은 몇 놈을 제외하고는, 더욱 실력이 뛰어나다고밖에는 표현할 수 없을 것이다.

열두 명은 새로운 적의 존재를 눈치 채자 부상자들까지도 몸을 일으켜 말에 올라타고 중간에 서 있는 마차를 호위하는 형세를 취했다. 그리고 팔시온 등 여러 인물들이 그들을 향해 돌격해 들어갈 때쯤에는 그들은 이미 굳건한 방어 태세를 갖춘 상태였다.

왜 상대를 확인하지도 않고 공격해 들어갔을까? 다크는 그게 궁금했지만 사실은 쓰러져 죽은 자들의 갑옷에 그 해답이 있었다. 은백색의 고급스런 갑옷. 이 갑옷은 지금 다크 일행의 목적지인 샤헨을 수도로 삼고 있는 트루비아의 정예, 라칸 기사단의 복장이었던 것이다. 트루비아 땅에서 트루비아의 기사단을 죽였다면 당연히 그놈들이 적일 것은 당연한 사실. 아마도 저 마차 안에는 저들이 노린 목표물이 들어 있을 것이다.

50미터쯤 떨어진 뒤쪽에 마법사인 가스톤과 미네리아가 남고 나머지 다섯 명이 상대를 향해 돌진해 들어갔다. 다크까지 합한다면 여섯 명이 열두 명을 상대해야 하지만, 그 열두 명의 반이 약간씩이라도 다친 부상자임을 고려한다면 그렇게 무리한 대결도 아니었다. 거기에다가 상대는 오랜 결전으로 지쳐 있었고, 뒤에는 막강한 화력을 가진 마법사 가스톤이 뒷받침해 주고 있었다.

가스톤이 품속에서 수정으로 만들어진 짤막한 막대기(stick)를 꺼내 들고는 주문을 외우는 사이 나머지는 상대를 향해 돌격해 들어갔다. 이때 뒤쪽에서 주문을 외우고 있는 가스톤을 보고 회색 갑옷 중의 한 명이 외쳤다.

"마법사다!"

적도 노련하게 병력을 재배치했다. 일곱 명이 돌진해 들어오는 다섯 명을 막는 사이, 나머지 다섯 명이 마법사를 향해 달려갔다. 하지만 그들은 곧바로 그 동료들 뒤를 따라 접근해 오던 다크에게 가로 막혔다. 상대는 겨우 한 명이기에 놈들은 간단하게 처치할 요량으로 덤볐고, 그들이 검을 휘두르는 것을 보고 다크가 뒤미처 검을 뽑았다. 다크의 검은 상대의 검 두 자루를 튕겨 냈고, 그중 한 명을 두 토막으로 만들어 버렸다.

뒤이어 다크는 말에서 몸을 날려 당황하는 상대에게 뛰어올랐고, 또 다른 한 명의 목이 몸통에서 그의 검과 함께 떨어져 나갔다. 다크의 현란한 움직임을 본 회색 갑옷은 경악에 찬 비명을 질렀다.

"그래듀에이트다!"

이상하게도 놈들은 그렇게 외쳤다. 그와 동시에 저쪽에서 팔시온을 압도하며 느긋하게 공격을 퍼붓던 회색 갑옷 한 명이 여태까지와는 달리 한 방에 팔시온의 검을 날리고 검을 쫙 휘둘렀다. 팔시온은 가까스로 피하기는 했지만 갑옷의 앞부분이 길게 찢어졌고, 또 너무 몸을 뒤로 뺀 바람에 말에서 떨어졌다.

그 회색 갑옷은 상대가 말에서 떨어지자 상대의 상처가 어느 정도인지 확인할 여유도 없이 곧장 다크 쪽으로 말을 몰아 달려왔다. 다크와 상대하다가 회색 갑옷 한 명이 이쪽으로 달려오는 것을 본,

아직까지 살아남은 세 명 중 두 명은 다크에게, 또 다른 한 명은 가스톤을 향해 말을 달렸다.

이때 가스톤이 "파이어 볼"하는 외침과 함께 불덩어리를 던졌고, 그를 향해 달려가던 녀석은 말과 함께 통구이가 되어 버렸다. 불기운이 다크에게까지 은근한 열기를 전달할 즈음에 다크는 남은 둘을 해치웠고, 이쪽으로 달려오는 조금 실력이 괜찮아 보이는 녀석과 일대일로 대면할 수 있었다.

상대는 거의 1.8미터 길이에 이르는 마상용 장검(馬上用 長劍)인 바스터 소드(Burster Sword)를 휘두르며 자신 있게 다크에게 달려들었다. 말과 말이 가까워지는 순간 상대는 엄청난 장검의 힘을 십분 이용해 다크를 내리 찍었다. 다크는 상대의 검날에 푸르스름한 검기가 형성되어 있는 걸 볼 수 있었다. 그러나 다크는 검을 들어 상대의 검을 간단히 막음과 동시에 말안장의 디딤대에 얹혀 있는 왼발을 지지대로 이용해서 그대로 몸을 회전시키며 상대의 머리를 향해 오른발을 날렸다.

챙! 퍽!

두 가지 소리가 거의 동시에 들렸다. 상대의 머리에 한 방 먹인 다크는 왼쪽 발에 힘을 가해 아예 말안장에서 벗어나 땅에 내려섰고, 상대는 머리가 터지면서 낙마(落馬)해 반대편으로 쓰러졌다.

'싱거운 싸움이군.'

다크는 남은 적들을 없애기 위해 동료들이 있는 곳으로 달려갔다. 이때 팔시온 일행도 남은 여섯 명, 그것도 부상자 두 명을 포함한 여섯 명이었기에 간단히 세 명을 해치우고 남은 세 명을 밀어붙이고 있었다.

팔시온 일행은 잘 몰랐지만 회색 갑옷들의 실력은 꽤 좋은 편이었다. 하지만 눈앞에서 자신들의 대장이 갑옷도 입지 않은 여행자에게 간단히 머리가 터지는 것을 보고, 갑자기 사기가 극도로 떨어졌다.

그들의 대장은 용맹한 기사였으며, 아레스의 신전에서 그래듀에이트의 자격을 받은 인물이었다. 그런 대장을 저리 간단히 발차기로 저세상에 보냈다면, 검을 쓰는 척하고는 있어도 권법을 통해 그래듀에이트의 자격을 받은 인물임이 확실했다. 그런 자의 수하들이 여기를 덮쳤으니⋯⋯. 사기는 순식간에 땅에 떨어졌고, 그들이 순간적으로 기운을 잃었을 때 그들의 일부가 팔시온 일행의 검에 목숨을 잃은 것이다.

이때 마차의 문이 열리고 검정색으로 물들인 멋진 가죽 갑옷을 입은, 흰 수염을 멋지게 기른 중년인이 말에서 내려왔다. 그는 사방에서 싸우고 있는 주변을 오만스레 바라보더니 중얼거렸다.

"크크, 가소로운 것들⋯⋯."

그는 조용히 주문을 외우기 시작했다. 그는 마법사였던 것이다. 그걸 눈치 채고 가스톤이 회색 갑옷을 입은 녀석에게 발사하려고 준비한 라이트닝 볼트(Lightning Bolt : 번개 화살)를 흑색 가죽 갑옷을 입은 인물에게 날렸다. 회색 갑옷을 입은 인물들이 동료들과 얽혀서 싸우는 도중이었기에 파괴력이 큰 마법을 외우지는 않았던 것이다. 하지만 라이트닝 볼트가 그렇게 위력이 약한 마법은 아니었다. 오히려 좁은 범위에 위력이 집중되는 만큼 그 파괴력에서는 파이어 볼보다 앞서는 마법이었다.

하지만 상대는 간단히 매직 실드의 주문으로 이를 막아 낸 다음 계속 주문을 중얼거렸다. 아마도 저 정도 긴 주문이라면 따끈따끈한 1사이클 정도는 아닐 것이다. 최소한 2사이클, 최악의 경우 4사이클까지도…….

흑색 가죽 갑옷을 입은 인물은 처음에는 간단히 마법을 막아 내며 주문을 외웠지만 곧 표정이 굳어졌다. 검을 들고 자신을 향해 엄청난 속도로 달려오는 다크를 봤던 것이다. 이 정도 속도라면 주문을 완성하기도 전에 칼을 맞을 것이 확실했다. 마차 안에서 듣기로는 아무래도 저쪽에 그래듀에이트급이 있는 모양이다. 달려오는 속도로 봤을 때 이자일 가능성이 가장 컸다. 그렇다면 더 이상 생각할 것도 없었다.

다크의 검이 상대의 목을 향해 휘둘러지기 직전, 흑색 갑옷을 입은 인물은 "워프(Waft : 공간 도약)!"라고 외쳤다. 그가 끼고 있는 반지가 순간적으로 밝은 빛을 뿜더니 그의 몸이 사라져 버렸다. 그리고 그의 몸이 사라지는 그 순간 다크의 검이 그 빈 공간을 갈랐다. 다크가 갑자기 사람이 없어져 버린 공간을 멍하니 쳐다보고 있는데 뒤에서 팔시온이 그의 어깨를 툭 쳤다.

다크가 멍한 표정으로 뒤를 돌아보자 이미 남은 상대방을 모두 해치운 팔시온이 길게 찢어진 자신의 갑옷을 한참 들여다보다가 다크에게 미소를 띠며 말했다.

"자네, 공간 도약 마법을 처음 본 모양이군. 그 녀석 마법사면서 마법 반지를 끼고 있었어. 저 녀석 정도 실력이면 거의 필요 없겠지만, 마법사 혼자 외부에 활동하는 경우 목숨이 아까운 녀석이라면 그만큼 방비를 하기 마련이지."

"그런데 어떻게 저게 마법 반지라는 걸 알았지요?"

"그야 당연하지. 공간 도약은 4사이클 마법이야. 여러 명을 함께 운반한다면 그건 5사이클에 들어가지. 그런데 4사이클의 마법을 순간적으로 시동어(始動語)만 외워 행한다면, 마력 반지를 생각할 수밖에 없지. 그때 반지에서 빛이 나던 거 자네도 봤잖아. 그건 그렇고, 자네 정말 대단한 실력이더군. 우리들 중에서 최고겠어."

"하하하, 운이 좋았을 뿐이죠."

아직까지는 속셈을 숨기고 겸손한 척하는 다크였다.

이번의 싸움에서 가벼운 부상을 당한 지미와 라빈, 팔시온을 가스톤과 미네리아가 치료 마법으로 돌보는 동안 미카엘은 마차에 다가가서 문을 열었다. 혹시나 무슨 중요한 물건이 들어 있다면 왕실에 신고할 생각이었던 것이다. 하지만 마차에는 아름다운 소녀 하나만 멍청하게 앉아 있을 뿐, 아무것도 없었다. 미카엘은 씁쓸한 미소를 지으며 그 소녀를 데리고 마차에서 나왔다.

"뭔가 있어요?"

미디아의 물음에 미카엘은 고개를 저으며 대꾸했다.

"아무래도 방금 도망쳤던 마법사 녀석이 가지고 튄 모양이야. 우리도 빨리 여기를 벗어나자구. 재수 없으면 죄를 뒤집어쓸 수도 있고, 아니면 성(城)에 가서 모든 상황을 증언하고 심문(審問)받는다고 며칠이나 시달릴지 몰라."

"스승님 성공했습니다."

제자의 말을 들은 노마법사의 얼굴에 기쁨이 떠올랐다. 이제 폐하의 기대에 부응할 수 있게 된 것이다.

"오오…, 그래. 수고했다."

"저, 그런데 카로사 경이……."

"카로사가 왜?"

"카로사 경이 죽었습니다."

"그럴 리가. 정보에 의하면 알렉스 시드미안의 실력은 그렇게 뛰어나지 않은데……."

"예, 물론 알렉스는 간단히 처치했습니다. 하지만, 그 뒤를 쫓아온 인물들이 있었습니다. 그쪽의 기사는 대단한 실력이었습니다. 카로사 경을 간단히 해치운 후 달려들었으니까요."

"흐음, 문제군. 어쩌면 원체 중요한 물건이니만큼 코린트에서 멀찍이서 보호하고 있었는지도 모르지. 어쨌거나 증거는?"

"하나도 남기지 않았지만, 처음 계획과는 많이 틀어져 버렸습니다. 알렉스 시드미안의 시체를 일부러 감춰 그가 내통한 것처럼 꾸미려고 했는데, 되려 이쪽에 그래듀에이트가 있다는 걸 광고한 거나 다름없게 되어 버렸으니까요. 면목 없습니다, 스승님."

"어쨌든 돌아가는 사태를 주시하다 보면 놈들이 어느 정도까지 눈치 챘는지 알 수 있겠지. 수고했다. 들어가서 쉬어라."

"예, 스승님."

제자가 멀어지는 것을 보고 있는 노마법사의 얼굴에는 수심이 가득했다.

"안피로스의 엑스시온 실험에 성공한 것은 5개월 전……. 이제 프로토타입(Prototype : 시작품, 원형)이 겨우 만들어지고 있다. 이제 복수를 향한 첫 걸음을 뗐는데, 뛰어난 기사를 그것도 그래듀에이트급 기사를 잃다니……. 신이시여, 불쌍한 저희 백성들과 인자하신 황제 폐하를 버리시는 겁니까? 제발 신이시여……."

소녀는 참으로 아름다웠다. 열다섯에서 열여섯 정도로 보이는 나이에, 허리까지 오는 아름다운 금발, 겁에 질린 듯한 커다란 갈색의 눈동자, 오똑한 콧날, 붉은 입술을 가진 소녀는 눈에 확 띄는 엄청난 미인은 아니었지만 이목구비가 적당히 어우러져 꽤 미인의 용모였다. 조금 더 크면 대단한 미인으로 성장하리라…….

키는 1백 60센티미터 정도였지만 가녀린 몸매로 인해 청순미와 가련미까지 보태어 보는 이의 가슴을 설레게 하고 있었다. 거기에 약간 멍청한 듯한 눈빛으로 인한 백치미까지……. 왜 멍청한 듯하냐고? 그건 팔시온 패거리가 그 소녀를 구출한 다음 곧이어 알게 된 사실이었다. 그 소녀는 기억을 상실하고 있었다. 하지만 치열한 전쟁의 한가운데서 수많은 사람이 죽어 나가는 모습을 본 충격에 의한 것이 아니라, 고차원적인 마법에 의해 기억이 봉인(封印)되어 있었다.

아마도 그 범인은 멋진 검은 가죽 갑옷을 입은 마법사 녀석일 것이다. 그녀의 옷이 보통 상류층의 여성들이 흔히 입는 나들이 옷임을 감안한다면, 그녀의 신분을 정확히 잡아낸다는 것은 거의 불가능에 가까웠다. 대신 트루비아가 자랑하는 라칸 기사단 50여 명이 호위할 정도의 인물, 어쩌면 여자가 아닌 그녀가 가지고 있던 어떤 물건을 호위했을 가능성도 무시할 수 없었지만, 그 정도 물건의 운반을 위임받았을 정도의 여자라면? 아마도 조금만 수소문을 해 본다면 금방 알 수 있을 것이다.

며칠만 지나고 나면 트루비아에 소문이 쫙 퍼질 테니 그때까지 가만히 기다려 보는 게 가장 속편한 방법이었다. 괜히 그녀의 정체를 알아본답시고 돌아다니다가 재수 없으면 그 회색 갑옷 입은 녀석들에게 포착당할 수도 있고, 어쩌면 불필요한 오해를 받아 고생할 수도 있었다. 그러니 가만히 어디 처박혀서 그냥 체력이나 보충하며 소문이 흘러 들어오기를 기다리는 편이 안전했다.

일단 미디아는 눈에 띄는 그녀의 옷부터 갈아입혔다. 소녀에게 입힌 옷은 다크가 여자 도둑들에게 강탈해 온 옷가지들이었는데, 조금 크긴 했지만 그런대로 보기에 나쁘지는 않았다. 미디아가 입던 옷은 그 자신의 이름조차 기억하지 못하는 소녀에게 너무 컸기에 이리저리 궁리하다가 떠오른 게 다크의 노획물 중 여자 옷이 있다는 것이었고, 그 해결책은 그런대로 괜찮은 결과였다. 일단 아무 마을에나 도착할 때까지는 맞지 않는 옷이라지만 할 수 없었.

말(馬)은 남아돌았기에 그녀를 태우는 것은 별로 어려운 일이 아니었지만, 기억 상실 때문에 말(言語)도 제대로 못하는 그녀가 말(馬)을 제대로 탈 리 없었다. 어색하게 말에 탄, 아니 말 등에 얹혀 있다고 보는 게 옳은 그녀가 떨어지지 않게 모두들 조심해서 천천히 말을 몰았기에 이틀이 걸려서야 작은 마을에 도착할 수 있었다.

그때쯤에는 모두들 편의상 그녀를 '라라'라고 불렀다. 강아지도 이름이 있어야 부를 수 있으니, 그 이름이 그 멍청한 여자 아이에게 어울리고 안 어울리고는 크게 중요하지 않았다. 어쨌든 새로운 식구 라라를 모두들 따스하게 대했다. 그 처참한 싸움터에서 유일하게 살아남은 사람이었고, 더군다나 여자 아이였으니까…….

하지만 여기에 예외가 있었으니 바로 다크였다. 모두의 눈에도 뚜렷이 느껴지도록 다크는 라라를 짐짝 취급을 하고 있었다. 정말이지 아무 쓸모도 없는 아이라고 생각하는 모양이었다.

다크가 대놓고 라라를 못살게 굴었다던지, 뭐 그런 것은 아니었다. 아예 말을 걸지도 않았을뿐더러 라라의 질문에 간단한 답만 해줄 뿐 아예 무시해 버리는 경우도 많았다. 팔시온이나 미디아는 위태하게 말을 타고 가는 그녀가 아래로 드리워진 나뭇가지 따위를 피하지 못할까 봐 앞서가며 잡아 주기도 했지만, 다크는 아예 신경을 끄고 있었다. 조금 심하다는 생각이 들 정도였기에 미디아가 다크에게 발끈해서 도대체 왜 그러느냐고 물은 적이 있었다. 그때 다크의 대답…….

"나는 아무짝에도 쓸모없는 애를 데리고 다니는 걸 별로 좋아하지 않아요."

사실 다크가 이 애송이들과 함께 다니는 이유는 그들이 최소한 전투와 관련된 사항을 제외한 모든 것에서 자신보다는 이 세상에 대한 지식이 넓다는 점이었다. 그가 트루비아의 수도 샤헨으로 가는 것도 샤헨에 있는 왕립 학술 기관인 샤헨 아카데미에 있는 쟁쟁한 마법사들에게 도대체 자신에게 일어난 일이 뭔지, 또 중원으로 돌아갈 방법이 있는지 물어보기 위한 목적도 있었다.

사실 샤헨 아카데미 같은 많은 왕립 학술 기관들이 존재해서 수많은 학자, 마법사, 마도사(백마술 외에 또 다른 마술을 함께 익힌 자들을 정통파와 구분해서 마도사라고 부른다), 기사 등 국가에 필요한 소중한 인재들을 키운다는 사실을 이들을 통해서 알 수 있었으니 도움이 된다고 할 수밖에……. 하지만 여행의 속도나 떨어뜨리고, 아무런 도움도 안 되는 멍청한 계집애 따위는 아무리 예쁘다고 해도 색을 밝히지 않는 다크에게는 혐오의 대상 외에는 아무것도 아니었다.

샤헨

　2주일간의 여행 끝에 팔시온 일행은 트루비아의 수도 샤헨에 도착할 수 있었다. 모두 저마다의 계획이 있었기에 숙소는 한 곳에 정했지만, 일단 짐을 풀고 난 다음 모두들 자신의 볼일을 보러 뿔뿔이 흩어졌다.
　용병인 미디아는 용병 길드에 매력적인 일자리가 있는지 알아보러 갔다. 그리고 무예 수업자들은 미카엘을 임시 두목으로 삼아 샤헨에 있는 검투(劍鬪) 수련장과 경기장을 둘러보러 갔다. 이들은 조금이라도 더 빠른 시간 안에 많은 경험을 쌓은 다음 어떤 기사단에 소속되는 것이 소원인 인물들이었으니까…….
　미네리아는 샤헨의 동쪽에 위치한 대지의 여신을 모시는 신전에 놀러갔다. 그리고 남은 네 명, 가스톤, 팔시온, 다크, 라라는 저마다의 볼일을 해결하기 위해 샤헨 아카데미로 갔다.

샤헨 아카데미는 왕립 학술 기관이었기에 일반인들의 출입이 통제되는 곳이지만 가스톤이 아카데미에 근무하는 사람을 알고 있었기에 그 문제는 간단히 해결되었다. 가스톤은 연락을 받고 달려온 머리가 벗겨지고 살집이 좋은 중년 마법사를 향해 반갑게 미소 지으며 인사를 나눴다.

"이야, 칼. 형편이 좋은 모양이군. 살이 더 찐 거 같아."

"이 녀석, 독설(毒舌)은 하나도 안 변했구나. 그래 무슨 일이냐?"

"무슨 일이냐니. 친구가 보고 싶어서 모처럼 시간을 내서 찾아왔는데, 섭섭하군."

"헛소리하지 마. 네 녀석이 언제 그런 거 따졌냐? 궁한 일이 있을 때만 찾아왔지."

그러자 가스톤은 멋쩍은 웃음을 짓더니 자신의 배를 바라보며 너스레를 떨었다.

"헤헤헤, 이거 내 속이 그렇게 훤히 들여다보이나? 어쨌든 몇 가지 알아볼 게 있어서……. 라라, 이리 와 봐라."

라라가 다가오자 가스톤이 다시 말을 이었다.

"기억을 봉인당한 거 같은데, 내 실력으로는 어림도 없어서 데리고 왔어. 그리고 저기 있는 다크는 공간 이동 마법에 대해서 잘 아는 마법사 좀 소개해 줘. 몇 가지 알아볼 게 있다고 하니까……."

"뭐 그렇게 어려운 건 아니군. 따라오게……."

"만약에…, 이렇게 생긴 여러 도형이 겹치는 중간쯤에 서 있다가 번쩍 한 다음 어딘가에 떨어져 내렸는데, 말도 안 통하고…, 모든 것이 자신이 알고 있던 세계와 완전히 다르다면 그건 어떻게 된 일인가요?"

"흐음, 아마도 차원(Dimension) 이동의 마법일 걸세."

"차원이라구요?"

"그렇네, 차원이야. 시간과 공간을 초월한 세계지. 각 차원은 아무리 무한대의 거리와 시간을 투자해도 만날 수 없는 별개의 공간이지. 바로 코앞에 있다 하더라도 그건 완전히 별개의 세계야. 이건 아직까지 마법사들 간에도 이론으로만 알려져 있지. 하긴 실제로 성공한 사례가 있다고도 전해지는데……."

"그러니까 요점은 그 차원을 달리해서 이동하는 게 가능하다는 말씀입니까?"

"그렇다네. 자네가 대강 그려 준 걸 보니, 마법진(魔法陣)이군. 이걸 통한다면 대단히 강력한 마법이라도 실행이 가능하지. 마법사는 그 진세를 발동만 하면 될 뿐, 나머지는 마법진이 주위의 마나를 흡수하여 자동적으로 돌아가게 되는 거니까 말일세."

"그러면 A라고 하는 차원에서 B라는 차원으로 이동을 했다고 가정한다면, 역으로 B에서 A로 돌아갈 수 있을까요?"

"그건 어려울 거야. 왜냐하면 수많은 차원이 존재하는데, 그중에 자신이 원하는 차원이 어딘지 정확히 알 수 없기 때문이지. 그걸 모르고서 차원 이동을 한다면 A로 돌아가는 게 아니라 C라는 다른 차원으로 갈 수도 있지. 오히려 그 가능성이 더욱 크고……."

"그렇다면 다른 차원으로 가기는 쉽지만 어떤 특정 차원으로 돌아가기는 힘들다는 겁니까?"

"그렇지."

"어쨌든 차원 이동의 마법은 존재하기는 하는 거군요."

"그렇겠지. 하지만 옛날 마법이 극도로 발전했던 마도 시대 말기에 차원 이동의 마법이 만들어졌다고 들었고, 또 그때 실험이 행해졌었네. 하지만 아무도 돌아온 사람이 없으니 명확한 결론이 나지는 않은 거야."

"그렇다면 지금 그 마법을 할 줄 아는 사람이 있습니까?"

"내가 알기로는 없네. 마도 시대는 1천 년도 전에 마법이 가장 흥성했던 시대야. 지금까지 살아 있는 사람이 누가 있겠나?"

"하지만 어딘가에 기록으로라도 남아 있을 수 있잖아요."

"흠, 과거 많은 마법사들이 건설했던 던전이 조금씩이나마 발굴되고 있지만 글쎄…, 아직까지 그런 마법이 발견되었다는 학술 보고는 없었다네. 지금 자네 얘기하고 있는 건가?"

"그건 왜 묻는 건가요?"

"만약 그렇다면 아주 중요한 자료지. 다른 차원에서 이리로 생명체가, 그것도 사람이 날아왔으니 획기적인 발견이 아니겠나?"

"예, 그렇죠. 실은 저하고 아주 친한 친구가 그런 식으로 어딘가로 날아가 버리는 걸 제가 봤거든요. 어떤 마법사하고 싸울 때였는데…, 그 마법사가 그 도형이 있는 쪽으로 친구를 유인한 다음에 그런 짓을 했다구요."

그러자 여태껏 다크를 상대했던 늙은 마법사는 김빠진 표정으로 바뀌더니 말투가 퉁명스러워졌다.

"난 또 자네가 차원 이동 쪽으로 말을 돌리기에 혹시나 했지. 그건 아마 그 마법사가 자네 친구를 당해 낼 수 없으니 공간 이동시켜 버린 걸 거야. 짧은 거리라면 며칠, 먼 거리라면 몇 달 기다리면 그 친구 멀쩡한 모습으로 자네 앞에 나타날 걸세. 이만 가 보게나.

괜히 시간만 낭비했군. 쯧쯧."

 다크가 투덜거리는 노마법사를 뒤로 하고 밖으로 나왔을 때 가스톤, 팔시온, 라라가 그를 기다리고 있었다. 라라는 더 이상 멍청한 눈을 가지고 있지 않았다. 아마도 마법이 풀린 모양이었다.
 "마법이 풀린 모양이군요."
 다크의 퉁명스런 물음에 라라가 고운 목소리로 답해 왔다.
 "예, 저는 라라가 아니고 '라나 슈바이텐베르크'예요. 그리고 드로아 대 신전에서 지혜의 여신 아데나를 모시는 수련생이구요. 잡혔을 때 도와주셔서 감사드려요."
 "슈바이…, 뭐라고?"
 다크의 말에 그녀는 약간 비웃는 듯한 표정이 되었다.
 "슈바이텐베르크요. 저 아저씨는 머리가 별로 안 좋은 모양이야."
 다크가 울컥해서는 한소리하려는데, 팔시온이 끼어들었다.
 "역시 그놈들의 목표는 라나가 아니었어. 라나가 가지고 가던 작은 상자였지. 트루비아 왕실 마법사 다리아 경으로부터 부탁을 받고 드로아 대 신전에 보관하던 그 상자를 샤헨의 왕궁으로 가져오다가 기습을 받고 물건을 뺏긴 거지."
 "그 속에 들어 있는 게 뭡니까?"
 "놀라지 말게. '드래곤 하트'야."
 하지만 다크는 놀라지 않았다. 오히려 뭔 헛소리하냐는 듯한 얼굴로 팔시온을 쳐다보았다. 그제야 팔시온은 자신의 실책을 깨달았다. 다크는 검술 실력은 엄청나지만 마법 쪽으로는 아예 무지하다는 것을 잠시 잊었던 것이다.
"아, 그러니까 드래곤 하트라는 건 드래곤의 목뼈와 척추가 만나는 지점에 불룩 튀어나온 부분인데, 그곳에 드래곤의 마나가 집중적으로 모이지. 사실 드래곤이 죽어 버리면 그 안에 남는 것은 많지 않지만 그래도 사람이 평생 가도 모을 수 없는 엄청난 마나가 들어 있다구. 그 부분의 색깔이 붉기 때문에 드래곤의 심장이라고 부르는데, 아마 그 부분의 뼛조각을 어떤 모양으로 가공한 덩어리가 그 작은 상자 안에 들어 있었던 모양이야."

'아하, 내단 같은 거군.'

다크는 감을 잡았다. 드래곤이 어떻게 생긴 영물인지는 알 수 없지만 많은 사람들의 공통된 의견이 '엄청나게 강하다'는 말이었고, 그런 영험한 놈의 내단이라면 대단한 내공 증진의 효력이 있을지도 몰랐다. 하지만 다크는 자신에게 지금 필요한 것은 중원으로 돌아가는 것이지 그따위 내단이 아니라는 생각이 들었다. 사실 자신과 같은 경지까지 무공을 닦았다면 쓸데없는 영약 따위가 중요한 것이 아니라 '깨달음'이 더욱 중요했다.

무슨 생각을 하는지 처음에는 놀랍다는…, 그다음은 탐욕(貪慾)의…, 그리고 고개를 절레절레 흔들더니 무욕(無慾)으로…, 마지막에는 무관심으로 변해 가는 다크의 얼굴 표정을 재미있다는 듯 보고 있던 라나가 말했다. 그녀는 지혜의 여신을 섬기는 만큼 눈치가 빨랐고, 잔머리 굴리는 게 보통 수준이 아니었던 것이다.

"정말 얼굴 표정이 다채롭게 변하네요. 한 사람의 얼굴 표정이 그렇게 순식간에 마구 변하는 건 처음 봤어요."

다크는 지나치게 쾌활한 라나의 얼굴을 힐끗 본 다음 냉랭하게 물었다.

"팔시온, 저 쓸모없는 계집애는 언제까지 데리고 있을 거죠?"

'쓸모없는 계집애' 란 말에 발끈하는 라나를 바라보며 팔시온이 대답했다.

"흠, 이제 기억도 돌아왔으니 드로아 대 신전으로 돌려보내야지."

"아뇨. 저도 같이 갈래요. 드래곤의 심장을 찾으러 갈 거 아니에요?"

그러자 다크가 냉랭하게 받아쳤다.

"드래곤의 심장 따위는 찾아서 뭐에 쓰려구. 팔시온, 전에 그 와이번 갑옷을 어디서 만든다고 했지요?"

"알카사스."

"예, 거기. 알카사스로 가 보지 않을래요?"

"알카사스는 왜?"

"당연히 제가 필요로 하는 게 마법이니까 그렇죠. 마법이 가장 발달한 나라가 거기라면서요. 가스톤도 마법사니까 거기 같이 가면 뭔가 배울 것도 있을 거 아니에요?"

팔시온은 시큰둥한 얼굴이었지만 마법사인 가스톤은 다크의 유혹에 마음이 조금 움직였다. 그 모양을 본 라나가 다시 팔시온을 꼬시기 시작했다.

"빨리 쫓아가지 않으면 그 마법사를 완전히 놓칠 거예요. 생각해 보라구요. 드래곤의 심장을 찾아다 주면 엄청난 상금을 지급해 줄 거예요."

라나의 유혹에 팔시온과 가스톤은 잠시 생각에 잠겼다. 하지만 그 고민은 오래가지 못했다. 진짜 그걸 되찾을 수 있다면 엄청난 포상금을 받을 수 있으리라……. 하지만 회색 갑옷들과 검을 섞어 본 팔시온은 망설이지 않을 수 없었다. 그때 다크가 아니었다면 자신들도 백색 갑옷을 입은 자들과 마찬가지로 지금쯤 짐승들 밥이 되어 있을 테니까…….

팔시온은 다크를 쳐다봤다. 혹시나 하는 기대감을 품고…, 다크 같은 든든한 실력자가 있다면 해 볼 만하다고 생각했다. 하지만 다크는 이번 일에 끼어들 생각이 전혀 없다는 게 확실했다. 그 사실을 확인하자 팔시온은 약간 풀이 죽은 음성으로 말했다.

"아니, 안 되겠어. 그놈들 엄청나게 강해. 그들 중에 그래듀에이트도 한 명 있었어. 그때 죽을 뻔했다구. 역시 그래듀에이트급에는 그래듀에이트급이 상대해야 장단이 맞지. 트루비아의 정예 라칸 기사단원 50여 명을 겨우 30명 정도로 기습한 놈들이야. 우리들이 겨우 그따위 포상금 타겠다고 설쳤다가는 목숨이나 잃기 딱 좋지."

"그래듀에이트급이 있었다구요? 맞아. 그때 라칸 기사단을 인솔하신 분은 알렉스 시드미안 경이셨지요. 그분은 그래듀에이트셨는데……. 그렇다면 그분을 죽인 그래듀에이트가 있었을 텐데, 당신들은 어떻게 저를 구하셨죠?"

"운이 좋았을 뿐이야. 꼬맹이도 이제 돌아가거라. 우리 중에서 목숨 걸고 싸울 사람은 아무도 없으니까. 가스톤, 팔시온, 이제 여관으로 돌아가죠."

모험의 시작

다크는 침대 위에 앉아 명상을 하고 있었고, 팔시온은 다크에게 검술 좀 가르쳐 달라고 조르다가 통하지 않자 밖에서 혼자 간단한 수련을 했다. 그리고 가스톤은 다크가 앉은 맞은편 침대에 드러누워 옆에 놔둔 땅콩을 집어 먹으며 뭔지는 모르겠지만 두꺼운 책을 읽고 있었다.

아직 다른 일행들은 오지 않았기에 방 안은 조용했다. 여관의 방은 큰 편이었고, 세 명이 묶을 수 있는 방에 무예 수행자 패거리가 투숙하고, 여자들을 위해서도 3인실을, 그리고 나머지 3인실을 빌려 가스톤과 팔시온, 다크가 함께 묶었다.

계단이 쿵쾅거리며 엄청난 덩치를 가진 사람들이 올라오는 소리가 들려왔다. 그러자 책을 읽고 있던 가스톤이 눈살을 찌푸리며 투덜댔다. 미카엘이 돌아온 줄 알았던 것이다.

"하여튼 무예 수행한다는 녀석들은 예의도 모르는지 일부러 사나운 척 쿵쾅거리며 남의 이목을 끈다니까. 부끄러운 줄을 알아야지."

이때 문이 덜컥 열리며 웬 낯선 인물이 들어왔다. 흔히 볼 수 있는 플레이트 아머(Plate Armour : 철판을 두들겨 만든 갑옷)를 입은 엄청난 덩치를 가진 인물이었는데, 갈색의 눈매가 싸늘해 보이는 날카로운 인상이었다. 그를 보고 가스톤이 의문을 표시했다.

"무슨 일이시오?"

그때 그 의문의 방문객은 뒤를 돌아보더니 말했다.

"이 사람들이 맞냐?"

그러자 그 남자의 뒤쪽에서 작은 여자 애의 머리가 튀어나오며 말했다.

"예, 맞아요."

라나였다. 라나의 확인을 받은 그 남자는 가스톤에게 다가가 인사를 건네며 정중히 말했다. 그 남자가 가스톤에게 손을 내밀며 악수를 청했을 때 가스톤은 상대의 덩치와 은근히 흘러나오는 마나에 질려 버렸다. 그리고 그 남자의 뒤에는 그에 못지않은 덩치를 가진 젊은 기사가 한 명 더 있었다.

아무리 팔시온이나 미카엘 같은 덩치 큰 놈들과 어울려 다닌다고는 하지만, 이런 덩치가 낯선 인물이라면……. 그것도 정신적으로 의존할 만한 팔시온 같은 우군도 없을 때 나타났다는 것은 별로 기분 좋은 일이 아니었다. 그나마 조금은 소심한 가스톤의 유일한 위안이었다면 파티에서 가장 검술 실력이 뛰어난 인물이 저쪽 침대에 앉아 있다는 것뿐…….

"라나를 구해 주셨다구요."

"예, 하지만 뭐 근처를 우연히 지나가다가……."

가스톤은 '우연히'라는 단어에 힘을 줘서 말했다. 혹시 귀찮은 일에 얽히는 것은 절대로 사양이었으니까.

"라나에게 도난당한 물건이 뭔지는 들으셨겠지요?"

"예."

"그렇다면 그게 사악한 마법사의 손에 들어가면 얼마나 위험한지도 잘 아시겠군요."

"어느 정도는……."

"그렇다면 우리를 좀 도와주십시오."

그 말에 가스톤은 난감하다는 듯 대답했다.

"예? 저희들은 그냥 여행자들입니다. 그렇게 위험한 일을 할 수는 없어요. 목숨이 몇 개나 되는 것도 아니고 말이지요. 팔시온의 말로는 상대방에 그래듀에이트급의 인물도 있는 모양인데……. 그렇다면 이건 그들의 뒤에는 어떤 국가가 후원한다고 봐야 하지 않겠습니까? 우리들의 실력으로 끼어든다는 것은 말도 안 되는 일이지요."

"그렇다고 하더라도……."

상대가 계속 말을 건네 오자 난감해진 가스톤은 실례인 줄 알지만 잠시 상대의 말을 중단시켰다.

"잠깐만요, 저는 파티의 리더가 아닙니다. 리더를 불러다 줄 테니까 그와 의논하시죠."

그런 다음 창가로 가서는 뒤뜰에서 혼자서 용을 쓰고 있는 팔시온을 향해 외쳤다.

"야, 팔시온. 빨리 올라와 봐. 급한 일이야."

조금 지나자 쿵쾅거리며 땀에 젖은 우람한 근육을 자랑하는 팔시온이 올라왔다. 역시 근육질은 근육질들끼리 있어야 균형이 잡혀 보인다.

팔시온은 슬쩍 눈길로 낯선 사람들을 가리키며 가스톤에게 물었다.

"이 사람들은 누구야?"

가스톤도 상대의 정체는 알지 못했기에 어깨를 으쓱했다.

"몰라. 네가 리더니까 알아서 해."

그러자 그 덩치 큰 사내가 팔시온에게 인사를 건넸다.

"당신이 리던가요? 드래곤 하트를 찾으려고 하는데, 좀 도와줄 수 없겠소? 사례는 충분히 하겠소."

"아마도 가스톤이 말했을 텐데요. 상대편에는 그래듀에이트가 몇 명인가 있습니다. 사실 뒷구멍으로 하는 일이니 그 정도 실력자가 많지는 않겠지만, 적어도 한 명 이상은 된다고 봐야겠죠. 저희 파티가 어떤 구성원으로 이루어졌는지 라나에게 못 들으셨나요? 무예 수행자 세 명, 수련 마법사 한 명, 신관 한 명, 용병 한 명, 모험가 두 명—팔시온은 다크를 모험가에 넣었다—이오. 더군다나 지금 목적지인 샤헨에 도착한 상태니 다음 여행에는 몇 명이나 따라나설지 아무도 모르죠. 이 전력으로 아직 정체도 모르는 그 강한 놈들과 싸우란 말입니까?"

"왜 내가 이런 부탁을 여행자인 여러분께 하고 있는지 이해가 안 가겠지만, 나는 여러분의 실력을 믿기 때문에 이런 부탁을 드리는 거요. 도대체 어떻게 했는지 모르겠지만 당신네 파티는 그래듀에이트가 끼어 있을 게 확실한 적들로부터 라나를 구해 냈소. 왜 그래듀에이트가 끼어 있을 거라고 확신하느냐 하면, 그 마차의 호위대를 지휘한 인물이 알렉스 시드미안, 내 동생이었기 때문이오. 그 녀석은 2년 전에 그래듀에이트의 자격을 얻은 뛰어난 기사였소. 어찌 됐건, 호위 대원들 시체 주위에는 32명의 회색 갑옷을 입은 자들의 시체가 널려 있었소. 그중에 마법 때문에 죽은 자도 있더군. 그리고 어떤 자는 머리가 터져서 죽은 자도 있었고, 어떤 자는 갑옷과 함께 몸통이 두 토막이 난 사람도 있었소. 정말 대단한 실력의 검사가 당신들 중에 있다는 결론이 나오지요."

여기까지 말한 상대는 잠시 망설이는 듯 하더니 다시 정중한 어조로 입을 열었다.

"내 소개를 하지요. 나는 트란 근위 기사단의 그라드 시드미안이라고 하오. 사실상 놈들이 어느 정도 정보망을 가지고 있는지 잘 모르기에, 비밀 유지를 위해 나만 올 수밖에 없었지만…, 내가 당신들과 함께 간다고 해도 안 되겠소? 그리고 저기 있는 스미온 엘시란도 젊긴 하지만 뛰어난 기사요."

'트란 근위 기사단'이란 말이 나오자 가스톤과 팔시온의 눈이 화등잔만 해졌다. 각 국가마다 유명한 기사단 외에 근위 기사단을 가지고 있다. 근위 기사단이라면 그 국가 최고의 엘리트들만을 엄선해서 만들어 놓은 최강의 기사 집단이다. 그렇기에 그 구성원은 모두 다 그래듀에이트급.

여기 조그마한 왕국인 트루비아의 경우 총 2천여 명의 기사들 중 34명만이 그래듀에이트 자격시험에 통과했다. 또 그 귀한 그레듀에이트들 중에서 '트란 근위 기사단'의 멤버로 뽑히는 영예를 받은 기사는 단 네 명. 그런데 그중 한 명이 지금 그들의 눈앞에 있으니 놀랄 수밖에 없었던 것이다.

"에? 그렇다면… 가능성이 있죠. 하지만 국가에서 개입하실 생각이라면 기사단에서 사람을 뽑아다가 직접 하셔도 될 텐데 왜……?"

그 말에 시드미안은 낮게 웃으며 대답했다.

"지금 드래곤 하트를 도난당한 사실을 극비에 부치고 있기에, 정규 기사단을 동원하여 난리를 칠 수는 없지 않겠소. 놈들이 눈치를 채는 것은 둘째 치고, 사실은 더 중요한 것이 따로 있소. 코린트 제국에서 드래곤 하트의 도난 사실을 안다면 본국이 얼마나 심한 대가를 치러야 할지……. 또 도둑놈들도 머리가 있다면 트루비아의 기사들이 어떻게 움직이는지 최대한 신경 쓸 거요. 나는 근위 기사인 만큼 각종 행사에 많이 참가해서 얼굴이 너무 알려져 있소. 그래서 직접 돌아다니기는 힘드니, 당신들이 앞장서서 수소문을 하고 내가 그 뒤를 받치겠다는 것이오. 또 당신들 쪽에 모험가가 두 명이나 있으니 추격에는 훨씬 유리할 것이 아니겠소?"

"흐음……."

팔시온은 오랜 시간 궁리를 해야만 했다. 뒤에서 이들이 받쳐 준다면 위험도는 많이 줄어든다. 거기에 성공한다면 많은 돈을 벌 수도 있을 것이다. 아주 그럴듯한 제안임에는 틀림없었다. 하지만…….

"저 혼자서는 결정을 내릴 수가 없습니다. 일행이 다 모였을 때 같이 의논을 해야 할 것 같습니다."

"흐음, 좋아. 그럼 내일 다시 오겠소."

"아닙니다. 내일은 너무 늦어요. 결론이 나면 오늘 저녁에라도 떠나야 하거든요."

"알겠소. 그럼 해질녘에 다시 오겠소."

이때 가스톤이 문을 나서려는 그라드 시드미안 경에게 조심스레 제안했다.

"그러지 말고 여기서 잠시 쉬시는 게 어떻겠습니까? 괜히 그런 차림으로 다녀 봐야 눈에만 띌 뿐이죠."

"딴은 그렇군."

"조금만 기다리십시오. 술하고 안주를 준비해 오겠습니다."

가스톤은 곧 음식을 장만해 왔고, 모두들 예전에 있었던 추억담을 늘어놓기 시작했다. 시드미안 경은 남은 두 명의 '모험가'를 찬찬히 훑어봤다.

팔시온은 모험가답게 장대한 체구와 우람한 근육질이었고, 거기에다 40킬로그램은 족히 되어 보이는 호화로운 바스터 소드(Burster Sword)를 지니고 있었다. 바스터 소드는 파괴검이란 말에 어울리는 마상용(馬上用) 장검으로 보통 말안장에 매어 두었다가 기마전에서 사용하는 게 정석이었다. 그런데 이자는 그 외의 다른 검은 가지고 있지 않았다. 그렇다면 팔시온이란 이름의 모험가는 바스터 소드만을 전적으로 사용하는 대단한 힘과 기술의 소유자임이 확실했다.

그리고 또 한 사람. 저쪽 구석에 앉아 있는 다크라 불리는 자. 팔시온과는 달리 근육질의 몸매가 아니었으며 허리에는 얄팍한 여성용 검 샤벨을 차고 있었다. 검의 모양이나 전체적인 분위기로 봤을 때는 마법사처럼 보이지만, 방금 전 이 파티에는 마법사가 한 명뿐이라고 했다. 눈앞에 있는 가스톤이라는 사람이 마법사임이 분명한데……. 그렇다면 힘보다는 속도 위주의 검법을 구사하는 인물인가? 하지만 트롤이나 오우거 같은 거대한 몬스터와도 상대해야 하는 모험가 생활에서 저런 파괴력이 형편없는 검을 사용하는 걸 보면 저 검의 파괴력이 아마 상상 이상인지도…….

'그렇다면 저 검은 마법검 같은 건가?'

마법검이라면 일단 설명이 된다. 마법을 쓸 수 있고 또 대단히 강한 경우가 많기 때문이다. 어쨌건 이런저런 생각을 하며 마음에도 없는 소리를 떠벌리는 가운데 가스톤이 술과 안주를 더 가지고 왔고, 방 안은 좀 더 소란스러워지기 시작했다. 보통 이야기를 전개하는 사람은 많은 모험을 한 팔시온과 시드미안 경이었고 나머지는 듣는 입장이었다.

웃고 떠드는 가운데 시간은 점차 흘러갔고, 이윽고 창밖에 어둠이 내려앉을 무렵 계단이 소란스럽게 쿵쾅거리며 사람들이 올라오는 소리가 들렸다. 조금 지나자 문이 벌컥 열리더니 엄청난 덩치를 자랑하는 미카엘이 그의 추종자들을 데리고 나타났다.

"어럽쇼? 우리가 나간 새 비겁하게 술 파티를 벌이다니……."

미카엘은 가스톤이 들고 있던 잔을 빼앗아 한 잔 가득 담긴 술을 입속에 털어 넣었다. 그런 다음 알맞게 구워 놓은 고기포를 질겅거리며 화통하게 말했다.

"이봐, 좋은 기회를 잡았어. 역시 여기는 수도라서 그런지 매주 일요일마다 경기장에서 대회가 열린다고 하더군. 트롤이나 뭐 그런 걸 혼자서 때려잡으면 아주 큰 돈을 벌 수 있다고 하더라구. 돈도 다 떨어져 가는데 아주 좋은 기회잖아.

그리고 한 달 후에는 샤헨 아카데미에서 무투회(武鬪會)가 벌어진대. 우승자는 상금이 자그마치 1천 골드라구. 그리고 매 경기당 승리 수당이 10골드야. 본선 경기는 50골드고. 물론 상처 입으면 치료는 신전에서 공짜로 해 주고……. 어때? 팔시온, 한몫 잡을 수 있는 아주 좋은 기회잖아?"

"괜찮군. 하지만 만만찮은 실력자들이 다 모일 텐데?"

"우승이야 못 해도 상관없지. 아무리 못 벌어도 2백 골드는 벌 수 있을 거야. 물론 재수 없어서 1회전에 그래듀에이트하고 붙으면 가능성이 없어지지만……. 그래도 여기는 양심적으로 그레듀에이트는 무조건 본선에 올려 준다고 되어 있더라구. 그때 그 망할 놈의 기다스 아카데미 무투회 때는 예선 1회전에 그래듀에이트하고 붙어서 떡이 난 걸 생각하면……. 으, 이 갈린다!"

생각만 해도 열이 뻗친다는 듯 또다시 한 잔을 목구멍에 꿀꺽꿀꺽 쏟아 부은 미카엘이 말을 이었다.

"세상에 그래듀에이트 자격을 가진 기사를 예선전부터 싸우게 만드는 속셈은 뭐야? 그놈이 이길 게 당연한데! 그리고 그 알프레드 미트리에란 녀석도 그래! 아무리 돈이 궁해도 그렇지, 그 정도 실력의 기사가 할 짓이 없어 겨우 무투회 따위에 나오다니. 못된 녀석!"

미카엘이 한참 과거를 회상하다가 열이 뻗쳐 성질을 부리고 있을 때 미디아가 들어왔다. 그녀는 난데없이 웬 술 파티냐는 듯 휙 둘러보더니 입을 열었다.

"모두 웬일이야? 방 안에서 술 파티를 하다니. 참, 아무래도 헤어져야 할 것 같아. 용병 길드에 가 봤더니 안테로스 공국(公國)에서 용병을 모집한다던데……. 혹시 같이 갈 사람 없어? 보수는 아주 후하다구. 월급은 한 달에 10골드, 실력만 좋다면 한 달에 30골드. 물론 숙식은 그쪽에서 해결해 주고 말이야. 같이 갈래?"

미디아까지 도착하자 팔시온이 입을 열었다.

"이제 대충 다 모였으니 몇 가지 상의할 일이 있어. 미디아는 자리가 없으니 저쪽 침대 위에 앉아."

그제야 낯선 사람들을 알아 본 미디아는 의심스러운 눈초리로 그들을 바라봤다.

"뭐야? 누구지?"

팔시온이 팔을 내저으며 미디아를 제지했다.

"우선 내 말부터 들어 봐. 뭔가 하면 우리들에게 한 가지 일거리가 떨어졌다. 며칠 전에 만났던 그 패거리들을 추격하여 어떤 물건을 회수해 오는 일이지."

팔시온은 아직 참가할 일행이 정해진 상태가 아니기에 일부러 '어떤 물건'이라는 표현을 썼다. 혹시 빠진 사람이 소문을 퍼뜨릴 수도 있기 때문이다.

"며칠 전 만났던 그 패거리라면, 그 그래듀에이트와 마법사가 끼여 있던 놈들 말이야? 팔시온, 제정신이야? 그때는 다만 운이 좋았던 거라구."

"맞아. 그 녀석들이 우리를 얕보지 않았다면 몇 명 죽거나 부상당했을 게 뻔해. 특히 그 마법사의 실력은 대단한 것 같던데……."

"아, 그건 염려할 필요가 없어. 그래듀에이트급의 뛰어난 기사 한 분이 우리를 도와주기로 했어. 여기 온 분이 우리들과 계약을 청하기 위해 온 분이시지. 보수는 상당히 괜찮아. 경비는 저쪽에서 부담할 것이고, 또 그 물건을 안전하게 회수해 오면 그에 따른 충분한 보수도 준다고 했어.

자, 각자 생각해 보고 빠질 사람 있으면 지금 빠지라구. 갈 사람이 정해지면 출발에 대해 의논을 해야 하니까……."

그러자 미디아가 이의를 제기했다. 한 사람 안 왔기 때문이다.

"아직 미네리아 사제님이 안 왔잖아? 어쨌든 뛰어난 사제가 한 명 있는 게 좋지 않을까? 상대가 만만하지 않으니까 부상자도 많이 생길 텐데……."

"미네리아 사제는 걱정할 필요가 없어. 사실 사제야 어디서든지 구할 수 있고, 또 안 되면 신전에 도움을 요청하는 방법도 있지. 그리고 미네리아 사제 같은 경우 치료 마법밖에 못 하잖아. 자, 각자 참가할 건지 빨리 말해 줘."

"나는 참가하겠어. 얼마나 괜찮은 동료가 있을지 알지도 못하는 전쟁터에 가는 것보다는 이미 실력을 확인한 동료가 좋겠지. 그리고 보수도 괜찮은 것 같고. 안 그러면 팔시온이 권하지 않을 테니까."

"나도 하겠어."

"나도."

"우리들도 하겠어요."

"자네는?"

지미와 라빈이 답하자 마지막으로 팔시온은 다크에게 질문을 던졌다. 다크는 심드렁한 표정으로 대답했다.

"나는 저 여자 애만 빠진다면 이의 없어요. 아무리 생각해도 쪼그만 게 마음에 드는 구석이라고는 한 군데도 없으니까……."

그러자 팔시온이 시드미안 경을 바라봤다. 시드미안 경은 라나를 쳐다보더니 싱긋 미소 지었다.

"저 아이는 처음부터 돌려보낼 생각이었습니다. 그럼 됐습니까?"

"지금 돌려보내시죠."

"이봐, 스미온, 데려가게."

"예."

그러자 라나는 끌려 나가지 않으려고 발버둥을 쳤다.

"안 돼요. 나 같이 갈래요. 가게 해 줘요. 엉엉, 놔요. 데려가 줘요. 나 없이 잘되나 두고 보자."

시드미안 경의 뒤쪽에 앉아 있던 덩치 큰 사내가 라나를 끌고 나갔다. 라나는 나가지 않으려고 발버둥을 쳤지만 어쩔 수 없었다. 최소한 네 배 이상의 무게를 지닌 인물이 잡아끄는데 끌려가지 않을 수 있겠는가?

발버둥을 치고, 떼를 쓰면서 라나가 끌려 나가자 모두들 한숨을 쉬었다. 이런 모험 여행, 특히나 기사급 인물들이 지원해 주는 만큼 꽤나 안전하면서도, 또 역으로 그런 인물들이 참가해야 할 정도로 중요한 여행이라면 누구나가 꿈꾸는 멋진 모험이 될 것이다. 그런 여행에 꿈 많은 소녀가 참가하려고 발버둥을 치는 거야 당연했다. 하지만 인정에 이끌리면 안 되지. 짐이 될 게 뻔한데.

모두는 그들과의 간격을 좁히기 위해 오늘 저녁에 바로 출발하기로 합의했다. 시드미안 경은 팔시온 일행에게 모든 준비를 마치고 성문 밖에서 만나기로 약속한 후 나가다가 뒤돌아섰다.

"치료를 위한 신관은 내가 해결해 드리겠소. 이따 봅시다, 그럼."

일행은 준비를 마친 후 새로운 모험을 향해 활기차게 말을 몰아 성 밖으로 달려 나갔다. 그리고 성문 밖의 나무 아래 어두컴컴한 곳에 모여서 시드미안 경 일행을 기다렸다. 밤인 데다가 달빛까지 나무에 가려서 그들의 모습은 거의 보이지 않았다.

조금 기다리자 급히 말을 달려오는 소리가 들리더니 네 명의 인물이 모습을 나타냈다. 여행복 안에 가죽 갑옷을 입은 새로운 인물들이 두 명 더 끼어 있었다.

시드미안 경은 일단 이동을 시작하라고 지시한 다음 이동하면서 팔시온 일행을 새로운 동료들에게 소개했다. 팔시온 일행의 소개가 끝나자 이번에는 팔시온 일행에게 새로 합류한 인물들을 소개했다.

"이쪽은 안토니 크로와입니다. 5사이클 마법까지 익힌 마법사죠."

그러자 너무 학자풍으로 생겨 가죽 갑옷이 안 어울리는, 적어도 마흔은 넘어 보이는 인물이 인사를 해 왔다.

"안토니 크로와입니다. 잘 부탁합니다."

"그리고 저쪽은 로니에 칸타로와 사제십니다. 샤이하드를 모시는 신관이시죠."

엄청나게 잘생긴 30대 중반 정도의 금발 미남이 미소를 지으며 인사를 건네 왔다. 그는 미네리아와는 달리 허리에 묵직해 보이는 바스타드 소드를 차고 있었다.

어쨌든 전번 여행의 동료였던 미네리아 로안스에르 사제나 말괄량이 라나 슈바이텐베르크 등 만나는 사제들은 모두 멋진 미남, 미녀인 것이 특이했다.

 하지만 거기에는 작은 비밀이 있다. 신을 모시는 사제들은 '신께서는 아름다운 것을 사랑한다' 는 믿음으로 각종 미(美)에 관계된 신성 마법을 개발했고, 그런 마법에 의해 그들의 얼굴과 몸매가 개조(?)되어 눈에 확 띄는 미남, 미녀가 된 것이지 타고난 것은 아니었다. 그러다 보니 여자 신관들의 경우 못된 녀석들에게 희롱당하는 경우도 자주 발생했다. 그래서 여자 신관들은 믿음직한 모험가 파티가 결성될 때만 여행을 했다.

 시드미안 경의 소개에 팔시온이 놀랍다는 듯이 말했다.

 "여기에도 샤이하드를 모시는 신전이 있는 모양이죠, 시드미안 경? 저는 아르곤 제국에만 신전이 있는 줄 알았는데……."

 그러자 칸타로와 사제가 미소를 지으며 부드러운 음성으로 말했다.

 "다른 나라에 포교를 하지 않는 것은 아니니까요. 하지만 대부분의 국가에서 크로노스교(敎)를 금하고 있기에 포교는 참 힘들지요. 그 때문에 보통 봉변을 당하지 않기 위해 타국에 나갈 때는 전쟁의 신 아레스의 신관복을 가지고 다닙니다."

 "그렇군요."

 그러자 옆에서 말을 달리던 지미가 팔시온에게 물었다.

 "샤이하드라는 신은 처음 들어보는데요? 설명 좀 해 줘요."

 "크로노스교의 경전 '니트라' 에는 샤이하드 외의 신을 섬기지 못하게 하지. 대단히 폐쇄적인 종교로 이방신을 섬기는 자와는 한 자리에서 식사조차 못하게 규정짓고 있어. 그러니 다른 신을 섬기는 신전, 신도들은 말할 것도 없고, 악마나 암흑신들과 관계를 맺는 흑마법사나 마나의 힘을 이용하는 백마법사, 정령을 부리는 정령술사까지 전부 다 이교도라고 죽이거나 추방하지. 그래서 아르곤 제국은 마법사라곤 찾아볼 수가 없는 국가가 된 거야. 샤이하드를 섬기는 크로노스교가 아르곤 제국에서 국교(國敎)로 선포되었을 때, 정말 많은 사람들이 죽임을 당했어. 그렇기에 다른 나라들에서는 마법사들이 주축이 되어 크로노스교가 자국에 들어오는 것을 엄중히 막고 있지."

아르곤 제국은 아주 멀리 떨어진 곳에 위치했기에 크로노스교도 여기에는 거의 알려지지 않았다. 그렇기에 모두들 팔시온과 지미의 대화에 묵묵히 귀를 기울였다.

"백마술은 악마하고는 아무런 상관이 없잖아요? 그리고 정령술도……."

"누가 아닌 걸 모르냐? 하지만 고위 사제들이 그걸 확대 해석하는 바람에 거기에 들어간 거지. 오직 샤이하드만이 제어해야 할 대자연의 원동력인 마나를 한낱 인간이 부리는 것은 샤이하드에 대한 모독이며, 악마에게 영혼을 팔아 마나를 부릴 권세를 얻었다고 주장하는 것이지. 말도 안 되는 소리지만 아르곤 제국에서는 그게 정설이야. 그래서 아르곤 제국에서는 백마법이나 흑마법이나 정령마법을 익힌 자들은 모두 다 악한 마신을 섬기는 자로 몰아서 모두 한꺼번에 처리한 거지. 대신 기사는 좀 달라. 검을 오랜 시간 수련하다 보면 자연스레 몸속의 마나를 다룰 수 있게 되니까, 그들까지 없앨 수는 없잖아. 그래서 그들은 마나를 다룰 수 있는 기사들은 샤이하드의 은총을 받았다고 여기지."

"그렇다면 전쟁이 벌어지면 타국의 마법사들 때문에 고생하게 될 텐데요? 아무리 기사단이 강하다고 해도…….”
"흠…, 그건 하나만 알고 둘은 모르는 소리지. 그 나라의 전 국민은 샤이하드를 받들고 있어. 그 말은 그들의 군대도 샤이하드를 받든다는 말이 되지. 하여튼 전 국민이 샤이하드를 열광적으로 받드니까 말이야. 전쟁이 터지면 광신도(狂信徒)들처럼 무서운 미친놈들이 또 어디 있는데…, 험험.”
그러다가 팔시온은 자신의 말이 조금 빗나갔다는 걸 느끼고 헛기침을 하면서 칸타로와 사제를 힐끗 보았다.
"아르곤에서는 신앙심을 꽤 중요시하니까, 신성 마법을 쓸 줄 아는 사람의 수가 많아. 어쨌든 기사들 중에서도 사제가 많으니까 말이야. 아르곤의 기사들 중에서 신성 마법을 쓸 줄 아는 기사들을 성기사라고 부른다고 하더군.”
기사들이 신성 마법을 쓴다는데 놀라 지미가 감탄사를 터트리며 말했다.
"와, 기사가 신성 마법까지 쓴다면? 정말 대단하겠군요.”
"물론 신성 마법의 특성상 흑마법이나 백마법처럼 강력한 파괴력을 지니지 못하지만, 그 방어력이나 치유력에 있어서는 흑마법이나 백마법보다 월등하게 뛰어나지. 아무리 흑마법이나 백마법의 파괴력이 뛰어나다 해도 상대에게 피해를 입히지 못하면 모두 소용없는 거야. 그래서 모두들 성기사를 두려워하는 거야. 게다가 성기사는 자신의 몸 곳곳에 신성 마법을 걸어 놓지. 근력 증가의 마법이나 반사 신경이 빨라지는 마법 등……. 그게 신앙심이 유지되는 한은 평생토록 유지되니까 얼마나 근사해?”
"우와, 정말 대단하군요.”

그러자 그 옆에서 듣고 있던 라빈이 경탄 어린 눈빛으로 칸타로와 사제를 바라보았다.

"칸타로와 사제께서도 신성 마법을 쓸 줄 아세요?"

칸타로와 사제는 부드럽게 미소를 지으며 고개를 끄덕였다. 사실 어떤 신을 모시는 사람들이라도 사제급이 되려면 신성 마법을 쓸 줄 알아야 했다.

"우와, 그러면 저한테도 근력 증가 마법 같은 거 걸어 주실 수 있나요?"

그러자 칸타로와 사제는 조금 씁쓸한 미소를 지으며 대답했다.

"다른 사람이 걸어 주는 신성 마법의 효과는 오래가지 못해요. 오래가 봐야 2, 30분 정도지요. 그렇기에 신성 마법을 걸려면 자신의 몸에 걸어 그 신앙심을 흡수하도록 만들죠. 그러면 신앙심이 유지되는 한 그 신성 마법은 영원히 지속되니까 말이에요. 그렇지 않고 타인에게 거는 경우는 전투를 벌이기 직전인 경우나, 전투 중인 경우죠."

라빈이 약간은 이해가 간다는 듯 고개를 끄덕였다. 곧 사라질 힘이라면 얻어 봤자 쓸모도 없는 게 아닌가.

"그러면 칸타로와 사제님도 그 마법을 몸에 걸어 놓으셨어요?"

칸타로와 사제는 약간 부끄러운 듯한 미소를 지으며 답했다.

"예, 저도 근력 증가의 마법이나 뭐 그런 걸 걸어 놨죠. 사실 저는 전문적인 검투(劍鬪) 훈련 같은 것은 받지 못했습니다. 그렇기에 제 몸을 지키려면 마법을 이용해서 몸을 상향 조정하는 방법밖에 없죠. 그 덕분에 바스타드 소드를 어느 정도 자유롭게 다룰 수 있는 것이구요. 저같이 전문적인 교육을 받지 못한 사람도 신성 마법에 의해 검을 자유롭게 다룰 수 있는데, 성기사처럼 검투 교육을 받은 사람은 과연 어떻겠어요? 또 성기사들에게는 검술에 관련된 신성 마법도 전해져 내려온다고 합니다. 어쨌든 제가 알기로는 성기사의 능력은 전쟁의 신전에서 말하는 그래듀에이트급 이상이라고 하더군요."

"하지만 객관적인 기준이 없잖아요."

"전에 발트란 공국에서 온 사신 일행 중에 그래듀에이트급 기사 한 명이 있었다고 하는데, 그와 성기사가 비무를 한 적이 있었죠. 그때 비무는 성기사의 압승이었다고 전해집니다. 그렇기에 저의 조국인 아르곤 제국을 근방의 모든 국가들이 두려워하는 것이지요. 샤이하드의 힘은 대단히 위대하답니다."

그러자 라빈이 궁금하다는 듯 물었다.

"그럼 성기사의 수는 얼마나 되요?"

"제가 알기로는 3천 명 정도라고 들었습니다."

그러자 옆에 있던 지미의 입이 딱 벌어졌다.

"성기사가 3천 명이나 된다구요?"

"예."

"그럼 성기사 중에서 마나를 다스릴 수 있는 사람의 수는 얼마나 되요?"

"잘은 모르겠지만 샤이하드의 축복으로 마나를 다스릴 수 있는 성기사는 3, 4백 명 정도 된다고 들었습니다."

지미는 약간 김이 빠지는 걸 느꼈다. 그렇다면 진짜 실력자는 3, 4백 명뿐이라는 말이 아닌가? 웬만큼 큰 국가들도 그래듀에이트급 기사 3백 명 정도는 기본적으로 보유하고 있었다.

"에이, 그렇다면 다른 나라들이나 마찬가지잖아요."

"그렇지 않습니다. 그때 그래듀에이트급 기사와 비무했던 성기사는 직위가 낮은 사람이었어요. 마나를 다스릴 권능을 부여받은 성기사가 그런 하찮은 타국 기사와 비무할 수는 없었으니까요."

그 말에 다크를 제외하고 모두들 놀라움을 느꼈다. 마나도 다스릴 줄 모르는 성기사가 마나를 다스릴 수 있는 그래듀에이트급 기사를 이기다니……. 물론 신성 마법의 덕분이겠지만 만약 그게 정말이라면 놀라운 사실이었기 때문이다.

마법이란?

 그들은 계속 길을 달려갔다. 물론 무작정 달려가는 것은 아니다. 보통 팔시온이 주축이 되어 무예 수행자들이 정보를 모은답시고 동분서주하면서 어렵게 어렵게 찾아가는 것이다. 그러다 보니 다크나 그 외 다른 사람들은 별로 할 일이 없었고, 그래서 심심한 김에 다크는 가스톤 기빈에게서 마법을 배웠다.
 처음에 다크는 정신을 집중하며 외운 주문을 통해 마나를 체외에서 움직인다는 것을 제대로 이해하지 못했다. 자신의 몸속의 마나를 꺼내어 외부에서 움직이는 것이 아닌 자신의 몸을 매개체로 체외에 존재하는 대자연의 근원인 마나를 응축하여 움직인다?
 어떤 면에서 보면 북명신공(北冥神功)하고 비슷한 이치인 것 같기도 하고……. 하지만 마나를 설혹 체외에서 어떤 법칙에 따라 움직인다손 치더라도 이놈의 주문은 또 뭔가? 잘 알아들을 수도 없는 말들을 중얼중얼, 그것도 정해진 몸동작에 따라 손발을 움직여야 하다니…….
 '염병할…, 이러고 앉아 있다가 먼저 칼 맞아 죽겠다.'
 다크의 생각은 과히 틀리지 않았다. 그전에 만났던 흑색 갑옷을 입은 멋쟁이 마법사도 주문 외우다가 칼이 날아오는 것을 보고 뺑소니치지 않았던가? 그래서 마법사란 직업은 아주 처량한 것이다.
 그날도 다른 사람들은 이리저리 모두 다 상대를 찾는답시고 뿔뿔이 흩어지고, 가스톤과 다크만 남아서 파이어 볼의 순서를 연습하다가 떠오른 생각이었다.

"그게 아니고 이렇게."
 가스톤 기빈은 다시 한 번 설명했다.
 "화염 마법 중에서 가장 기본적인 것이 '파이어 볼'인데 먼저 손을 이렇게 공을 쥐듯이 한 자세에서 시작하는 거야. 그런 다음 주문을 외우면서 손을 천천히 머리 위로 높게 올린다. 이때쯤 되면 주문은 거의 다 끝나고 점점 불덩어리가 만들어지기 시작한다구. 이제 마지막 주문을 외우면서 오른손을 뒤로 천천히 빼는 거야. 물론 주문의 속도에 맞춰서 말이지. 주문을 빨리 외우면 빨리, 천천히 외우면 몸동작도 천천히……. 알겠나? 오른손이 뒤로 완전히 빠진 후에 주문이 끝나면 시동어인 파이어 볼을 외치면서 그 공을 원하는 표적을 향해 던지는 거지. 알겠어?"
 "대강 알겠어요. 다시 한 번 시범을……."
 "자, 잘 보라구."
 가스톤은 마법을 구사하기 전에 일단 동작에 맞춰 손을 뭔가를 쥐듯 앞에 끌어 모으며 주문을 외우기 시작했다.

"몸속에 타오르는 불의 기운이여, 만물을 불사르는 뜨거운 화염이여……."

어쩌구 저쩌구 고대 마법어인 룬어의 주문이 진행될수록 가스톤의 손은 천천히 위로 올라가기 시작했고, 그의 양 손바닥 사이에서는 작은 불덩어리가 생겨 점점 커졌다.

다크는 가스톤이 주문을 외워감에 따라 그의 주위에 큰 기의 흐름이 생겨나고 있다는 걸 알았다. 그 기의 흐름을 통해 방대한 힘이 가스톤의 양 손바닥 사이에 집중되기 시작했고, 그것이 곧이어 작은 불덩어리로 바뀐 것이었다.

"파이어 볼!"

가스톤이 시동어를 외침과 동시에 그의 오른쪽 손바닥에서는 거대한 불꽃 덩어리가 확 피어올랐고, 가스톤은 그걸 아무 곳에나 던져 버렸다. 원래 이래서는 안 되지만 적이 없으니 할 수 없는 노릇이다.

"이제 알겠나?"

"그러니까 그냥 주문을 외우다 보면 마나가 모인다는 말입니까?"

"아니야, 주문만 외워서는 안 되지. 정신을 집중해서 그 주문의 틀에 맞춰 마나를 모아야만 해. 계속 주문을 외우면서 주위에 만들어지는 마나의 흐름을 함께 통제해야만 하지. 주문이란 주위의 마나를 흡수하여 하나의 큰 흐름을 형성하는 도구일 뿐이지. 그 미세한 흐름 하나하나는 시전자가 직접 통제를 해야만 해. 그렇지 않으면 주문을 외우다가 마나가 폭주해 잘못하면 사망하는 수도 있다구. 자네는 잘 모르겠지만 주문을 외우면 주위의 마나가 모여들어 그 마나의 흐름이 도넛처럼 둥근 원통형을 형성하며 빠른 속도로 흐르기 시작하지. 이때 마나의 흐름을 더욱 가속시키면서 원통의 안으로는 압축하고, 원통 밖으로는 마나를 계속 흡수해야 해. 이건 아주 어려운 작업이지.

마나의 흐름이 그 원통을 벗어나기 시작하면 안 돼. 만약 벗어난다면 주문은 폭주하고, 바로 대 폭발로 이어진다구. 주문이 잘되어 성공한다면 그 원통을 통해 마나를 압축하여 일직선 또는 하나의 덩어리로 만들지. 그런 다음 마지막 시동어를 통해 그 압축된 마나를 불꽃으로 형상화시키는 거야. 무슨 말인지 알겠어?"

"글쎄요, 이해가 안 가는데요……."

"제길, 원래 차근차근 처음부터 설명을 해야 하는데……. 좋아, 처음부터 시작하자. 혹시 이 세상을 이루는 네 가지 원소에 대해 들어 본 적이 있냐?"

"없어요."

"이 세상을 형성하는 네 가지 원소는 불, 물, 바람, 흙이지. 이것을 4대 원소라 부르고, 그 각각을 관장하는 정령을 4대 정령이라고 부른다. 그 외에도 잡다한 정령들이 있지만 4대 정령이 가지는 힘이 가장 커서 보통 정령 마법사들은 그것들을 부린다고 하더군. 참, 무슨 말을 하려다가 이리 왔더라? 그래! 그런 식으로 마법도 몸속에 내재된 각 원소를 이용하는 것이지. 정령의 힘 따위는 필요 없이 마법은 자신의 몸속의 기운을 통제하여 끌어내는 거야. 물론 그때 사용되는 엄청난 양의 마나는 무사들과 달리 자신의 몸속이 아닌 체외에서 떠도는 마나를 이용한다는 차이가 있지만……. 그러고 나서 시동어를 외치는 것이 바로 그 응축된 마나와 시전자가 원하는 마법의 염원(念願)을 뒤섞는 작업이지. 그게 성공하면 불덩어리가 되든지, 물덩어리가 되든지 하는 거야. 알겠어?"

"흐음, 그렇다면 일단 마법을 쓰려면 몸 주위에 거대한 원반형의 마나 덩어리를 가속하는 게 가장 중요하다는 거군요."

"그렇지. 하지만 그 마나의 덩어리를 가속하는 작업을 인간의 힘으로 혼자 할 수는 없어. 그걸 좀 더 효과적으로 하기 위해 만들어진 게 주문이지. 사람의 능력으로는 도저히 그걸 통제한다는 게 불가능하거든. 물론 고위 마법사로 올라갈수록 그 주문을 오랫동안 써 본 경험이 밑바탕이 되어 빠른 속도로 주문을 외우게 되거나 그 주문을 생략하기도 해. 하지만 마나의 흐름을 유지, 가속, 압축, 혼합, 발사하는 과정은 변함이 없지. 이게 바로 백마법이야."

"백마법? 그럼 흑마법도 있어요? 아니면 회색 마법이나⋯⋯."

"흑마법도 있지. 흑마법은 자신이 직접 마나를 통제하는 게 아니라 악마에게 영혼을 팔아 그 악마와의 계약에 의해 힘을 받아 행하는 마법인데⋯⋯. 으음, 그 계약을 한 악마의 등급에 따라 그 위력이 완전히 달라진다고나 할까? 하여튼 별로 좋은 의미의 마법은 아니야. 흑마법을 써서 잘된 인간은 한 명도 못 봤으니까. 그리고 흑마법 외에 정령 마법이 있지."

"정령이란 게 뭐예요?"

"정령이란 이 세상을 유지하는 각각의 어떤 원소를 다스리는 자를 말하는 건데, 그 정령에도 등급이 있지. 정령, 상위 정령, 정령왕. 이렇게 세 가지 등급이 있는 정령도 있고, 어떤 정령은 정령왕이 존재하지 않던지, 아니면 아예 상위 정령조차 존재하지 않는 정령도 천지야. 정령왕의 힘은 대단하지. 그 정령을 이용해서 어떤 힘을 발휘할 수 있는 게 정령 마법이야. 정령 마법에는 세 가지가 있어. 하나는 정령을 소환하지 않고, 계약도 하지 않은 채 그 정령의 이름으로 그 힘을 빌려 쓰는 거야. 하지만 그 정령과 사람은 계약을 맺지 않았다 하더라도 어떤 매개물은 필요한 마법이지. 그러니까 어떤 책, 반지, 검 따위 말이야. 그걸 매개체로 시전자는 자신이 모은 마나를 계약된 정령에게 건네주고 정령은 자신의 힘을 빌려 주어 정령 마법을 구사하는 마법이지."

"백마법이랑 비슷하군요."

"응, 하지만 나머지는 완전히 달라. 두 번째는 정령과 계약을 맺은 후 그 정령을 직접 소환하지 않고 그 정령의 주특기인 마법만을 구사하는 방법이야. 이건 마나를 응집시키거나 하는 따위의 행위는 필요 없고, 그 정령과의 약속된 약속어만 떠들면 되니까 아주 편하지. 거기에다가 마나의 응집이나 뭐 그런 게 보이지 않기에 아주 조심해야 한다구."

"대단하군요. 그렇다면 그냥 약속어만 떠들면 펑펑 마법이 날아간다는 말인가요?"

"이론상으로는 그렇지만, 그 정령이란 것은 이 세상에 존재하지 않는 것이니까 그들의 힘을 이 세상에 발휘하기 위해서는 그에 준하는 힘을 시전자가 포기해야만 해. 그러니까 그것도 많이 쓰면 피곤하기는 매한가지지."

"그렇다면 마지막은?"

"마지막은 계약을 맺은 정령을 소환하여 그를 부리는 거야. 정령의 힘을 효과적으로 사용하면 대단히 강하기 때문에 무시할 수가 없지. 하지만 정령 마법은 정령과의 친화력을 가진 인물만이 쓸 수 있으니까, 웬만한 사람들은 익힐 수조차 없는 게 단점이야. 이것도 정령의 힘을 현세에 나타내기 위한 통로 역할을 시전자가 해 줘야 하기에 강력한 힘을 쓸수록 피곤하기는 매한가지지."

"마법은 그거뿐이에요?"

"아니 큰 갈래로 본다면 하나 더 있지. 마지막 것이 신성 마법인데, 신을 섬기면서 그 신이 축복으로 내린 힘을 사용하는 거지. 자신의 몸이 매개체가 되어 신성 마법을 돌리게 되는 거야. 하지만 이것도 흑마법과 마찬가지로 자신의 몸을 통해 신의 힘이 들락거려야 하기 때문에, 그 힘을 감당할 수 있는 육체가 갖추어져야 한다는 전제 조건이 있어. 완전히 거저인 것 같은 이 힘도 많이 쓰면 쓸수록 지치기는 마찬가지야."

"큰 갈래라면 작은 갈래도 있어요?"

"그럼, 부적 마법(符籍魔法)이라든지 마법진(魔法陣)을 이용한 마법이라든지…, 수많은 종류가 있지."

"그럼 제가 익힐 수 있는 마법은 백마법뿐이라는 말인가요?"

"그렇지. 혹시 나중에 악마 녀석과 계약할 수도 있으니까 흑마법, 백마법은 누구나 익힐 수 있는 선제 조건은 갖추어 졌다고 볼 수 있겠지."

"방금 설명한 것들 중에서 제일 이해가 안 가는 게 섞는 부분 있잖아요? 응축된 기와 자신의 염원을 섞는 거……."

"당연히 이해가 안 가겠지. 파이어 볼을 만들기 위해서 필요한 최소한의 마나가 있어. 그 이상의 마나만 공급해 준다면 그 마법을 구동시킬 수 있게 되지. 몇 가지 요령만 터득하면 자신의 염원과 응축된 마나의 덩어리를 혼합하는 것은 어려운 게 아니야. 하지만 실패한다면 정말 최악의 사태가 벌어지지만……."

"그럼 그 염원과 마나가 섞이는 것을 어떻게 좀 느끼게 해 주실래요?"

"그건 어려운 게 아니야. 자…, 조용히 눈을 감고 감각을 집중해 봐."

가스톤은 다크의 뒤에 서서 손목을 잡은 후 주문을 외웠다. 그러자 다크와 가스톤을 중심으로 마나가 움직이기 시작했고, 다크는 그 움직임을 명확히 느낄 수 있었다. 가스톤은 주문을 외우면서 다크의 손목을 잡고는 형식에 맞춰 이리저리 움직였고, 드디어 주문이 완전히 완성되었다.

"어때 뭔가 느껴지는 게 있나?"

"아주 뜨거운 어떤 게 느껴지는데요?"

"당연하지. 자네 바로 손 앞에 마나의 덩어리가 있어. 이제 시동어를 외울 거야. 파이어 볼!"

그와 동시에 가스톤의 염원 덩어리가 가스톤이 꼭 잡고 있는 다크의 손목을 통해 전달되었고, 그것은 곧이어 다크의 손을 통과해서 마나의 덩어리와 합쳐졌다. 그와 동시에 다크의 오른손 위에서 확 하고 불덩어리가 생겨났다. 가스톤은 다크의 손을 앞으로 당기듯 하면서 불덩어리를 던졌고, 그 덩어리는 앞에 있던 땅바닥에 맞아 폭발을 일으켰다.

"이해하겠나?"

"뭔가 제 손을 통과해서 나갔는데……."

"그게 불의 염원을 담은 덩어리지. 그 둘이 합쳐져서 하나의 마법을 만든 거야."
 "흐음, 이거였나? 아니 이거였나?"
 다크가 한참을 궁리하더니 가스톤을 향해 고개를 끄덕였다.
 "이제 어느 정도 이해가 가네요."
 "사실 염원이란 건 별로 중요한 게 아니야. 단지 '이렇게 되어 주세요' 하는 거니까. 가장 중요한 건 필요한 만큼의 마나를 응축시키는 거라구."
 "최고 주문은 몇 사이클까지 있어요?"
 "내가 듣기로는 9사이클까지 있다고 하더군. 뭐 9사이클 정도 되면 도시 하나를 묵사발을 낼 수 있다나? 나도 잘 모르겠어. 어쨌든 그 정도까지 배운다는 건 불가능해. 마법을 처음 배우는 사람들, 즉 1, 2사이클을 사용할 수 있는 인물들을 견습 마법사, 3, 4사이클은 수련 마법사, 5, 6사이클은 마법사, 7사이클 이상은 대마법사라고 하는데, 대마법사는 전 세계를 통틀어도 몇 명 되지 않아. 그 정도로 마법은 어려운 거야. 어때? 지금부터 룬어를 좀 배워 볼래?"
 "그 전에 파이어 볼 시범 한 번만 더 보여 줘요."
 "뭐 그건 어려운 게 아니지."
 다크는 또다시 가스톤이 기나긴 주문을 외워 파이어 볼을 날리는 것을 유심히 지켜봤다. 아니 그의 행동이 아니라 그의 주위에서 흐르는 마나의 흐름을 지켜봤다는 말이다. 복잡한 것 같지만 단순한 흐름을 가지는 마나의 흐름…….
 다크는 슬며시 북명신공을 응용하여 주위의 기를 끌어 들여 하나의 원형을 만들기 시작했다. 여기까지는 힘들 게 없었다. 원통

내에서의 가속……. 이때 원통의 겉 부분으로 기를 흡수하여 그 원통의 중앙 부분으로 압축했다. 그런데 어느 정도 양의 기를 압축해야 하는지 알 수가 없으니 다크는 죽자고 기를 가속하면서 동시에 그것을 압축시켰다.

이제 제법 압축되었다고 생각되자 다크는 그 강력한 힘을 가진 기의 덩어리를 오른손 쪽으로 유도했다. 동시에 손을 앞으로 쭉 뻗어 몸속에 있는, 가스톤이 지적한 불의 기운을 담은 염원을 가져다가 둘을 합쳤다.

퍽!

작지 않은 소리가 나면서 손바닥 앞쪽에 진홍색으로 불타는 축구공 크기의 불덩어리가 만들어졌다. 갑자기 생긴 불덩어리에 옆에서 지켜보던 가스톤은 놀라서 기절하기 일보 직전의 표정이 됐다. 곧이어 다크는 그 불덩어리를 기를 이용해서 앞으로 날려 버렸다.

쿠왕!

정말이지 어마어마한 폭발이 일어났다. 가스톤의 파이어 볼의 수십 배는 되어 보이는 불의 힘! 아무래도 가속과 압축을 너무 과도하게 한 모양이었다. 다크가 처음 성공한 마법을 통해 이 마법이 과연 어떤 방식으로 구동하게 되는 것인지를 다시 마음속으로 정리하고 있을 때, 그제야 이성을 회복한 가스톤이 놀랍다는 듯이 떠듬떠듬 물었다.

"자네 마법을 할 줄 아나?"

"예? 방금 할 수 있게 된 거 보셨잖아요?"

"그게 지금 배우고 한 거란 말이야?"

"그렇죠."

"자네 천재인가? 난 도대체 이해를 할 수가 없군."

"별로 어려운 게 아니던데요? 자, 봐요."

다크는 호승심이 발동하여 두 개의 원반을 만든 다음 맹렬히 회전시키기 시작했다. 그리고 압축된 기를 전처럼 한 군데로 합치지 않고, 길쭉한 상태로 둘을 합쳐 기를 손가락 끝 쪽으로 보내서 불의 기운과 합치게 만들었다. 그러자 역시나 예상대로 붉은 화염 막대기가 원하는 방향으로 날아갔다. 좀 전 1사이클로 날릴 때보다 더 시간이 적게 들었다. 물론 이건 요령이 붙어서 단축된 시간이었다.

꽈꽈꽝!

"봤죠? 방금 건 2사이클이었다구요. 이제 3사이클에 도전해 볼까?"

가스톤이 마법을 사용하는 모양을 몇 번 봤으므로 그 원반들이 어떤 형식으로 교차하는지도 알고 있었다. 물론 3사이클까지였지만……. 하지만 지금 여기는 없지만 5사이클을 구사하는 진짜 마법사도 한 명 더 있으니까, 그것도 알아내는 데 별로 어려울 게 없을 것이다. 급속도로 가속, 압축, 혼합, 발사!

쾅!

지축을 울리는 폭음과 함께 시뻘겋게 솟아오르는 불덩어리…….

"어때요? 3사이클 주문의 위력이 맞죠?"

다크가 쏘아 대는 파이어 볼을 보면서 경악감에 입을 딱 벌리고 있던 가스톤이 중얼거렸다.

"말도 안 돼! 저게 3사이클이라고? 5사이클이라도 저 정도 파괴력은 안 될 거다."

"으윽! 기를 너무 많이 압축했나? 어쨌든 아주 재미있군요. 원리만 이해하면 아주 간단한 거예요. 흡수, 가속, 압축, 혼합, 발사라……."

"자네는 보면 볼수록 이해하기 어려운 사람이군. 아무것도 모르다가 가르쳐 주기만 하면 사람을 놀라게 만드니……. 참, 시간이 많이 흘렀어. 빨리 가자구. 합류 장소에 가서 나머지 설명을 더 해 주지."

"그러죠."

일행들은 가스톤과 다크가 둘이서 뭐가 좋은지 쑥덕거리며 떨어지지 않는 걸 보고 의아하게 생각했지만, 그렇게 대수롭지 않게 넘겨 버렸다. 마법이란 게 하루아침에 배울 수 있는 것도 아니고, 또 그들로서는 복잡한 마법 주문인 룬이나 기타 그런 것에 대해 생각만 해도 머리가 아팠기 때문이다.

"실드란 것은 말이야 마법을 막는 매직 실드와 화살 같은 걸 막는 포스 실드가 있지. 하지만 그 둘을 한꺼번에 막지는 못한다 이 말이지. 그걸 한꺼번에 막으려면 바리어를 쳐야 하거든. 바리어는 3사이클부터 사용하는 마법인데, 4사이클 이상부터는 방어력에는 변함이 없는 대신 그 방어하는 면적이 늘어나. 그건 실드도 마찬가지야. 주문은 알려 줄 필요가 없다고 했으니 넘어가고, 그건……."

저녁 식사를 끝낸 후에도 둘이 누워서 쑥덕거리는 걸 보면서 시드미안 경이 팔시온에게 물었다.

"저 둘은 사제지간인가?"

"아닙니다. 이번 길에 만난 동료지요, 시드미안 경."

"보통 딴 사람에게는 마법을 잘 가르쳐 주지 않는 게 상식인데……. 저 가스톤이란 사람은 꽤나 열심히 가르치는군."
"글쎄요. 뭣 때문인지는 모르겠지만, 다크한테는 죽도록 붙어서 가르치는군요. 내가 전에 가르쳐 달라고 떼를 썼을 때는 며칠 가르치다가 그만둬 놓고……."

사실 그때 가스톤은 팔시온을 며칠 가르쳤지만, 자신의 가르치는 능력의 한계를 절감하고 포기했던 것이다. 배우는 상대가 잘 이해하면 가르치는 사람도 엄청 재미있는 것이 상식이니까…….

"그런데 저 다크란 사람은 왜 데리고 다니는 건가? 이번 추격을 하는데 아무런 보탬이 안 되고 있잖아? 가스톤이라면 수련 마법사니까 싸우는 데 필요하겠지만……."

그러자 팔시온이 빙그레 미소 지었다.

"아직 적과 만나지 않아서 모르시는 거죠. 다크의 검술 실력은 저희 파티에서 최고라구요. 전에 그래듀에이트급 기사를 해치우는 걸 봤지요. 경의 동생 분을 죽인 기사 말입니다."

시드미안 경은 새삼스레 다크를 바라본 다음 말했다.

"그렇게 대단한 실력을 지닌 것 같진 않은데……. 그렇게 검술 실력이 뛰어나단 말인가?"

"거짓말 같지만 진짭니다."

또다시 만난 말썽꾸러기

"스승님."

"뭐냐?"

"좋은 걸 발견했습니다. 혹시 흥미가 있으실 것 같아서 우선 몇 권 가져왔는데요."

그러면서 내미는 책 세 권. 토지에르 경은 그 책을 받아서 쭉 훑어봤다. 마법책들이었다. 그것도 6사이클급의……. 토지에르 경은 놀라움에 가득 찬 어조로 제자에게 물었다.

"이걸 어디서 구했느냐?"

"전부터 우리가 사용해 오던 거점 중 한 곳이 마법사의 집이란 걸 뒤늦게 알았습니다. 그 밑에 있는 던전에서 발견했죠. 거의 1천 권에 달하는 책들과 마법 실험 장비들이 있습니다. 그중 쓸 만한 거는 다 가져 왔으니 한번 보시죠."

"오오, 정말 잘했다. 이건 대단한 발견이야. 국가를 일으키기 위해 노력하시는 폐하께 최고의 선물이 되겠어."
"마법 도구(tool)도 몇 개 있더군요. 바로 이것들입니다."
그는 제자가 꺼내 놓은 검 한 자루와 반지 두 개, 또 수정 구슬 하나를 바라보며 만족스런 탄성을 흘렸다.
"흐음, 대단해. 빨리 사람들을 보내서 그것들을 왕궁으로 옮겨라. 아니지, 우선 내가 그리 가 봐야겠다. 빨리 안내하거라."
"예."

다크 일행은 일주일 동안 추격하면서 상대의 꼬리가 지나간 길은 어느 정도 윤곽을 잡을 수 있었지만, 정작 중요한 상대의 꼬리는 구경조차 할 수가 없었다. 이제는 가스톤만이 아니라 안토니 크로와까지 섞여서 다크와 열띤 토론을 하고 있는데, 정찰을 나갔던 팔시온이 급히 돌아왔다.
"발견했습니다. 여기서 멀지 않은 마을 외곽에 있는 집인데, 거기가 적들의 본거지인 모양입니다."
시드미안 경이 벌떡 일어서며 외쳤다.
"그럼, 빨리 가 보세."
그들은 재빨리 말을 타고 팔시온이 찾아낸 상대방의 본거지를 향해 달려갔다.
"상대의 수는 얼마 정돈가?"
"그건 잘 모르겠지만, 어쨌든 좀 수상한 곳이라고 주민들이 그러더군요. 그 검은 가죽 갑옷을 입은 녀석을 봤다는 사람 말이 그놈도 그곳을 찾더랍니다."

"그 집의 규모가 큰가? 성처럼 지어 놨다면 이 인원 가지고 힘들지도……."

"그렇게 큰 집은 아니랍니다. 옛날 마법사가 살던 집이라고 그러던데……."

일행이 도착할 때쯤에는 이미 날이 저물었지만 달빛에 비친 그 집은 과연 그렇게 크지 않았다. 벽돌로 지은 2층 건물이었는데, 뒤쪽의 마구간에 말이 몇 필 매어져 있는 것으로 봐서 사람이 살고 있는 것이 분명했다. 하지만 그 집은 꽤 넓은 공터에 지어져 있었기에 그쪽으로 들키지 않고 접근하는 것은 상당히 어려워 보였다. 일행이 도착하자 저택이 잘 보이는 숲 쪽에 지미와 라빈이 일행을 기다리고 있었다.

팔시온은 그들을 둘러본 후 급히 물었다.

"미디아는?"

"반대편을 둘러본다고 가셨어요. 올 때가 지났는데……."

"조금 있으면 오겠지. 보초는?"

"정문에 한 명, 마구간 쪽에 한 명 있어요."

"흠, 여기서 저택까지 5백 미터는 족히 되겠는데? 이거 활 가지고는 힘들겠군. 어떻게 한다? 이봐요, 안토니. 마법으로 어떻게 안 될까요?"

"흐음, 마법으로 안 되는 건 아니지만, 혹시 저쪽에도 마법사나 기사가 있다면 마나의 움직임을 눈치 챌 텐데……."

"제길, 정면 돌파 외에는 방법이 없군. 안 그런가요, 시드미안 경?"

"나도 그렇게 생각하네. 내가 스미온을 데리고 정문을 맡지."

"그러면 우리들은 후문으로 가겠습니다. 시간은 이걸로……."

팔시온은 품속에서 작은 모래시계 두 개를 꺼냈다.

"이건 10분 단위로 모래가 떨어지죠. 10분 후에 합시다."

"알겠네."

모두들 와글와글 정신이 없었지만 다크는 별로 신경도 쓰지 않았다. 그 건물 안에서는 강력한 기를 지닌 존재가 느껴지지 않았기 때문이다. 건물 안에 10명 정도의 인물들이 있는 게 느껴졌지만 쓸 만한 실력을 가진 자는 한 명도 없었다.

쉭쉭쉭!

미카엘, 지미, 라빈은 각자 말안장에 매어 뒀던 활을 가지고 상대를 향해 발사했다. 이 정도 떨어진 상태에서 상대에게 활을 날린다면 그 정확도를 기대하기는 힘들다. 거기다 밤이라서 상대도 잘 보이지 않았고, 더구나 상대가 맨몸이라면 상관없겠지만 갑옷을 입었다면 과연 큰 타격을 줄 수 있을지 의문이었다.

어쨌든 그들은 활을 쐈고, 상대는 어느 정도 피해를 입었는지는 모르지만 쓰러졌다. 그걸 확인한 다음 그들은 조심스럽게 전진했다.

푸르륵거리는 말들을 달래며 마구간 옆에 난 문으로 접근한 팔시온은 시드미안 경 일행도 반대편 문에 접근했기를 빌면서 곧장 문을 열고는 안으로 뛰어들었다.

갑자기 검을 든 인물들이 들이닥치자 널찍한 탁자에 앉아 야식을 먹고 있던 덩치 큰 녀석들이 각자 옆에 세워 둔, 혹은 허리에 찬 검을 뽑아 들고 저항했지만, 그 반수 정도는 검을 채 뽑아 보지도 못하고 팔시온의 거대한 검에 두 토막이 돼 버렸다.

　이때 2층에서 인기척이 들리더니 남은 다섯 명 정도가 검과 방패를 들고 나타났다. 하지만 이쪽이 숫자도 많고 뛰어난 실력을 가진 자들도 많아 간단히 정리되고 말았다. 마지막 두 명을 간단히 해치워 버린 시드미안 경은 두 명의 부하들을 이끌고 2층을 조사하기 위해 뛰어 올라갔고, 지미와 라빈은 1층의 여러 방들을 뒤지기 시작했다.

　"이보게 안토니, 이리 좀 와 보게나."

　시드미안 경이 안토니를 부르자 무슨 일인가 하고 팔시온과 가스톤까지 2층으로 올라갔다.

　"여기 문이 잠겨 있는데 도저히 열리지가 않는군."

　"어디 좀 보게 비켜 주십시오."

　안토니는 이리저리 문을 검사해 보더니 확정적으로 말했다.

　"마법을 걸어 놨습니다. 문짝에 직접 마법을 걸어 놓은 것 같지는 않고, 아무래도 문지기 부적을 걸어 놓은 모양인데요?"

　"문지기 부적? 열 수는 있나?"

　"별로 어려운 것은 아닙니다. 문짝에 마법을 걸어 놨으면 그 문을 마법이 직접 방어하지만 부적은 다르죠. 어떤 약속어를 말하기 전에는 문이 안 열리게만 막아 주니까요. 그냥 문을 때려 부수면 되죠. 하지만 이런 부적은 비싸니까 되도록 살살 부숴 주세요. 회수해서 써먹게······."

　"알겠네."

　시드미안 경은 곧장 검을 꺼내서는 경첩 부분을 잘라내고 문을 열었다. 그러자 문 뒤쪽에 부적이 붙어 있는 게 보였다. 아마도 이 부적은 단순한 도둑 방지용이거나 아니면 부하들이 안으로 들어오는 것을 방지하기 위해 붙여 놓은 모양이었다.
 그 방 안에는 가구도 거의 없었고, 창문에 부적 한 장 붙어 있는 것과 책상 위에 부적 몇 장이 놓여 있는 것 외에는 별게 없었다. 시드미안 경이 서랍을 뒤져 나가는 동안 팔시온은 휴지통을 뒤지기 시작했고, 나머지는 이곳저곳에 뭔가 있나 해서 샅샅이 들췄다.
 이때, 스미온이 황당하다는 표정으로 시드미안 경을 불렀다.
 "시드미안 경, 여기 좀 보시지요."
 모두의 시선이 그쪽으로 집중됐다. 그곳에는 멍청한 표정의 예쁜 여자 애가 한 명 앉아 있었다. 그 꼬마 아이는 모두 다 알고 있는 라나 슈바이텐베르크였다. 맙소사…….
 "이게 어떻게 된 거지?"
 라나의 몸을 살펴보던 안토니가 곧장 답했다.
 "마법에 의해 정신이 제압당해 있군요."
 팔시온이 고개를 절레절레 흔들었다.
 "또? 그 마법을 풀 수 있습니까?"
 "있습니다. 잠시만 기다리십시오."
 안토니 크로와가 라나의 머리 위에 손을 올리고 뭔가 알 수 없는 말을 중얼거리기 시작하자 손바닥에서 빛이 나오기 시작했다.
 "이제 깨어나라!"
 그러자 눈을 동그랗게 뜬 라나가 사방을 둘러보더니 곧이어 눈에 익은 얼굴들이 잔뜩 모여 있는 것을 보고 쑥스러운 듯 얼굴을 붉히며 말했다.
 "저, 그냥 이리저리 물어보며 따라오다가 또 그 사람한테 잡혔거든요……. 으응, 그다음부터는 기억이 안 나요."

"당연하겠지. 저 애를 어떻게 돌려보내지?"

시드미안 경의 한탄 섞인 질문에 팔시온이 고개를 저었다.

"돌려보내도 또 따라오려고 들 텐데요. 게다가 누가 이 아이를 데려다 줄 겁니까? 지금 한 사람이 아쉬운데……. 어쩔 수 없어요. 그냥 데리고 갑시다. 그건 그렇고 너 배는 안 고프냐?"

"배고파요."

"안토니 씨, 죄송하지만 저 아이 좀 데리고 가서 뭘 좀 먹여 주십시오. 밑에 식당이 있고 그 녀석들이 끓여 놓은 야식도 있더군요."

"그러지요."

안토니 크로와가 라나를 데리고 계단 밑으로 내려가자마자 시드미안 경이 팔시온을 붙잡고 말했다.

"저 아이를 데리고 갈 수는 없네. 이건 애들 장난도 아니고 아주 위험하다구."

"그건 저도 알고 있습니다. 시드미안 경. 그렇지만 지금은 돌려보낼 방법도 없구요. 또 돌려보내는 방법을 그 아이 앞에서 쑤군거리면 그 애도 주의하게 될 텐데, 그때는 잡아서 돌려보내기도 힘들어지죠. 일단 국경 경비대나 신전 같은 신뢰할 수 있는 단체를 만나면 꽁꽁 묶어 그들에게 부탁하고 떠나는 게 나을 거예요. 그렇지만 또 따라온다고 하다가 다시 잡힐 수도 있으니, 제길……."

한참 생각하던 팔시온이 덧붙여 말했다.

"할 수 없군요. 우선은 추적에 큰 도움이 되지 않는 다크에게 맡기죠. 검술 실력이 뛰어나니 별 문제야 없겠죠."

던전 발굴

"뭐, 뭐라구요?"
"뭐 그리 떫은 표정인가? 자네는 따로 할 일도 없잖아?"
"나보고 저 '애물단지'를 데리고 다니란 말인가요?"
그러자 저쪽에서 식사 중이던 애물단지가 다크를 향해 눈꼬리를 추켜올리며 악을 썼다.
"뭐예요? 이리저리 얘기를 들으니 아저씨도 짐이기는 마찬가지인 것 같은데요? 같이 좀 있으면 어때서 그래요?"
"뭐야? 말 다했냐? 어른들 얘기에 끼어들고 있어, 버르장머리 없는 계집애가."
"그러는 아저씨나 예절이란 걸 배워 보라구요. 예절 교육이라고는 눈곱만큼도 못 받은 촌놈 주제에……."
"뭐라고? 이런 싸가지 없는 년……."

"이봐, 제발 좀 참으라고, 꼬마 애한테 왜 그래?"
급기야는 '미친개에는 몽둥이가 약'이라는 신념을 지키기 위해 라나에게 다가가던 다크를 팔시온이 밖으로 끌고 나갔다. 다크도 저런 꼬맹이와 일순간이지만 아웅거렸다는 게 약간은 자존심이 상해 그냥 마지못해 끌려 나가는 척해 줬다.
"나는 절대 못 해요. 저런 버르장머리 없는 꼬맹이를……."
"그래도 귀엽게 생겼잖아?"
"그러면 팔시온이 데리고 다니지 그래요? 나는 애나 보자고 따라온 게 아니란 말이에요."
"돌겠군. 그럼 누구한테 맡긴단 말인가?"
"가스톤한테 맡겨요. 그쪽도 일 안 하기는 마찬가지잖아요."
"그도 그렇군. 하지만 가스톤은 수련 마법사라서 누군가를 지켜 준다는 게 좀 벅찬 노릇이지. 대신 자네가 그들을 멀찍이서 지켜 준다고 약속한다면……."
"약속한다면?"
"가스톤에게 맡기기로 하지."
그러자 다크가 씨익 음흉한 미소를 지으며 답했다.
"좋아요. 절대로 죽지는 않게 해 주죠."
어떻게 들으면 그 말은 철저히 보호해 준다는 의미가 아니라 중상 정도는 입어도 상관없지만 어쨌든 죽지는 않게 해 주겠다는 뜻으로 들렸다. 이때 집 구석구석을 살펴본 가스톤이 다가왔다.
"이 집 지하로 내려가는 통로가 있어."
"밑에 내려가 봤어?"
그러자 가스톤은 고개를 가로 저었다.

"탐지 마법에 따르면, 이 집 지하에 널찍한 공간이 있어. 하지만 입구를 찾지 못해서 한동안 고생을 했는데, 드디어 찾았어. 조금 들어가 봤는데 아주 깊어. 어쩌면 그냥 지하실이 아니라 던전이 있을지도 몰라."

던전이란 말이 나오자 무예 수업자들이나 안토니 크로와가 지대한 관심을 나타냈다. 던전이란 것은 마법사의 작업실을 말하는 것으로 그 마법사가 뛰어날수록 던전의 규모는 컸고, 그 마법사가 생전에 모아 놓은 여러 가지 귀중한 것들이 보관되어 있을지도 몰랐다. 보물이라든지 마법 도구 또는 마법 책자 등 어쩌면 돈 주고도 살 수 없는 것을 구할 수도 있었다.

안토니 크로와가 눈을 반짝이며 물었다.

"혹시 밑에 누군가가 있는 건 아닐까요?"

"그럴 가능성은 없습니다. 교묘하게 위장되어 찾기가 아주 힘든 위치에 있죠. 그리고 딱히 사람이 지나다닌 흔적이 없어요."

팔시온은 미심쩍은 듯 고개를 갸웃거렸다.

"그럴까? 하지만 그 검은 가죽 갑옷 입은 녀석도 마법사니까 이 밑에 뭐가 있는지 알고 있었을 거 아냐?"

"어쩌면 그는 확인해 보지도 않았는지 모르지. 이 집 지하에 뭐가 있는지……. 아니면 이 밑의 구멍을 뒤진다고 시간 낭비를 할 생각이 없었는지도 모르고.

드래곤 하트를 훔쳐 갈 정도라면 그들은 인간의 능력 이상의 마법을 사용할 작정인 게 틀림없어. 그렇다면 그들은 이미 그 정도로 높은 수준의 마법 지식을 보유하고 있다는 말이지. 그런 그가 보통 마법사가 차지하고 앉아 있던 지하실을 뒤지는 수고를 할까?"

"흠, 일리가 있는데? 하지만 그 검은 갑옷 입은 마법사가 언제 이리 올지 모르는데 우리들이 아래로 내려가서는······."
듣고 있던 시드미안 경이 고민에 잠기자 급히 팔시온이 말했다.
"그럼 저희들이 밑을 탐색하는 동안 시드미안 경께서는 여기 계십시오. 스미온까지 있으면 충분하지 않을까요?"
그렇게까지 말하자 시드미안 경은 승낙했다.
"괜찮은 생각이군."
"꺅! 지금부터 던전을 탐험하는 거예요?"
라나가 좋아서 팔짝팔짝 뛰며 비명을 질렀다. 던전 탐색, 이 얼마나 근사한 소리냐, 음······.
"너는 안 돼!"
다크가 싸늘한 목소리로 딱 잘라 말하자 라나가 대들었다.
"뭐예요? 왜 안 돼요? 나도 들어갈 자유가 있다구요."
"위험해."
"흥! 그러는 아저씨나 몸조심하라구요. 나는 아데나 님을 모시는 수련생. 신의 축복이 함께 한다구요."
"헛소리하지 마, 이 꼬맹아."
"꼬맹이라니 말 다 했어요? 나도 조금 더 있으면 늘씬하게 커진다구요. 별 볼일 없는 검객 주제에 누구보고······."
"뭐야? 지 주제를 파악해야지."
"아저씨 도움 따위 필요 없다구요. 그리고 나를 보호해 주는 건 가스톤 아저씨지 당신 같은 멍청이가 아니란 말이에요."
"으이그, 이걸 그냥······."
급기야 다크의 주먹이 날아가려는 찰나 팔시온이 제지했다.

"자네가 참게나. 너, 꼭 내려가고 싶냐?"
"예."
"으휴, 할 수 없지. 너는 꼭 내 옆에 붙어 있어야 한다. 알겠냐?"
그러자 라나가 방긋이 웃으면서 대답했다.
"예."
그러자 다크가 시큰둥한 표정을 지었다.
"저 꼬맹이가 가면 난 안 가겠어요."
그러자 가스톤이 재빨리 사태를 마무리 지었다.
"좋을 대로 하게. 별로 어려운 것은 없을 거야. 만약 자네가 필요하면 부르지."
팔시온은 못마땅한 시선을 애써 라나에게서 돌렸다.
"그럼 내려가 보기로 하죠. 지미, 식량은?"
"지금 우리가 가져온 게 일주일치 정도 돼요."
"말에 실려 있는 짐들을 모두 가져오게. 그리고 횃불도 많이 만들어. 안은 엄청나게 깜깜하니까……."
"그럼, 저도 가죠."
"저도 도와 드릴게요."
팔시온의 말에 라빈하고 라나까지 신이 나서 밖으로 달려갔다. 던전을 탐색하려면 시간이 어느 정도 걸릴지 모르니 준비를 철저히 해야 한다. 마법사의 던전은 그냥 마법사 한 사람이 땅굴을 야트막하게 파 놓은 거라고 생각했다간 목숨이 열 개라도 모자란다는 게 정설이었다. 전설이나 옛 이야기에 따르면 마법사는 자신이 부릴 수 있는 하급 마물이나 마법을 통해 던전을 구축하기에 그 규모는 엄청났다.

"자, 이제 내려가자구."

지하실의 문을 열고 롱 소드와 방패를 든 미카엘을 선두로 무예 수업자 패거리가 앞장섰고, 그 뒤를 마법사 두 사람과 라나가 따라갔다. 그다음은 팔시온이 후방을 호위하며 들어갔다.

동굴 속은 완전히 암흑의 세계였다. 모두들 옛 전설 속에 나오는 무시무시한 던전을 생각하고 '대략 던전이란 이런 것이다' 하는 선입관을 가지고 있었기에 뭔가가 튀어나올까 천천히 발밑을 확인하면서 걸어갔고, 그러다 보니 몇 걸음을 전진하는 데도 상당한 시간이 걸렸다.

한참 밑으로 내려가던 지미가 투덜거렸다.

"제길, 뭐가 이렇게 깊어?"

그러자 가스톤이 말했다.

"원래 던전은 다 그래. 오히려 깊으면 깊을수록 좋은 거라구. 하지만 지금 아주 조심해서 내려왔기에 시간이 많이 걸려서 그렇지 별로 깊이 내려오지도 못했어. 아마 지하 5미터 정도 내려왔으려나?"

"그런데 왜……. 힉!"

"뭐냐?"

"앞에 발을 딛자마자 푹 꺼졌어요. 앞발에 별로 힘을 안 주고 확인하면서 갔기에 망정이지 안 그랬으면 빠졌을 거라구요."

약간 뒤쪽에서 방패를 앞세워 걷던 미카엘이 밑을 툭툭 쳐 보자 흙들이 와르르 쏟아지며 아래로 떨어졌다.

"함정이군."

"어디 통로가 있는지 한번 때려 봐."

던전 발굴

"이쪽 벽 가장자리로 길이 있습니다."

지미가 왼쪽 벽에 붙어 있는 폭 40센티미터 정도의 공간을 찾아 냈다.

"자네가 한번 가 봐. 아니, 내가 가는 게 낫겠군."

미카엘은 방패로 자신의 몸을 조심스럽게 가리면서 앞으로 나갔다. 그러면서 옆쪽에 만들어져 있는 함정의 폭이 어느 정도인지 확인하는 작업도 잊지 않았다.

이런 식으로 다리를 굽히고 걸어가는 편이 언제 이 발판이 무너질지 모르는 상황에서는 아주 효과적이었다. 곧장 다리를 뻗으면서 뛰어 오르면 될 테니까 말이다.

"이제 함정은 끝이야. 다리는 안전해. 가면서도 삐걱거리는 소리 하나 안 났으니까. 함정의 폭은 5미터 정도. 한 명씩 조심해서 건너와."

먼저 무예 수련자 패거리가 한 명씩 다리를 건너간 다음, 방패를 이용해 앞에서 날아올지도 모를 뭔가를 방어하며 다리를 건널 동료들을 보호했다. 모두들 무예 수련자 패거리의 보호 아래 손쉽게 다리를 건넌 후 앞으로 2미터 정도 갔을까, 앞쪽에서 둔탁한 소리가 들려왔다.

쿵! 퍽!

"이봐! 무슨 일이야?"

팔시온의 물음에 미카엘이 간단히 답했다.

"제길……. 저쪽 어두운 쪽에서 화살이 날아왔어."

"뭐, 화살이야 보통이지. 방패로 잘 가리라구. 어쩌면 마물이 나올지도 모르니까……."

"마물이라고는 보이지도 않는데? 아, 막다른 골목이다."
조금 더 걸어가자 구멍이 몇 개 뚫린 벽이 그들을 가로막았다. 아마도 그 구멍에서 화살이 튀어 나온 모양이었다. 벽 오른편에 폭 2미터 정도의 문이 달려 있었다. 미카엘은 문을 잡고 흔들어 봤다.
"이거 문이 안 열리는데?"
"뭐야? 뒤로 좀 물러서 봐."
주위를 살펴보던 가스톤이 나섰다.
"이거 마법이 걸린 문이야."
그러자 지미가 궁금하다는 듯이 물었다.
"마법이요? 그럼 어떻게 열어요?"
"뭐, 별로 어려울 건 없지. 여길 파라구. 문으로만 안 들어가면 되지."
그러면서 가스톤은 문 옆의 벽을 가리켰다.
"어딘가 이 문에 마나를 공급해 주고 있는 마법진이 있을 거야. 그걸 찾아서 부숴 버리면 간단하게 열리겠지만 어느 세월에 그걸 찾겠나? 게다가 그건 문 뒤에 있을 가능성이 제일 커. 어쨌든 옆의 벽을 뚫고 들어가는 게 빠르지."
"저, 연장이 없는데요? 조금 기다리실래요? 가서 곡괭이하고 삽 가지고 올게요."
"에잉? 그도 그렇군. 비켜 봐. 참, 저 구멍 앞을 방패로 막고 있어. 혹시 벽을 부수면 그 충격으로 저기서 또다시 화살이 튀어나올지도 모르니까."
라빈과 지미가 주춤주춤 벽 쪽으로 다가가서는 방패로 구멍을 가리자 가스톤은 안토니에게 히죽 미소 지으며 말했다.

"힘 좀 써 보시죠."

"그럴까? 모두 조심하게."

안토니 크로와는 룬어로 된 복잡한 주문을 떠들어 댔다. 역시 가스톤하고는 레벨이 다른 만큼 그 주문을 외우는 속도는 더욱 빨랐다.

"오브젝트 리미테이션(Object Limitation : 목표 제한). 파이어… 볼!"

쾅!

엄청난 불덩어리가 날아가서 벽에 부딪치며 작렬했고, 그 벽에는 엄청나게 큰 구멍이 뚫렸다. 그 불꽃은 벽만을 완전히 박살 냈을 뿐 불꽃이 안으로도 들어가지 않았고, 옆으로도 새지 않았다. 그걸 본 가스톤이 박수를 치면서 외쳤다.

"우와, 대단한 실력이십니다."

딴 인물들도 한 방에 벽이 묵사발 나는 걸 보고 그 파괴력에 놀랐다.

"엄청나군요."

"4사이클의 마나를 집어넣은 파이어 볼이니까 그렇지. 하지만 이렇게 좁은 공간에서 오브젝트 리미테이션을 걸어 놓지 않으면 좌우로 뿜어 나오는 열기에 모두들 통구이가 되기 딱 좋지. 그리고 안으로 불길이 들어가면 귀중한 게 불타 버릴지도 모르고. 그러니 이런 좁은 공간에서는 목표 제한을 확실히 해 놓고 마법을 써야 한다네."

구멍이 뚫리자 미카엘이 구멍 안에 횃불을 집어넣어 안쪽을 세심히 살펴본 다음 지미, 라빈과 함께 들어갔다. 그들만이 방패를 가지고 있어 불시의 기습을 막을 수 있기 때문이다. 물론 미디아도 방패는 가지고 있었지만 위험한 장소에 여자를 먼저 보낼 수는 없지 않은가? 긴장하며 주위를 살펴보던 라빈이 김빠진 음성으로 말했다.

"위험한 것은 아무것도 없어요."

모두들 안으로 들어갔다. 그 안에는 마법사가 오랜 시간 뭔 짓거리를 하고 있었는지 곰팡이 냄새가 나는 여러 권의 책이 쌓여 있었고, 몇 가지 용도를 알 수 없는 물건들이 한쪽에 놓여 있었다. 그리고 저쪽에 가스톤이 이미 말한, 문에 마나를 공급하는 큼직한 마법진이 하나 있었다.

일단 어느 정도 안전하다고 느낀 가스톤은 뭔가 주문을 외우고 시동어를 외쳤다.

"문라이트(Moonlight)!"

그러자 조그마한 원구가 하나 가스톤의 손에서 튀어나오더니 보름달 정도 밝기의 빛을 뿜어냈다. 그 모습을 보고 있던 지미가 투덜거렸다.

"좀 더 빨리 꺼냈으면 이놈의 횃불은 안 만들어도 좋았잖아요."

"이봐. 이거 만드는 마나는 거저 생기는 줄 알아? 나도 꽤 신경 쓰면서 만들어 낸 빛이라구. 자, 나중에 쓸지도 모르니까 모두들 횃불 끄고, 뭔가 쓸 만한 거 있는지 뒤져 봐."

가스톤의 말에 모두들 이리저리 뒤적거리기 시작했다. 혹시 보물은 없을까? 하는 기대를 하면서 말이다. 이때 지미가 사람들을 불렀다.

"여기 책장 뒤로 문이 하나 있는데요?"

"한번 열어 보게."

"어? 이건 그냥 열리네, 열리는데요?"

"몇 사람 밑으로 내려가 보게나."

가스톤과 알렉스는 이 책 저 책 뒤져 본다고 정신이 없었다. 혹시나 자기가 모르는 어떤 마법을 얻을 수 있을까 하는 기대감에서…….

무예 수행자들과 팔시온, 그리고 라나는 잔뜩 기대에 부풀어 밑으로 내려갔다. 하지만 그들은 한참 지나서 올라오더니 투덜거렸다.

"밑에는 그냥 넓은 공간만 하나 있을 뿐이에요. 그 외에는 아무것도…….”

"밑으로 어느 정도 내려갔나?"

"한 20미터 정도?"

마법서들을 읽어 보던 가스톤이 놀랍다는 듯 말했다.

"역시 짐작이 맞았군요. 상당한 마법사가 여기서 살았던 것 같습니다. 이건 꽤나 차원이 높은 마법서입니다. 아무래도 여기 있는 마법서들의 일부는 6사이클 정도까지도 올라가는 것 같은데요?"

그러자 안토니 크로와도 가스톤의 말에 찬성했다.

"맞아. 대단한 마법사가 살고 있었던 곳이야. 아무래도 연락해서 이 책들을 성으로 운반하라고 해야겠군. 돈으로 액수를 따지기 힘들 만큼 상당한 재산이니까…….”

마법사들끼리 두런두런 대단한 성과라고 떠들어 대자 열 받은 지미가 소리쳤다.

"아니, 겨우 이따위가 던전입니까?"

"이게 던전이지. 그럼, 자네는 뭘 바랐나?"

"그래도 마법사의 던전이라고 해서… 엄청난 규모에 마수들도 돌아다니고, 또 수많은 기기묘묘한 함정……. 뭐 그런 걸 생각했죠."

"쯧쯧, 그건 전설에나 나오는 엉터리야. 마법사 한 사람이 던전 하나를 파는데 무슨 힘으로 그렇게 엄청난 규모를 만든다는 건가? 마법서를 수집하는 사람이라면 몰라도 각 마법사는 자신이 장기로 연구하는 마법들이 있기 마련이고, 여기 모여 있는 1천여 권의 책이라면 정말 엄청나게 많은 거야.

그리고 깊숙하게 동굴 하나 파서 거기에 넓은 공간을 만들어 마법 실험실 하나 만들어 놓고, 그럼 끝이지. 뭘 더 바라나? 여기저기 잘 뒤져 보면 몇 가지 건질지도 몰라. 한번 뒤져 보게."

그러자 모두들 신이 나서 다시 동굴 안을 뒤지기 시작했다. 하지만 세 시간이 지난 후 그들은 아무리 털어도 책이나 쓸모없는 고물들뿐이라는 데 의견의 일치를 보았다.

그렇지만 그 고물들과 책들은 마법사의 입장에서 보면 꽤나 가치가 있는 것이었다. 그렇기에 그다음 날 아침 일찍 통신 비둘기를 날려 책을 왕성으로 옮길 사람들을 부르고, 그들이 도착하기를 기다렸다.

충돌 II

    시드미안 경 일행이 던전을 발견한 그다음 날 저녁, 어둠 속에서 거의 보이지 않을 정도의 희미한 빛이 나더니 세 명의 인물이 갑자기 나타났다.
    그중 한 사람은 검은색 가죽 갑옷을 입고 흑색 망토를 날리는 상당한 미남자였다. 그리고 또 한 사람은 60세는 되어 보이는 나이가 지긋한 노인이었다. 그 남자도 검은 가죽으로 만든 갑옷과 검은색 망토를 입고 있었는데, 그도 옆의 젊은이처럼 근육이 별로 발달하지 않았고, 학자처럼 생긴 것으로 보아 그의 직업을 대강 짐작할 수 있었다.
    또 한 명은 당당한 체구의 30대 중반의 젊은이로 그도 같은 복장을 하고 있었지만 그가 차고 있는 검은 노인이나 옆의 젊은이와 달리 가벼운 샤벨이 아니라 길이 1미터, 폭 16센티미터, 무게가 40킬로그램 이상은 나가 보이는 브로드 소드(Broad Sword : 광검, 廣劍)였다.

"이곳이냐?"

"예, 스승님."

노마법사는 기의 1킬로미터 이상 떨어져 있는 작은 이층집을 가리키며 제자에게 물었다.

"저기에 보이는 게 목적지가 아니냐? 그런데 왜 이렇게 멀리에?"

"부하 녀석들 중에 쓸 만한 무사가 없기에 조금 조심하는 것뿐입니다, 스승님."

노마법사는 인자하게 미소를 지으며 따뜻한 눈길로 제자를 바라봤다. 그는 자신의 제자가 그만큼 신중해진 것이 대견스러웠던 것이다.

"좋아, 제법 많이 늘었구나. 그렇다면 다론, 저기 지하에 네가 가져온 그 책들이 있었다는 말이냐?"

"예, 스승님. 그중에서 스승님이 흥미 있어 하실 만한 것 세 권만 가져온 것이지요. 그 외에도 그 던전에는 1천 권이 넘는 책들이 쌓여 있습니다. 그리고 가져다 드린 그 마법 도구들도 모두 그 던전에 있던 것들이구요."

스승은 제자의 설명을 들으며 고개를 끄덕였다.

"며칠 후에는 사람들이 뒤따라 올 테니 그들에게 지시해 그걸 본국으로 옮기면 되겠구나."

"하지만 스승님께서 이렇게 직접 와 보실 필요는 없을 텐데, 무리하시는 거 아닙니까?"

"클클, 무리하는 것은 아니다. 내가 좀 빠져나와 있다고 해서 이번에 진행되는 일에는 아무런 문제가 없으니까 말이다."

"참, 스승님."

"왜 그러느냐?"

"전에 심부름할 만한 똑똑한 아이를 원하지 않으셨습니까? 아주 괜찮은 아이를 하나 구해 놨습니다. 게다가 잠자리에서 스승님이 회춘(回春)하시는 데 보탬까지 될 만하니 일거양득이죠."

"누군데 그러느냐?"

"지혜의 여신 아데나를 모시는 드로아 대 신전의 수련생입니다. 마음에 드실 겁니다. 아주 예쁘고 귀여운 데다가 머리도 잘 돌아가거든요, 하하하."

"클클… 다론, 네가 웬일이냐? 내 생각을 다 하고……."

"존경하는 스승님께 그런 간단한 것 하나 못 해 드리겠습니까? 마음 쓰지 마십시오. 어서 가시지요. 으응?"

다론이라 불린 그 청년은 집으로 가려다 말고 갑자기 멈춰 섰다.

"왜 그러느냐?"

"저, 보초가 보이지 않습니다. 아무래도 좀……."

"혹시 네가 없다고 들어가서 모두들 자는 것은 아니고?"

"보초를 철저히 서라고 지시해 놨습니다. 그리고 제가 시도 때도 없이 들락거리기 때문에 보초를 안 서는 간 큰 짓거리를 할 부하는 없습니다. 아무래도 침입자가 있는 것 같습니다."

"그래? 그럼 어디 보자……."

그 노인은 가만 가만 주문을 외우고, 시동어를 외쳤다.

"뷰 마나 포스(View Mana Force)!"

다른 사람에게는 보이지 않지만 그 노인의 눈에는 이 주변에 어떤 것이 마나를 띠고 있는지 그 마나의 양에 따라 특이한 영상이 되어 잠시 비쳤다. 마나를 많이 가지고 있는 것은 빨간색으로, 마나를 가장 적게 가진 것은 보라색으로……. 일종의 적외선 안경을 끼고 사물을 보는 것과 비슷한 영상이 노인의 눈에 비쳤고, 노인은 상대의 수와 힘을 알 수 있었다. 노인의 표정에는 놀라움과 고민이 떠올랐다.

"으음……."

"왜 그러십니까? 스승님."

"네놈은 도대체 뭘 조사한 거냐? 얼마 전에 들은 보고로는 위험한 추격자는 없다고 하더니……. 이게 어떻게 된 일이야?"

갑작스런 스승의 질책에 다론은 식은땀을 삐질삐질 흘리며 옹색하게 대답했다.

"예? 저는 세심히 조사했습니다. 혹시나 하고 조사해 봤지만 코린트 제국에서는 드래곤 하트가 없어졌는지도 모르고 있었구요. 그러니까 트루비아에서 추격대를 보냈다고 해도 뛰어난 기사는 아닐 겁니다. 드래곤 하트를 훔친 후에 트루비아 기사들 중 그래듀에이트급은 특별히 따로 동태를 감시하고 있습니다. 이제 서른세 명으로 줄어든 그래듀에이트급 기사들 중에서 자리를 이탈하고 있는 사람은 단 다섯 명. 그중 세 명은 몬스터 토벌을 위해 변방에서 싸우고 있고, 또 한 명은 사이가 나쁜 이웃 나라 토리아 왕국과의 국경선을 순시한다고 갔고, 또 한 명은 발트라 공국에 사신으로 간 것으로 알고 있습니다. 그러니 누가 추적을 해 봤자 별 볼일 없는 인물이라고……. 윽!"

그의 말이 끊긴 것은 갑자기 스승이 그의 정강이를 걷어찼기 때문이다.

"전에 드래곤 하트를 훔쳐올 때 네 녀석에게 검을 날렸다던 그 수상한 기사도 조사해 봤냐?"

"예, 쭉 조사했지만 아무래도 코린트에서 보낸 인물은 아닌 모양이었습니다. 그랬다면 코린트가 아직까지 이 사실을 모를 리가 없죠. 그렇다면 트루비아의 기사인데…, 방금 말씀드렸다시피 그래듀에이트급은……. 아윽!"

이제는 아예 있는 힘껏 정강이를 차 버리고 나서, 그 고통에 주저앉은 제자를 내려다보며 스승은 단호한 목소리로 꾸짖었다.

"멍청한 녀석! 그렇게 말했는데도 겉으로 드러난 것만 신경 쓰다니……."

일단 제자에게 화풀이를 끝낸 스승은 중얼중얼 주문을 외우기 시작했다.

"하이드 마나 포스(Hide Mama Force)!"

이쪽에서 일어나는 마나의 움직임을 상대가 눈치 채지 못하게 차단한 후 스승이 제자 녀석을 노려보았다.

"잘 들어. 네놈도 뷰 마나 포스의 주문을 알고 있을 테니 저 안을 봐라. 얼마나 호화찬란한 인물들이 있는지 보란 말이다."

그러자 그 젊은이도 스승처럼 주문을 외워서 내부를 살펴본 다음 얼이 빠진 표정이 되었다.

"저 안에는 뛰어난 인물이 네 명 있다. 둘은 그래듀에이트급에 조금 못 미치는 인물이지만, 나머지 둘은 그래듀에이트급을 오래 전에 초월해 버린 뛰어난 인물들이지. 그중 하나는, 정말이지 나도 저렇게 선명한 붉은빛을 띠는 인물을 본 적이 없어서 말을 못 하겠는데, 어쩌면 말로만 듣던 마스터급인지도 모른다. 저 정도로 강력한 마나를 몸속에 가지고 있다니……. 그리고 남색의 인물 둘, 하나는 조금 더 짙은 남색인 걸로 봐서 마법사다. 저 정도 떼거리가 안에 있는데 그들이 그냥 놀러 왔다고 생각하느냐?"

 마법사는 몸 안에 마나를 축적하는 것이 아닌 주위의 마나를 움직이는 하나의 통로 역할을 하는 존재기에 사물이 가진 마나의 양을 보여 주는 뷰 마나 포스 마법에는 마나가 많지 않은 것, 즉 남색으로 보인다. 그 외에 마나가 없는 무생물이나 마나가 거의 없는 것들은 보라색으로 보인다.

 여기서 팔시온의 경우 마법과 검술을 함께 사용하기에 그의 몸은 마법사처럼 일종의 통로로써 발전되었다. 따라서 마법사의 특징이 함께 나타나므로 오히려 평범한 사람에 가까운 색깔로 내려갔다. 그렇기에 여기에서 거론되지 않은 것이지 그의 검술 실력은 미카엘과 거의 유사한 수준이었다.

 스승의 힐책에 제자는 얼굴이 파랗게 질려 떠듬떠듬 말했다.

 "저, 저도 그게 어떻게 된 건지……."

 노마법사는 무사에게로 시선을 돌렸다.

 "칼리오!"

 "예."

 "혹시 문제가 벌어질지 모르니 자네가 앞에서 나를 좀 지켜 주게."

 "예."

 칼리오라 불린 무사가 브로드 소드를 빼 들고 앞에 서자 그 노인은 주문을 외우기 시작했다. 그러자 그들 주변에는 넓은 마법진이 하나 만들어졌다. 이런 식으로 주문에 의해 만들어진 공간 이동 마법진은 위에서 사람이 뛰고 구른다고 지워지는 게 아니다. 또 마법진을 만드는 시간은 조금 많이 걸리지만 직접 공간 이동 마법 주문을 외울 때와는 달리 그 시동어를 외치기 전까지 마법진 자체가 가지는 마나로 저절로 유지된다는 장점을 가지고 있었다.

노인은 그 마법진을 통해 이동할 수 있는 사람으로 자신과 자신이 데리고 온 두 명을 명확히 지정해 놓고, 또 다른 주문을 외워 두 가지 마법을 그 무사의 무구(武具)에 걸었다. 그러자 무사의 브로드 소드는 옅은 무지개 빛을 뿜어내기 시작했고, 갑옷 역시 같은 빛을 띠었다.

일단 앞에서 지키는 기사에게 방어 마법을 걸어 준 후 노마법사는 또다시 주문을 외우기 시작했다. 이번에는 만일을 대비한 모두를 위한 주문이었다.

"매직 파워풀 실드(Magic Powerful Shield)"

매직 파워풀 실드는 마법 방어막 중에서도 최상급에 들어가는 마법이었다. 그런데 그런 것까지 치자 제자가 약간은 놀란 듯이 물었다.

"그렇게까지 할 필요가 있을까요?"

"만약을 대비해서다. 방어 마법은 확실히 걸어 놨으니, 이제 저 집과 함께 저 안에 있는 놈들을 박살 낸 후에 탈출한다. 너는 최고로 강한 공격 마법 주문을 외워라."

"예."

그의 제자가 나름대로 자신이 익힌 최강의 주문을 외우고 있을 때 노마법사 또한 흑마술 최강의 주문을 외우기 위해 중얼거리기 시작했다.

그는 국가와 민족을 살린다는 명제 하에 악마와 계약을 맺었다. 자신의 국가가 예전처럼 위대해진다면 자신의 영혼이 어떤 대가를 치르건 상관없다고 생각했던 것이다.

그가 계약을 맺은 악마는 어둠의 마왕 크로네티오……. 악마라는 존재들은 보통의 신들과 달리 상하 관계가 뚜렷하다. 그렇기에 강대한 악마를 불러내 계약을 맺을수록 흑마술의 파괴력이나, 또 사용할 수 있는 흑마법의 가짓수는 늘어난다.

대신 한 가지 결점이 있다면 상대가 자신이 계약한 악마보다 더 뛰어난 악마와 계약을 맺은 경우 자신의 공격이 별 소용없다는 게 문제라면 문제였다.

하지만 어둠의 마왕은 악마들 중에서도 다섯 손가락 안에 들어가는 마신……. 그는 악마의 힘을 믿고 자신이 시전할 수 있는 최강의 마법 주문을 외우기 시작했다. 누가 뭐래도 상대는 마스터급의 고수였기 때문이다.

이들이 주문을 외우기 시작했을 때 그 집의 문이 열리면서 다크가 걸어 나왔다. 다크는 멀찍이서 기가 움직이는 것을 포착하고는 무슨 일인가 싶어서 나온 것이었다. 사실 기가 계속 움직이고 있었다면 다크도 동태만 살펴보며 그냥 있었을 텐데, 그 기가 순식간에 사라져 버렸다는 게 더 큰 문제였다.

중원에 있을 때도 느낀 거지만 위험한 인물일수록 자신의 기척을 숨기는 데는 일가견이 있는 법. 그 때문에 산책 삼아 밖으로 나와 본 것이었다.

어쨌든 땀을 뻘뻘 흘리면서 자신이 가진 모든 실력을 동원하여 주문을 다 외운 제자는 자신들 쪽으로 천천히 다가오고 있는 어떤 인물이 있다는 걸 볼 수 있었다. 그 녀석과의 거리는 4백 미터 정도……. 그는 주문의 힘을 유지하면서 스승을 살짝 쳐다봤다. 스승도 방금 전에 주문을 완성해 놓고 그제야 다가오는 인물을 보면서 미간을 찌푸리고 있었다.

"네가 저 녀석에게 주문을 날려라."

흑마법은 온 정신을 집중하여 마나를 끌어 모으는 작업이 선행되는 게 아니기에 스승의 표정은 주문을 외우기 전과 같았다. 하지만 흑마법은 그 마법을 펼치면서 엄청난 힘이 들어간다. 어쨌든 마법이란 게 위력이 강할수록 힘이 많이 소모되는 것은 매한가지였다. 그 힘이 언제 투입되느냐의 미세한 차이만 존재할 뿐…….

어쨌든 제자는 스승의 말대로 이쪽으로 다가오는 자를 향해 자신이 모아 놓은 힘을 개방하며 시동어를 외쳤다.

"익스플로우젼(Explosion : 폭발)!"

그의 손에서 붉은빛의 파동이 상대를 향해 날아갔다. 그와 동시에 상대는 그들 쪽으로 몸을 튕기듯 날아오르며 검을 뽑아 들었고, 그 검에서는 푸르스름한 선들이 뻗어 나왔다. 그걸 보면 상대는 확실한 소드 마스터! 검술의 극한을 깨달은 자. 검에서 뿜어 나오는 무형의 기운을 유형의 기운으로 승화시킨 자. 그런 인간 같지도 않은 인간이었다.

꽈꽝!

두 개의 기운이 맞부딪치며 엄청난 대 폭발이 일어났다. 노마법사는 그 엄청난 폭발 속을 뚫고 튀어 나오는 상대를 보고 전율을 느꼈다. 5사이클급 최강의 파괴 주문으로도 놈에게 타격을 입히지 못한 것이다. 그걸 알아채자 노마법사는 그 인간 같지도 않은 놈을 향해 곧장 흑마법의 힘을 개방했다.
"플레임 오브 루인(Flame Of Ruin : 파멸의 불꽃)."
노마법사의 손에서 일어난 어둠의 기운이 앞에서 달려 들어오는 상대를 향해 뿜어졌다. 그와 함께 일어난 무시무시한 대 폭발. 거의 150미터도 안 되는 근거리에서 대 폭발이 일어났지만 그 폭발의 화염은 마법사 일행을 덮치지 못했다. 노마법사가 노파심에 걸어 뒀던 매직 파워풀 실드에 막혀 그 암흑의 기운이 들어오지 못했던 것이다.
하지만 노마법사는 그걸 감상할 여유가 없었다. 재빨리 적이 죽었는지 확인할 여유도, 시간도 없이 곧장 공간 이동을 위해 설치한 마법진을 움직이는 시동어를 외쳤다. 이제 자신이 할 수 있는 짓은 다 했으므로 재빨리 탈출하는 것만이 살 수 있는 유일한 길이었다. 만약 놈이 살아 있다면 죽은 목숨이기 때문이었다.
"이동!"
곧이어 그들은 약간의 빛을 살짝 뿜더니 곧장 어둠 속으로 사라져 버렸다.

시드미안 경 일행은 느긋하게 휴식을 취하고 있었다. 아마 내일이나 모레쯤 이곳에서 발견한 마법책들을 회수해 갈 사람들이 올 것이다. 그들에게 이것들을 넘겨준 후 또다시 추격에 나설 건데……. 또 어떤 위험이 그들을 기다리고 있을지 모르니 시간이 있을 때 최대한 휴식을 취하는 게 최선이었다.

이때 갑자기 엄청난 폭음이 들려왔고, 붉은빛이 창문을 뚫고 들어오며 대낮처럼 실내를 밝게 만들었다. 그와 동시에 시드미안 경과 팔시온이 자리에서 뛰어 일어서며 검을 뽑아 들었다. 그 순간 일어난 두 번째의 폭발…….

순식간에 폭풍이 몰려와 한쪽 벽의 유리창들이 다 박살 나 버렸고, 일부 약한 벽들은 폭발하듯 무너져 버렸다. 그걸 보고 놀란 라나는 비명을 지르며 기절했고, 시드미안 경이나 팔시온, 미카엘, 스미온은 검을 뽑아 들고 밖으로 뛰어나갔다. 그리고 남은 지미와 라빈, 미디아는 마법사들을 보호했다. 마법사들은 즉시 공격 마법 주문을, 또 로니에 사제는 신성 마법 중에서 방어 마법 주문을 외우기 시작했다.

밖으로 뛰어나온 일행들은 8백 미터쯤 떨어진 지점에 엄청난 구덩이가 패인 것을 보았다.

"도대체 무슨 일이 일어난 거지?"

"글쎄요. 일단 가 보죠."

모두 최대한 몸을 사리면서 그쪽으로 서서히 접근해 들어갔다. 엄청나게 큰 구덩이에서는 연기만 피어오르고 있을 뿐 크게 이상한 점은 없었다. 하지만 조금 더 가까이 다가갔을 때, 거대한 구덩이 옆에 다 찢어진 옷을 입고 심한 상처를 입은 채 뻗어 있는 다크를 볼 수 있었다. 팔시온은 즉시 다가가 다크를 흔들었다.

"이봐, 다크!"

하지만 다크의 움직임은 없었다. 팔시온은 다크의 경동맥(頸動脈 : 머리로 혈액을 공급하는 목에 있는 동맥)에 손을 대 보았다.

"아직 살아 있습니다. 이봐 미카엘, 스미온. 둘 다 근처를 좀 수

색해 봐. 뭔가 이상한 놈들이 있는지."

"알겠어."

미카엘과 스미온이 검을 들고 어둠 속으로 사라지자 팔시온은 다크를 안고 집으로 돌아갔다.

집에 팔시온과 시드미안 경이 도착했을 때 남은 일행들은 아직도 긴장을 풀지 않고 공격 및 방어 준비를 갖춰 기다리고 있었다. 팔시온은 로니에 사제를 보고 외쳤다. 역시 치료에 있어서는 신관을 따라갈 인물이 없었기 때문이다.

"다크가 다쳤습니다. 빨리 치료해 주세요."

로니에 사제는 급히 팔시온 쪽으로 다가왔다. 나머지 인물들이 아직도 주위를 향해 의심스런 눈초리를 던지고 있을 때, 마법사들은 서로 의논을 하더니 웅얼거리며 주문을 외우기 시작했다. 그러더니 조금 일찍 주문을 완성한 안토니가 외쳤다.

"뷰 매직 포스!"

그 상태로 안토니가 사방을 두리번거리는 사이 주문을 완성한 가스톤도 시동어를 외쳤다.

"뷰 마나 포스!"

둘은 한참 주위를 살펴보더니 안토니가 먼저 입을 열었다.

"주위에 보이는 마법의 기운은 없어."

"저쪽과 저쪽에 마나의 기운이 느껴지는데 혹시 그쪽으로 간 사람 있어?"

가스톤이 묻자 팔시온이 고개를 끄덕였다.

"미카엘하고 스미온이 수색 중이야. 그 둘뿐이라면 놈들은 공격 후에 재빨리 도망간 모양이군. 쥐새끼 같은 놈들······."

팔시온의 투덜거리는 목소리가 들리는 가운데 로니에 칸타로와 사제의 손에서는 하얀빛이 뿜어져 나왔고, 그는 손을 다크의 몸에 올려 치료를 시작했다.

노마법사는 일단 안정권으로 벗어났지만 제정신이 아니었다. 파멸의 불꽃까지 날려야 할 정도로 강력한 존재를 만나리라고는 생각도 못했다. 노마법사가 뭔가 생각에 열중한 듯 거의 무의식적인 걸음걸이로 왕궁의 한쪽 구석에 있는 이동 마법진에서 자신이 기거하는 곳으로 걸어가자 그 뒤를 따라오며 제자가 물었다.
"스승님, 그놈이 죽었을까요?"
하지만 아직도 정신 못 차리는 스승. 제자는 좀 더 큰 소리로 물었다.
"스승님, 그놈이 죽었을까요?"
"으응? 아마도 죽었을 거다. 비록 내 실력이 모자라서 '파멸의 불꽃'이 완전한 힘을 발휘하지는 못했지만, 그 정도 위력이라면 제아무리 마스터급이라도 아마 살아남기 힘들지. 어쨌든 며칠 후에 놈들이 있는 곳을 다시 한 번 살펴보고 와라."
"예."
"대지의 기억에 물어서 놈들의 정확한 신상을 파악해야 한다. 어쩌면 그 녀석은 코린트가 가진 세 명의 소드 마스터들 중 한 명일 거야. 본국이 중흥의 깃발을 올리는 데 최고의 장애물이다. 철저히 조사해서 돌아오는 즉시 나한테 보고해라. 알겠느냐?"
"예."
제자가 자신의 숙소로 돌아가는 걸 멍하니 바라보면서 스승은 중얼거렸다.

"코린트가 이번 일을 눈치 채지 못해야 할 텐데……. 만약에 그놈이 코린트에서 보낸 자라면 앞으로 어떻게 해야 하나. 미래를 관장하는 신이시여. 제발 크라레스를 버리지 말고 지켜 주십시오."

방에서 로니에 사제가 땀을 훔치며 나오는 걸 보고는 팔시온이 급히 물었다.

"어떻습니까?"

"흐음, 샤이하드 님의 가호로 위험한 지경은 넘은 것 같아요. 어쨌든 상당히 심한 상처를 입었으니까요. 그런데 왜 그런 대 폭발이 일어난 거죠?"

그러자 사람들의 시선은 일제히 마법사들에게로 돌아갔다. 화학 약품을 이용해 폭발을 일으킬 수도 있지만 사실상 이 세계는 마법이 너무 발달하는 통에 과학의 발전은 미미한 수준이었다. 과학은 일종의 마법의 시녀라고 할까?

과거 화약이란 물질이 개발되기도 했지만, 마법사가 한 방 날리는 것보다도 파괴력이 떨어지니 자연 뒷전이 될 수밖에 없었다. 더군다나 아무리 과학적으로 뛰어난 병기를 만들어 냈다 해도 타이탄에 비하면 형편없었기에, 이 시대의 과학은 최강의 마법 병기 타이탄의 파괴력에 가려 빛을 잃고 있었다.

가스톤은 아직 별 볼일 없는 수련 마법사라서 일행의 의문을 해결해 줄 수 없었기에, 그 또한 자신보다 더 뛰어난 마법사를 쳐다볼 수밖에 없었다. 모두의 시선이 자신에게로 모이자 안토니가 약간은 쑥스러운 듯 헛기침을 하면서 입을 열었다.

"험, 내가 보기에는 이번에 사용된 마법은 두 가지예요. 하나는 익스플로우전, 또 하나는 뭔지는 모르겠지만 그 폭발과 함께 느껴진 암흑의 기운……. 흑마법입니다."

"흑마법이라구요?"

흑마법을 사용하는 사람들은 거의 없었고, 또 그걸 익힌 자들은 모두 악당이라는 게 정설이었다. 이게 왜 정설로 굳어졌냐 하면 옛날 용사 이야기에도 있지 않은가? 용사가 무찌르는 대상은 사악한 흑마법사, 못된 드래곤, 마신 등이었다. 하지만 드래곤이나 마신을 악역으로 만들어 놓으면 영영 주인공이 이길 가능성이 없어지게 되므로 주로 등장하는 악당 캐릭터는 마신에게 영혼을 팔아 막강한 힘을 손에 넣은 사악한 흑마법사였다.

그렇기에 그게 사실이라면 전설이 아닌 실지로 사악한 흑마법사와 전쟁을 벌이는 용사가 될 절호의 기회가 아닌가? 그런 생각을 하며 눈빛이 초롱초롱해진 지미와 라빈이 묻자 안토니가 심드렁하게 말했다.

"그래, 흑마법이야. 그것도 대단한 수준의! 어쩌면 그 엄청난 위력으로 봤을 때 대마도사일지도……. 8백 미터 떨어진 곳에서 일어난 폭발의 여력에 집이 반쯤 박살 났을 정도니까 말이지. 어쨌든 상대는 두 명 이상이에요. 마법에 의한 폭발은 두 번 있었죠. 익스플로우전은 5사이클급의 파괴 마법이니까 아마도 적은 둘 다 최소한 마법사 또는 마도사 클래스라고 봐야겠지요."

순수 백마술만을 쓰는 사람은 마법사, 그 외의 흑마법, 정령 마법 등 두 가지를 함께 익힌 자들을 마도사라고 부른다.

"자세한 것은 날이 밝는 대로 녀석들이 있었던 곳에 가서 대지의 기억에 물어보면 알 수 있겠지요. 밤도 늦었으니 이만 쉬고 내일 좀 더 정보가 모이면 의논을 하지요."

다음 날 아침, 일행 모두가 모여서 쑥덕거리고 있었다. 어쨌든 상대방에 엄청난 실력의 마도사가 있는 이상, 마음 편히 추격하기는 어렵게 되었기 때문이다.

"상대방의 힘이 상상 이상일지도 모른다는 생각이 드는군. 안토니, 뭔가 알아낸 게 있으면 좀 말해 주게."

시드미안 경이 말하자 안토니 크로와가 조심스럽게 말문을 열었다.

"팔시온과 함께 쭉 둘러보고 놈들의 발자국을 찾아냈습니다. 그래서 상대가 어떤 자들인지 알아보기 위해 리멤버런스 오브 더 어스(Remembrance of The Earth : 대지의 기억) 마법으로 그 위에 서 있었던 인물들이 어떤 자들인지 조사했습니다. 그때 공격한 인물들은 세 명이더군요. 그들을 한번 보시겠습니까?"

"그러지. 보여 주게."

안토니 크로와는 중얼중얼 주문을 외우기 시작했다.

"디스플레이 이미지(Display Image)!"

안토니의 머리에 들어 있던 기억이 자그마한 영상으로 표현되기 시작했고, 곧이어 그들의 앞에는 세 사람이 자그마하게 나타났다.

"바로 이들입니다. 대지에 기억된 그들의 능력을 측정해 보면, 이쪽의 중무장을 한 무사는 그래듀에이트급입니다. 그리고 저쪽에 있는 둘은 마법사죠. 보나마나 저 노인이 어제 흑마술을 구사한 마도사라고 생각됩니다."

"흐음······."

"혹시 이 중에서 알고 있는 사람은 없나?"

그러자 팔시온이 곧장 대답했다.

"저기 있는 젊은 마법사는 그때 라나를 납치했던 녀석이에요. 그 녀석이 틀림없어요. 상당한 실력의 마법사인 것 같았습니다. 아마도 4에서 5사이클 정도? 가스톤보다는 훨씬 윗줄의 마법사였으니까 말입니다."

팔시온의 말을 안토니가 약간 수정해서 말했다.

"5사이클이 맞을 겁니다. 어제 첫 번째 폭발을 일으킨 마법은 5사이클 주문인 '익스플로우전' 이었으니까요. 그러니까 젊은 쪽이 5사이클급 마법사, 노인이 최소한 6사이클급의 마도사일겁니다."

6사이클이라는 말이 나오자 모두들 약간 찔끔했다. 전 세계를 통틀어도 6사이클급의 마법사는 그렇게 많지 않았다. 보통 어떤 나라에 가도 6사이클급의 마법사라면 궁정 제1마법사 자리를 차지하고 있는 경우가 많았다. 아주 강대한 마법을 자랑하는 코린트나 마도 왕국 알카사스 등 몇몇 나라만이 7사이클급의 대마법사가 있었고, 전 세계를 통틀어 7사이클은 다섯 명도 되지 않았다.

그만큼 마법이란 것은 배우기가 힘들었고, 보통 사람이 특별한 계기가 없는 한 뼈 빠지게 평생 수련해서 올라갈 수 있는 경지로 6사이클을 꼽을 정도였다. 그런데 적이 6사이클의 마법을 구사하는 놈이라니······.

모두들 침묵에 빠지자 시드미안 경이 살며시 말문을 열었다.

"안토니의 추측이 정확하다면 그들은 또 한 명의 그래듀에이트급 기사를 보유하고 있다는 말이군. 이렇게 되면 전에 죽은 녀석까지 그래듀에이트 두 명, 마도사 한 명, 마법사 한 명인가? 이번 여행을 하면서 그래듀에이트급을 많이도 보는군. 요즘은 그래듀에이트급을 키우는 학교라도 있는 모양이지? 제기랄! 국가 정도의 세력이 후원하지 않는 한 그 정도 고급 인재를 가질 수는 없어."

"그렇지 않을 수도 있죠."

갑작스런 미디아의 말에 시드미안 경이 움찔했다.

"왜 그렇게 생각하나, 미디아 양? 기사 둘을 국가가 아닌 단체에서 모으기는 하늘에서 별 따기보다 어렵네."

"그렇다면 지금 저희 파티는 어떻게 생각하세요? 팔시온이나 미카엘 같은 경우 그래듀에이트급은 안 되지만 그에 가까운 능력을 가졌죠."

시드미안 경은 피식 웃으면서 손을 내저었다.

"미디아 양. 말하는 도중에 가로막아서 미안하지만 그래듀에이트급과 그에 근접한 것과는 천지 차이네. 내가 정확히 설명을 해 주지. 진짜 그래듀에이트 자격을 통과한 인물이라면 팔시온과 미카엘 같은 사람 다섯 명이 한꺼번에 덤벼도 적수가 될 수 없어. 그만큼 서로 간의 실력차는 상당한 거야."

사실 미디아는 그 귀한 그래듀에이트급 인물들이 싸우는 모습을 실질적으로 본 적이 없었다. 전에 그런 인물과 다크가 싸우기는 했지만 워낙 상대가 순간적으로 허무하게 무너져 버려서 그 실력을 느끼기에는 무리가 있었다.

"좋아요. 그럼 그래듀에이트급은 안 되지만 그에 준하는 실력자가 두 명, 그리고 수련 기사 두 명, 그리고 수련 마법사 한 명, 그리고……."

시드미안 경은 미소를 지으며 다음 말을 이었다.
"거기에 여자 용병 한 명. 그 정도 전력을 지닌 파티는 아주 많아요."
"아니에요. 시드미안 경께서는 여기에 없다고 한 사람을 빼셨어요."
"아, 참. 다크말인가? 모험가 한 명 더 보탠다고 해서, 하기야 그의 실력은 좀 수상한 점이 많아. 그래듀에이트급을 처치했다면 최소한 그 이상은 된다는 말이겠지. 어제 일어났던 그 폭발에서도 살아남았고……. 어쨌든 모든 것은 다크가 정신을 차린 다음에야 알 수 있겠군."
시드미안 경이 약간 더듬거리자 미디아가 회심의 미소를 지으며 반격했다.
"그렇죠? 다크의 실력은 최소한 그래듀에이트……. 그 정도 실력자를 보유한 파티는 아마 없을 걸요?"
하지만 시드미안 경에게는 아직도 반박의 여지가 있었다.
"흐음, 그렇게 볼 수도 있겠군. 하지만 다크처럼 어쩌다 한 명이라면 이해를 할 수 있겠지만……. 놈들은 벌써 50여 명의 병사들과 그래듀에이트급 두 명에 궁정 마도사급 한 명을 가지고 있다는 것이 밝혀졌네. 그 외에 또 얼마나 더 가지고 있는지는 알 수가 없지. 대단히 힘든 모험이 될 수밖에 없을 거야. 지금 말이 나왔으니까 하는 말인데……. 상대의 힘은 거의 국가에서 후원하는 정도의 수준이지. 자네들은 이 상태에서도 같이 모험을 계속 할 건가?"
서로 눈치를 조금씩 보는 것 같았지만, 곧이어 그들은 모두 고개를 끄덕였다. 설혹 목숨을 잃는 한이 있더라도 이 정도 모험은 평생 가도 한 번 하기 힘들 것이다. 어쩌면 악당인 흑마술사를 해치운 용사 파티로서 살아 있는 전설이 될지도 모르는데…….

모두 계속 추격에 가담할 뜻을 밝히자 시드미안은 팔시온에게 물었다. 팔시온이 안토니를 따라 나간 이유는 안토니를 보호하기 위해서이기도 하지만 흔적을 찾아내려는 생각이었기 때문이다.

"모두 다 참가하겠다니, 정말 고맙네. 그건 그렇고 팔시온, 뭔가 알아낸 것이 있나?"

"예, 가까스로 희미한 흔적을 찾아냈어요. 그 흑색 갑옷을 입은 놈을 얼핏 봤다는 사람이 있더군요. 그리고 회색 갑옷을 입은 패거리도……. 갈로시아 방향에서 오더라고 하더군요."

"좋아, 그럼 성에서 병사들이 오면 여기 일을 맡기고 떠나도록 하지. 로니에 사제님, 그때까지 다크가 일어날 수 있도록 좀 부탁드립니다."

"알겠습니다. 최선을 다하지요."

그 후에 집중적으로 행해진 치료 마법 덕분에 다크는 몇 시간 후에 깨어날 수 있었다. 다크는 약간은 어리둥절한 표정으로 깨어났다. 사실 중원에서도 그 정도 파괴력이 있는 무공에 격중되어 본 적이 없었다. 첫 번째 익스플로우전을 간단히 파괴한 후 뛰어 들어가다가 상대의 흑마법을 뒤늦게 눈치 챘고, 그걸 호신강기와 거의 본능적으로 펼쳐진 무상검법의 방(防), 망강(網剛) 정도로 때웠기에 제대로 된 방어가 힘들었다. 그 때문에 큰 상처를 입은 것이었지만…….

일단 자신이 깨어났을 때, 사방에서 원숭이 구경하듯 바라보고 있자 울컥 짜증이 밀려왔다. 얼마나 할 짓이 없으면 누워 있는 사람 주위에 쭉 늘어서 있는가 말이다.

"으으응……. 쭉 둘러서서 뭐 하는 짓이야?"

"아, 이제 정신이 드는 모양이군. 큰일 날 뻔했네. 이제 깨어났으니 어제 상황을 좀 설명해 주지 않겠나?"

일순간 다크는 망설였다. 자신의 강대한 힘을 다른 인물들에게 알리고 싶은 생각은 없었다. 게다가 저들이 물어보는 걸 보니 어제 무슨 일이 벌어졌는지 알고 있는 사람은 없는 모양이고……. 또 자신이 상대를 얕잡아보고 사소한 실수를 해서 상대의 공격을 그대로 맞았다고 실토하기에는 자존심이 허락하지 않았다.

그렇기에 다크는 알짜배기는 빼고 그냥 두리뭉실하게 설명을 하기로 했다.

"어떻게 된 거냐 하면, 어제 산책을 하는데 조금 앞쪽에서 대 폭발이 일어났지. 그다음에는 기억에 없어."

그런 후 다크는 돌아누워 버렸고, 그 외의 잔 줄기는 각자가 상상해서 메울 수밖에 없었다. 일행이 만들어 낸 줄거리는 이렇다.

다크가 산책을 나갔다. 그가 걷는 방향에 어쩌면 상대방이 공격 준비를 하기 위해 모여 있었을 것이다. 그러다가 갑자기 사람이 나타나자 마법을 날렸다. 하지만 운 좋게? 으음, 이 다음부터가 말이 안 되는 것이다. 그 정도 마법을 구사했다면 그걸 명중시킬 실력도 가지고 있을 텐데……. 그래서 다크를 좀 더 닦달하자 답이 나왔다. 다크 왈(日).

"첫 번째는 막았고, 두 번째는 맞았다. 그런 다음 이 모양이지. 더 묻지 마. 귀찮다구."

그렇다면 첫 번째 날아온 익스플로우전은 간신히 막았고, 근처에서 폭발하는 그 충격 때문에 두 번째 마법은 조준이 빗나가서 그 앞에 맞았다. 그래서 저 모양이 되었다. 흐음, 말이 되는군.

만약 이게 줄거리라고 가정한다면 다크는 익스플로우전을 막았다는 말이 된다. 그렇다면 '5사이클급의 마법을 막았다면 어느 정도 실력이어야 할까?' 하는 의문이 일어나게 된다. 일행의 의문은 당연했고 그 답은 안토니가 내려 줬다.

"익스플로우전을 막았다면, 아마도 시드미안 경과 동급 정도라고 생각하면 맞을 겁니다. 그래듀에이트급은 상회한다고 봐야지요."

모두들 그러려니 하고는 고개를 끄덕였고, 출발 준비를 하고 있다가, 다음 날 점심때쯤 병사들을 이끌고 도착한 기사에게 마법책들을 성으로 옮기라고 지시한 후 일행은 출발할 수 있었다.

마법 병기 타이탄

성내(城內)였기에 마법사들의 정장인 로브를 입은 토지에르 경은 거대한 건물 안으로 들어섰다. 사라진 드래곤 하트를 찾겠답시고 오는 놈들이 무시 못 할 정도로 강한 전력을 갖춘 놈들이라는 것이 예상을 벗어났을 뿐……. 모든 일이 자신의 뜻대로 잘되어 가고 있었기에 기분이 별로 나쁘지만은 않았다.

건물 안에는 수많은 기술자들이 매달려 매우 바쁘게 작업을 하고 있었고, 일부 기술자들은 엑스시온 마무리 작업에 한층 더 분주했다. 토지에르 경은 그 기술자들 중 한 명에게 다가가서 말을 건넸다.

"어떻게 되어 가나?"

한창 바쁘게 일하느라 자신의 뒤에 누가 왔는지도 몰랐던 기술자는 뒤를 돌아본 후 재빨리 일어서서 반갑게 인사했다.

"어서 오십시오, 토지에르 경. 일은 순조롭게 되어 갑니다."
"엑스시온들 안에 드래곤 하트는 아직 넣지 않았나?"
"예, 내일 봉인 작업이 시작될 겁니다."
"지금 전 세계에 남아 있는 드래곤 하트는 몇 개 되지도 않으니까 아주 조심해서 다루게."
토지에르의 말에 상대는 아주 공손하게 대답했다.
"여부가 있겠습니까? 프로이엔 경께서 그걸 정확한 크기로 잘라 주셨습니다."
"몇 개나 만들어졌나?"
"다행이 이번에 가져온 드래곤 하트는 많은 마나를 간직하고 있기에 아홉 개나 만들 수 있었지요. 조금 남았는데, 가져가시겠습니까?"
"나중에 내 방으로 보내 주게."
"예, 다행히도 모두 다 준비되었으니 더 이상 드래곤 하트를 구하러 다니지 않아도 됩니다."
"흠…, 그럼 전에 가지고 있던 것까지 열두 개군."
"예."
"내일 봉인 작업을 보러 오겠네."
"안녕히 가십시오, 토지에르 경."
토지에르는 천천히 문 쪽으로 걸어가며 흥겨운 듯 괴소(怪笑)를 흘렸다.
"흐흐흐, 대마법사 안피로스의 던전을 발굴한 것은 정말이지 큰 수확이었어. 그가 만년(晩年)에 개발한 '엑스시온', 이것만 완성되면 이 엑스시온을 심장으로 열두 대의 블루 나이트(Blue Knight :

청기사)가 움직일 수 있게 된다. 그러면 폐하와 모든 국민들의 소망인 코린트 놈들에게 복수하는 것도 꿈은 아니지. 흐흐흐."

그가 지나고 있는 통로의 좌우에는 각 여섯 대씩 총 열두 대의, 어깨까지의 높이가 6미터 정도 되는 거대한 강철로 만든 사람 모양의 형상들이 서 있었고, 수많은 기술자들이 달라붙어서 여러 가지 손질을 하느라 여념이 없었다.

갈로시아로 가는 길에 모두들 약간은 들뜬 듯한 표정으로 말을 몰고 있었다. 그들은 각자의 마음속에 사악한 악마의 앞잡이인 무서운 마도사와 영웅적인 전투를 그리느라 바빴기 때문이다. 극악무도한 흑마법사와의 멋있는 대결…….

몇몇 경험 있는 인물들은 그 마도사와 싸우려면 어느 정도 힘들 것을 고심하고 있었지만, 대부분의 인물들은 자신들이 패배하리라고는 아예 생각도 안 하고 있었다. 멋진 일격에 최후, 최강의 주문을 외우다가 채 외우지도 못하고 쓰러지는 마도사……. 그러면서 "으으윽! 조금 있으면 세계가 내 손 안에 들어올 뻔했는데……" 어쩌구 하는 상투적인 말도 내뱉지 않을까? 원래 악당들은 다 그러니까…….

이런 영웅 이야기들이 종종 순진한 청년들을 버려 놓기도 하지만…, 지금까지 알려진 수많은 영웅들 대부분이 청년들이었던 이유는 아마도 죽을 둥 살 둥 모르고 덤볐다가 운이 좋아서 성공했기 때문이 아닐까?

하지만 그 한 명의 영웅이 만들어지기 위해 같은 목표를 세웠던 파티들이 얼마나 많이 허무하게 전멸했는지 말해 주는 전설은 없었다. 그것까지 알려 주면 감히 도전할 골빈 놈들은 없을 것이 뻔하기에, 그 부분은 전해 내려오면서 자연히 심의 삭제된 것이었다.

사실 강력한 조직을 갖춘 악당을 없애는 데 극소수로 구성된 파티가 승리하려면 그 가능성은 소수점 이하로 떨어진다. 개개인의 실력에 따라 차이가 날 수 있겠지만 냉정하게 성공률을 따져 보면, 최고 1퍼센트에서 최하 0.00000000000001퍼센트 정도 되려나?

어쨌든 막상 부딪치면 '정의가 승리한다' 는 말도 안 되는 믿음을 가지고 있는 일행들은 빨리 놈들을 찾을 수 있기만을 간절히 빌고 있었다. 사실 빨리 만나면 누가 먼저 저세상 갈지는 거의 정해진 수순이었지만…….

딴 인물들은 달콤한 꿈을 꾸는지 어떤지 모르지만 다크가 조용한 이유는 따로 있었다. 중원으로 돌아가는 것……. 사실상 다크가 원하는 것은 단 하나, 그것뿐이었다. 생판 알지도 못하는 낯선 이곳에서 살다가 뼈를 묻기는 싫었다. 벌써 이곳에 온 지도 2년이 넘었고, 세월이 약이라고 자신과 피 터지게 싸웠던 인물들의 얼굴을 보면 아마 반가움에 끌어안고 뽀뽀라도 하고 싶어질 거라는 생각까지 하고 있는 판이었다.

자신과 같이 치사한…, 아니 격조 높게, 비열한 장인걸, 배신자 한중길, 거기에 함께 동조해서 까불어 댄 옥청학, 이 알 수도 없는 세계로 보낸 얼굴도 모르는 못된 놈들……. 그들 중에서 과거 자신의 가장 큰 원수였던 한중길이나 옥청학은 장인걸에 의해 제거되었고, 또 장인걸은 자신에게 교주 자리를 뺏긴 후 잠적해 버렸다.

서로가 교주 자리를 놓고 다투었을 뿐 그렇게 직접적으로 원수 진 일은 없다고……. 아니지, 모든 나쁜 일은 장인걸 녀석이 배후

조종을 했으니, 가장 못된 놈은 장인걸인데……. 하지만 세월이 지날수록 기분 나빴던 일은 서서히 잊혀졌고, 싸우고, 죽였던 고향에 대한 그리움만이 가중될 뿐이었다. 오죽하면 장인걸이 보고 싶겠냐구…….

모두 각자의 생각에 빠져서 대화도 없이 길을 가는데 갑자기 분위기를 깨는 인물이 있었다. 그는 망나니 무예 수련자 미카엘로, 나이가 있는 만큼 꿈에서 빨리 깼는지도 모른다.

"그러고 보니 생각도 안 하고 있었는데……."

갑자기 생각났다는 듯 미카엘이 소리치자 팔시온이 시큰둥하게 대꾸했다.

"뭐냐?"

상대의 반응이 어떻든 신경 쓰지 않고, 미카엘이 약간 겁먹은 어조로 물었다.

"상대방의 배후에는 어쩌면 국가가 있을지도 모른다고 시드미안 경이 말했지?"

"그랬지."

"그렇다면 혹시, 놈들이 타이탄(Titan)을 동원한다면 어쩔 거야?"

일순간 다크를 제외한 모두의 안색이 하얗게 바뀌어 버렸다. 아무도 거기까지는 생각을 못 해 봤던 것이다. 사실 놈이 엄청난 세력을 가지고 있다면 이 시대 최강의 마법 병기 타이탄을 가지고 있지 않을 가능성은 없었다. 타이탄이 만들어진 후부터 마법사는 일거에 뒷전으로 밀려나지 않았던가?

팔시온은 시드미안 경을 바라보며 조심스레 질문했다.

"그에 대한 대비책은 있습니까?"

시드미안 경은 안심하라는 듯 자신감 있는 표정이었다.

"내 타이탄인 '쿠마'가 있지. 그러니 걱정하지 말게."

그러자 마법사 둘을 제외한 모두는 사방을 기웃거렸다.

"어? 타이탄이 어디 있어요? 있다면 벌써 봤을 텐데……."

그러자 시드미안 경은 빙긋이 미소 지었다.

"타이탄은 가지고 다닐 필요가 없지. 자신과 관계를 맺은 주인이 부르면 공간의 틈새에 숨어 있다가 이쪽 공간으로 이동해 온다네. 쿠마는 바로 옆에 있지만 서로의 공간이 다르기 때문에 쿠마의 모습을 볼 수 없을 뿐, 내가 소환하면 그 모습을 드러내지."

"주변에 아무도 없는데 한번 볼 수 있을까요?"

"좋아, 동료들을 안심시키기 위해 불러 주지."

그와 동시에 한쪽 공간이 갈라지면서 거대한 덩치의 금속 인간이 튀어 나왔다. 그 타이탄은 길이 3미터는 됨직한 거대한 검을 들고 있었고, 한쪽 손에는 엄청나게 큰 방패를 들고 있었다. 그 방패에는 트란 근위 기사단을 뜻하는 쌍두 사자의 문장이 그려져 있었고, 타이탄 곳곳에도 여러 가지 문양이 그려져 있었다.

"정말 엄청나게 크군요."

거의 5미터 크기의 금속 인형……. 두터운 갑주를 걸친 무사의 형상을 한 타이탄은 사람들을 압도하고 있었다.

"이게 뭐죠?"

다크의 질문에 팔시온이 타이탄에서 눈을 떼지 못하고 대답했다.

"이 시대 최강의 마법 병기(魔法兵器) 타이탄(Titan)이야. 나도 직접 보는 것은 처음이라구."

"병기라면…, 그럼 저게 움직인다는 말이에요?"

"그렇지. 그것도 엄청나게 빠른 속도로……."

"세상에……."

다크는 새삼스레 거대한 강철로 된 그 거인을 쳐다봤다. 저게 움직인다면 정말 대단하리라…….

모두가 얼빠진 모습으로 타이탄을 보고 있을 때 시드미안 경이 차분히 설명하기 시작했다.

"저 녀석이 쿠마야. 트루비아에 있는 여덟 대뿐인 타이탄들 중의 한 대지. 이제 안심이 되나?"

그러나 팔시온이 약간은 걱정스럽다는 듯 시드미안 경을 바라봤다.

"상대가 더 많은 타이탄을 가지고 있다면 어떻게 되나요?"

"그때는 내가 막고 있는 동안에 도망치는 길밖에 도리가 없지. 아무리 인간이 강하다고 해도 타이탄에게는 상대가 안 되니까……. 타이탄을 부술 수 있는 건 타이탄뿐이니 말이야. 이제 돌아가라."

시드미안 경의 말이 떨어지자 공간이 갈라지며 타이탄은 그 모습을 감추었다.

"쿠마 한 대만 해도 충분할 거야. 보통 어지간한 국가도 4백 대 이상의 타이탄을 가지고 있지는 않으니까 말이야. 그 국가 자체라면 몰라도 그들이 후원하는 단체에 타이탄을 여러 대 줄 수 있을까? 열 대도 가지고 있지 않은 나라들이 얼마나 많은데……."

그 말에 용기를 얻은 일행은 또다시 보이지 않는 적을 찾아 출발했다. 이 최강의 파티에는 타이탄까지 있으니 허무하게 전멸당하지는 않을 거라는 게 모두의 생각이었다.

다크는 안토니 크로와에게 도대체 저 타이탄이 무엇인지 묻기 시작했다.

"안토니, 저 타이탄이란 건 어떻게 움직이는 거예요?"

"마법으로 움직이지."

"마법으로요?"

"응, 과거 마법 시대에는 골렘(Golem)을 만드는 많은 방법들이 연구되었지. 참, 골렘이란 건 사람 형상을 하고 움직이기는 하지만, 나무나 돌 따위로 만들어진 걸 말하는 거야. 나무, 돌, 철 등 뭐든지 골렘을 만드는 재료가 될 수 있어."

도대체가 이해가 안 간다는 표정의 다크……. 사실 혈교와의 전쟁에서 시체에 특별한 처리를 가해 만들어낸 강시(殭屍)는 봤지만, 쇠나 돌덩어리가 걸어 다니는 건 본 적도 없었기 때문이다.

"그냥 돌이나 쇳덩어리가 사람처럼 움직인다는 말이에요?"

"응."

"그게 왜 움직여요? 돌이 움직이는 건 본 적도 없는데……."

"일종의 부적 마법 같은 거지. 초기에 골렘을 움직이던 동력은 부적이었어. 하지만 나무나 돌덩어리 같은 경우 부적을 넣기 쉽지만, 쇳덩어리 안에 부적을 집어넣기는 힘들거든. 그래서 마법사들은 철의 골렘을 만들기 위해 사람 형상의 강철 덩어리에 넣을, 주문과 강력한 마법을 새겨 넣은 '가고레' 라는 걸 만들어 냈지. 가고레는 골렘의 주인이 보내오는 마나를 증폭시켜 강철 골렘의 곳곳으로 보내 엄청난 힘과 속도를 낼 수 있게 해 줬어."

"대단하군요."

"흠, 마법의 힘은 대단한 거야. 하지만 아무리 그것을 움직이는 심장이 가고레로 바뀌었다 해도, 골렘을 움직이는 명령 체계는 변함이 없었어. 자신을 만든, 또는 자신의 주인으로 인정한 시전자의 명령에 따라 움직이는 것이 전부였지.

그런데 크류이오라는 대마법사가 외부에서 조종하는 것보다는 내부에 들어가서 조종하는 편이 훨씬 시전자에게 안전하다는 점을 생각해 냈지. 사실 마법사는 기사에 비해 너무나도 형편없는 격투 능력을 가지고 있었기에 생각해 낸 방법이었지만 말이야."

"그래서요?"

"그래서는……? 그래서 만들어진, 사람이 탑승할 수 있게 만든 골렘을 골렘이라 부르지 않고 타이탄이라고 불렀지. 그 크기는 보통 5미터 정도……. 더 크게 만들 수도 있지만 사실 덩치가 커지면 가고레에서 만들어 내는 마력(魔力)만으로는 속도가 너무 느려서 쓸모 없어진다구.

타이탄 겉에는 대마법 주문(對魔法呪文)을 새겨 놨고, 그 주문은 타이탄의 마력에 의해 발동되기에 웬만한 공격 마법에는 끄떡도 없어. 오로지 타이탄에는 타이탄으로……. 이게 정석이지. 초반에는 타이탄의 속도가 느렸기 때문에 그래듀에이트급의 무술 실력을 가진 인물이라면 어느 정도 대적할 수도 있었지만, 그 정도 경지에 올라간 인물들은 거의 없었으니까……."

"흐음……."

"하지만 지크로라는 대마법사가 또다시 그걸 변화시켰지. 타이탄은 내부에 타고 있는 사람의 지시에 의해, 그 사람의 능력에 맞는 힘을 구사하지. 타이탄의 심장인 가고레에 힘을 공급하는 건 누구도 아닌 거기에 타고 있는 마법사니까. 하지만 주문을 외워야만 마나를 움직일 수 있는 마법사보다 직접적으로 마나를 제어하여 **빠른** 속도로 움직일 수 있는 그래듀에이트급 기사가 타는 게 더 **효과적**일지도 모른다는 생각을 해낸 게 그 사람이야.

그 실험은 성공적이었지. 하지만 공급하는 마나의 양에 있어서 마법사보다 형편없는 탑승자를 위해서는 어쩔 수 없이 가고레를 뜯어고칠 수밖에 없었지. 그래서 더욱 더 복잡하고 수많은 기법들이 동원되었고, 그렇게 탄생한 게 엑스시온이야."

"엑스시온?"

"응, 엑스시온은 탑승자인 기사가 보내 주는 순수한 마나를 수백 배로 증폭시켜 그것을 마법의 힘으로 바꾼 후 그 힘으로 타이탄을 움직이지. 거기에 그래듀에이트급 기사가 마나를 움직이는 것은 거의 순간적이니만큼, 타이탄은 대단한 속도를 지니게 되었어. 그 다음부터는 타이탄을 상대할 수 있는 것은 타이탄밖에 없게 되었지. 기사가 타고 있는 타이탄을 부술 수 있는 것은 같은 수준의 기사가 탑승한 타이탄뿐이었으니까……. 지금 전 세계에는 타이탄이 5천 대 정도 있지."

"5천 대나? 저런 괴물이?"

"응, 사실은 더 많은 타이탄이 만들어졌지만 도중에 파괴된 것들도 많으니까……. 현재 기록상으로는 그 정도밖에 남아 있지 않아."

"그렇다면, 뛰어난 기사가 타고 있다면 그 타이탄이 다른 타이탄보다 더 세다는 말인가요? 그 기사의 기…, 아니 마나에 의해 움직이니까……."
 안토니는 미소를 지으며 대답했다.
 "그래. 그 타이탄을 움직이는 건 기사니까 기사의 능력이 뛰어날수록 타이탄도 엄청난 힘을 내는 것은 사실이야. 하지만 동급의 기사가 타고 있을 때는 더 좋은 타이탄에 타고 있는 사람이 이기지."
 "타이탄에도 등급이 있어요?"
 "그럼. 타이탄을 만든, 그러니까 타이탄의 핵심인 엑스시온을 만든 사람이 누구냐에 따라 타이탄의 힘이 결정되지. 강력한 엑스시온은 같은 양의 마나라도 더욱 많은 마력으로 증폭해 내거든. 그래도 그렇게 큰 힘의 차이는 없는 편이야. 그러니까 보통 타이탄이 1백의 힘을 낸다면, 아주 좋은 타이탄이라도 120 정도의 힘을 내지. 하지만 진짜 유명한 타이탄은 달라. 역사상 유명했던 위대한 마법사들이 만든 타이탄은 그 성능 자체가 다르지. 그것들은 보통 150 이상의 힘을 내는 걸로 알려져 있어."
 "그럼, 한 배 반 이상이나 강하단 말인가요?"
 "응, 안피로스라는 대마법사가 만든 에프리온이나 헬 프로네, 코타스라는 대마법사가 만든 다크 나이트(Dark Knight : 흑기사) 등이 그런 것들이지."
 "여태껏 많은 타이탄들이 만들어졌을 텐데……. 왜 트루비아에는 여덟 대밖에 없어요? 좀 더 많이 만들면 다른 나라와 전쟁할 때도 편리할 텐데……."
 안토니는 씁쓸하게 미소를 지었다.
 "타이탄 한 대 만드는 데는 엄청난 돈이 들어가지. 타이탄은 엑스시온이란 심장이 들어가지 않는다면 강철로 만든 거대한 인형에 불과해. 인형은 어떻게 움직이지?"

갑자기 안토니가 이상한 질문을 했으니, 다크가 버벅거렸다.

"그, 글쎄요. 저는 남자라서 인형은……."

"아참, 말도 안 되는 질문을 했군. 그럼 예를 들어 나무를 깎아 갑옷을 입힌 사람 형상의 인형을 만든다고 하자. 그냥 나무를 통째로 깎아 사람을 만들면 그 인형이 움직이냐?"

아직도 이해를 못한 다크.

"아니죠, 인형이 왜 움직여요?"

"이런, 질문이 잘못되었군. 만일 네가 나무를 깎아서 만든 인형의 손을 잡고 위로 올리면 그 인형의 손이 올라가는지, 그걸 물은 거야."

"글쎄요."

"물론 그냥 깎아 놓은 나무 인형의 팔이 부러지지 외부에서 힘을 가한다고 움직이지는 않지. 하지만 그 인형의 팔이 움직일 수 있도록 관절을 만들어 놨다면?"

이제야 어느 정도 감을 잡은 다크는 짧게 답했다.

"그 관절이 허용하는 각도 안에서는 움직이겠죠."

"바로 그거야. 강철로 하나의 인형을 만들면서 어떤 각도로든 움직일 수 있도록 관절을 만들어 놓은 것. 그게 타이탄의 뼈대지. 그 위에 두꺼운 장갑을 입히면 타이탄의 겉 부분은 완성되는 거야. 하지만 사람과 같은 움직임을 내려면 수많은 관절이 들어가야 하는데, 한두 사람이 작업해서 만들 수 있는 게 아니라구. 타이탄의 외형이 완성되면 내부에 그 심장이 될 엑스시온을 집어넣지. 그러면 타이탄이 완성되는데, 사실 그렇게 만들어 놓으면 타이탄이 제대로 된 힘을 내지 못해. 엑스시온에서 나오는 막강한 마력을 타이탄의 말단 부분까지 효과적으로 전달해 줄 '크로네'를 넣어 줘야 하지. 크로네는 마법을 빨리 전달해 주는 물질인데 그 가격이 엄청나게 비싸."

"그렇군요."

"그리고 거기에서 끝나는 게 아니야. 마법사들이 숨어서 어떤 마법 공격을 가해 온다면 덩치 큰 타이탄은 아주 좋은 목표물이 되지. 그래서 대마법 주문을 타이탄의 전신에 새기지."

"하지만 시드미안 경의 타이탄에서는 그런 복잡한 주문은 못 봤는데요?"

"물론 못 봤겠지. 일단 타이탄의 표면에 그 주문을 새겨 놓은 다음 그 위에 마법을 막는 데 가장 효과적인 금속으로 알려진 미스릴을 입히는 거야. 미스릴도 엄청나게 비싸지. 그 미스릴 위에 또다시 페인트를 칠하면 타이탄이 완성되는 거야. 타이탄의 외부는 설명했고……. 그 타이탄의 심장이 될 엑스시온 말인데, 엑스시온을 만드는 건 엄청나게 어려워. 엑스시온이 정상적으로 돌아가기 위해서는 대마법사 정도가 투입되어야 겨우 만들 수 있다구. 그리고 그 안에 들어가는 재료는 또 얼마나 비싼데……. 타이탄 한 대 만드는 데 들어가는 돈은 거의 웬만한 국가의 1년 예산에 필적하는 거금이라구. 하기야 예전에 만들어진 일부 타이탄들 같은 경우 비용 절감을 위해 미스릴 처리를 하지 않은 것도 있지만……."

"미스릴을 빼도 상관없는 거 아니에요?"

"강력한 마법사나 마법진을 만나지 않는다면 상관없지. 5미터가 넘는 강철 덩어리의 외부에 미스릴을 입히려면 얼마나 많은 돈이 들어가는데……. 그 돈을 절약하는 것만 해도 엄청나지. 참, 그러고 보니 미스릴 처리를 하지 않은 타이탄 중에서 아주 유명한 게 있는데…….”

"뭔데요?"

"에프리온을 만든 안피로스라는 대마법사가 만년에 만든 세 대의 타이탄이 있지. 안피로스는 무슨 생각을 했는지 그 '헬 프로네'들에는 미스릴 처리를 하지 않았어. 그냥 대마법 주문이 새겨진 문양이 아름답다고 생각했는지……. 뭐, 그것들은 외형이야 어쨌든 안피로스가 만들었기에 강력한 마력을 내는 엑스시온이 탑재되어 있지. 미스릴 처리가 안 된 만큼 딴 것들보다 가볍고, 그래서 더 빠른… 그러니까 재빠른 몸놀림을 좋아하는 기사가 타기에 이상적으로 설계되었다고도 하지. 하지만 전해지는 또 다른 말로는 그때 안피로스가 속해 있던 크루마 제국이 전쟁 중이라 미스릴 입힐 돈이 없어서였다고도 해. 어쨌든 그 심장인 엑스시온이 가동되기만 하면, 엑스시온은 자신의 몸에 부착된 모든 걸 자신의 신체 일부분으로 기억하고, 그게 부서지면 자동적으로 복구하려고 들지. 그 말은 나중에 미스릴을 입힌다 하더라도 그 녀석은 그걸 자신의 몸으로 인식하지 않는다는 말이야. 더군다나 한 번 싸울 때마다 충격으로 미스릴이 조금씩 벗겨지는데, 무슨 돈으로 계속 미스릴을 입힐 거야? 그래서 그 셋은 아예 미스릴 처리가 되어 있지 않았기에 알아보기 쉽지."

"그럼 미스릴 처리 안 된 타이탄은 그 세 대뿐인가요?"

"무슨……. 엄청나게 많아. 특히 돈이 많이 절약되니까 미스릴 처리 안 한 타이탄이 전 세계 타이탄의 반수 이상이야. 좀 심한 타이탄은 크로네도 거의 안 넣든지 아니면 아예 안 넣는대. 그래서 별로 유명한 타이탄은 없어. 그런 타이탄들 대부분은 제작비를 절약하기 위해 크기도 작고 말이야……. 하지만 강력한 타이탄과 싸우기 전에는 그걸 막을 게 사실상 없으니 뭐 상관없지. 크로네를 안 넣고, 미스릴 처리도 안 하고, 기준 출력의 반도 못 내는 엑스시온을 가진 타이탄이라도 순식간에 성벽을 허물 수 있다구. 타이탄의 강한 점 때문에 말도 안 되는 싸구려 타이탄들이 생산되는 거지."

갈로시아

 트루비아의 갈로시아는 인구 5만 명 정도가 모여 있는, 상당히 흥청거리는 상업 도시였다. 이웃 나라인 탄벤스 공국에서 들어오는 수입 물품이 대부분 갈로시아를 통과하기에 더욱 융성하게 된 국경 무역의 중심지였던 것이다.
 탄벤스 공국(共國)은 트루비아의 세 배에 달하는 면적을 가진, 트루비아보다는 월등하게 강한 국가였지만, 그 정치 체계의 최고 우두머리를 공왕(共王)이 맡고 있었다. 국왕처럼 강력한 힘이 집중된 존재가 아닌 공왕, 말 그대로 세습되지 않고 투표에 의해—전 국민이 참여하는 것은 아니고 일부 귀족들이 참여하는—선출되는 왕이 집권했다. 그렇기에 공왕의 권력은 아무래도 전제 왕정의 제왕보다 떨어질 수밖에 없었고, 그 권력도 제한되는 부분이 많았다. 그런 이유로 이웃 나라와는 평화를 유지하며 원만한 관계를 유지

하려고 노력했다. 아무리 호전적인 공왕이 등극한다 해도 귀족들의 반대 때문에 이웃 나라 침공은 불가능했던 것이다.

시드미안 경의 설명에 따르면 탄벤스 공국에는 72명의 그래듀에이트급 기사가 있고, 또 30명의 그래듀에이트급 기사로 구성된 발키리아 기사단이 있다. 그리고 기사들 중 최고의 엘리트 열 명으로 구성된 발칸 근위 기사단이 존재했다. 근위 기사의 무서움은 역시 타이탄에 있다.

탄벤스 공국이 가지고 있는 19대의 타이탄 중에서 10대는 발칸 근위 기사단에, 나머지 9대가 발키리아 기사단에 있었다. 그리고 타이탄들 중에서 강력한 것들은 모두 다 근위 기사단이 보유하고 있다.

타이탄이란 궁극의 마법 병기는 그 안에 탑승한 인물의 실력에 비례하는 힘을 발휘하기에 이 배치는 당연한 것이었고, 모든 국가들이 이런 식의 배치를 하고 있었다. 그렇기에 근위 기사단의 멤버로 뽑힌다는 것은 정말이지 자랑스럽고 명예스러운 것이었다. 최고들 중의 최고라는 말이었기 때문이다.

"어떻게 단서는 찾았나?"

추종자들을 이끌고 당당히 식당 안으로 들어와 가스톤의 앞자리에 앉던 미카엘은 씁쓸하게 고개를 좌우로 저으며 급사에게 외쳤다.

"맥주 셋!"

"왜? 점심은 안 먹을 거야?"

가스톤의 질문에 미카엘이 엄청 더운 듯한 표정을 지었다.

"뭐, 나중에 먹지. 지금은 시원한 맥주 생각밖에 없어. 열심히 수

소문했는데, 하늘로 솟았는지 땅으로 꺼졌는지 모르겠다. 여기서 물어보면 뭔가 나올 줄 알았더니…….”

"뭐, 팔시온이나 시드미안 경에게 기대를 해 봐야지. 미디아한테는 기대도 안 하지만 그 둘은 뭔가 건질지도…….”

"미디아는?"

"라나를 데리고 용병 길드에 갔어."

"다크는?"

"왜 그런지 모르지만 방 안에 처박혀서 머리를 싸매고 생각에 빠져 있어. 우리들과 만나기 전에 애인한테 채였는지, 아니면 무슨 큰 사고라도 당했는지……. 별로 좋은 기분은 아닌 것 같더군."

"그 친구 정도의 실력에, 외모도 아예 엉망은 아니잖아. 새로운 여자를 찾는 건 별로 어려운 일도 아닐 텐데……. 사내 녀석이 쪼잔하기는…, 꿀꺽."

이렇게 넷이서 궁시렁거리면서 술을 마시고 있을 때 외곽을 둘러보겠다고 나간 시드미안 경이 부하들을 데리고 들어왔다. 그들이 피곤한 안색으로 들어서는 걸 보며 미카엘이 급사를 향해 외쳤다.

"맥주 셋 더!"

"뭐 좀 찾았습니까?"

시드미안 경도 미카엘처럼 수확이 없었는지 고개를 가로저으며, 지하실에 저장되어 있었던지 이 무더운 날씨에도 시원한 맥주를 벌컥벌컥 들이켰다.

"혹시 이리 오지 않은 건 아닐까요?"

스미온이 조심스레 추측하자 나머지 일행들도 그럴지도 모른다고 수긍하는 듯한 모습이었다.

"도중에 딴 길로 들어섰을 수도 있겠지."

"그럼 어떻게 하죠?"

"할 수 있나? 모두들 돌아오는 대로 왔던 길을 되돌아가면서 흔적을 찾는 수밖에……."

"30여 명의 기사에 큼직한 마차 한 대라면 사람들 눈에 잘 띌 텐데……."

"팔시온이 올 때까지 술이나 마시기로 하지. 다들 피곤하니까 오늘은 여기서 자고 내일 아침에 출발하지."

시드미안 경의 제안에 모두들 찬성하며 맥주를 들이켰다.

"우와!"

"간만의 휴식이군……."

한참 맥주를 마시던 시드미안 경이 갑자기 생각났는지 물었다.

"참, 미디아는?"

"라나가 심심해하니까 그 애 데리고 용병 길드에 갔어요."

"다크는?"

"방 안에 처박혀서 궁상떨고 있어요."

"그럼 다크도 불러서 신나게 마시지."

"안 마신답니다. 여기 와서 다크가 술 마시는 거는 식사 때 반주로 맥주 한 잔 정도 마시는 것 말고는 본 적이 없으니까요."

"싫다는 사람 억지로 먹일 수는 없지. 자, 오늘 찐하게 한잔해 보세."

모두들 왁자지껄 얘기를 나누면서 술파티를 벌이고 있을 때 다크는 머리를 감싸 안고 생각에 잠겨 있었다.

'제길, 어떻게 하면 돌아갈 수 있지? 샤헨에서도 약간의 방법은 있다고 했는데……. 오래전에 그 방법이 실전되었다면 돌아갈 방법은 아예 없는 거나 다름없잖아. 도대체 어떻게……?'

다크가 나름대로 중원에 돌아갈 방법을 궁리하느라 정신없는 그 시간, 마침 팔시온이 돌아왔다.

"어떻게 되었나?"

"발견했어요. 이쪽이 아니라 말테리아 산맥을 타고 그쪽 산길을 따라 갈로시아 근방으로 내려와서 수도 쪽으로 이동한 모양입니다. 그쪽으로 가 보니까 산길을 타고 이동하는 회색 갑옷을 입은 기사들을 봤다는 사람이 있었습니다."

"그럼 빨리 그쪽…, 아니지. 오늘은 여기서 푹 쉬기로 했네. 내일부터는 아무래도 강행군이 될 것 같은데……."

"그러지요. 그러고 보니 오랜만의 휴식이군요. 이봐! 여기 맥주 큰 거로 한 잔!"

"스승님, 다녀왔습니다."

"그래, 결과는?"

검은 가죽 갑옷을 입은 젊은 마법사는 자신 있게 대답했다.

"예, 바로 이 녀석들입니다."

검은 가죽 갑옷을 입은 마법사는 중얼중얼 마법을 외운 후 시동어를 외쳤다.

"디스플레이 이미지!"

그러자 사람의 영상들이 여러 개 나타났다. 젊은 마법사는 그 하나하나를 지적하면서 말했다.

"여기 있는 이 검은색 옷을 입은 무사가 파티의 지도자인 모양입니다. 가장 많은 마나를 보유하고 있죠. 아무래도 마스터급이 확실한 것 같습니다. 그리고 이자는 그에는 못 미치지만 그래듀에이트를 상회하는 대단한 실력자입니다. 그리고 이자는 엄청나게 큰 검을 가지고 다니지만 그렇게 위험인물은 아닌 것 같습니다. 마나의 양이 보잘것없었어요. 이 둘은 마법사인데, 이자는 5사이클급, 이자는 3사이클급입니다. 그리고 이들 셋은 무사로서 꽤나 수련을 쌓긴 했지만 그래듀에이트에는 못 미칩니다. 또 이 둘은 그보다도 못한, 아마도 아카데미를 갓 졸업한 인물들인 것 같습니다. 그리고 이쪽에 있는 잘생긴 인물은 그 생김새로 보아 아무래도 신관인 것 같습니다. 그리고 이 아이가 제가 스승님께 말씀드린 그 장난감이죠."

그러면서 그 젊은 마법사는 예쁜 얼굴의 소녀를 가리켰다. 그러자 스승은 살짝 미간을 찌푸렸다.

"마스터라… 정말 대단한 놈이군. 그래, 그 녀석에 대한 자료는 조사해 봤느냐?"

"예, 그런데……."

"그런데?"

"도대체 데이터를 찾을 수가 없었습니다. 코린트 제국에도 없었고, 트루비아에도……. 전쟁의 신전에도 가서 물어봤지만 등록된 열두 명의 마스터들 중에서 그렇게 생긴 인물은 없었습니다. 그 정도 실력이 있다면 자신의 능력을 시험하고, 또 인정받기 위해 전쟁의 신전에 들르는 게 정상인데 말이죠."

"흐으음……. 그렇다면 코린트 쪽에 좀 더 깊게 조사해 보거라.

혹시 사냥개(암살자)로 쓰기 위해 비밀리에 키운 놈인지…….”
"알겠습니다. 좀 더 조사해 보겠습니다. 저, 스승님. 그건 그렇고 크로마스 경께서 뵙기를 청하는데요?"
"내가 불렀으니 들어오라고 해라."
"예."
제자인 다론이 나가고 잠시 후 40대 초반으로 보이는 굳건한 체구의 무사가 들어왔다. 이곳이 자신들의 본거지라서 그런지 갑옷을 입지 않았지만 바스타드 소드는 차고 있었다. 그가 들어오자 노마법사는 반갑게 인사를 건넸다.
"어서 오게나."
"안녕하셨습니까? 토지에르 경."
"그래, 내 부탁이 있어 그대를 불렀지."
"무슨 일입니까?"
"제자 녀석을 보내 이번에 드래곤 하트를 훔친 것을 조사하는 녀석들의 인상착의를 알아오라고 했네. 혹시 이 사람들이 기억에 있나?"
그러더니 노마법사는 주문을 외웠다. 물론 이미지 주문이었지만 그 주문을 다 외우는 시간은 제자에 비해 비교할 수 없을 정도로 짧았다.
"디스플레이 이미지!"
그러자 당당한 모습의 기사 한 명과 검은색 옷을 입은 마법사 같이 보이는 인물이 모습을 드러냈다. 수염을 덥수룩하게 기른 무인의 영상을 노려보던 그의 얼굴이 약간 찌푸려지더니 곧 씁쓸하게 입을 열었다.

"이 녀석은 그라드 시드미안이군요. 나머지 하나는 마법사 같은데…, 모르겠습니다."
"흐음, 그라드 시드미안이라고?"
"예."
"저자의 실력은?"
"저와 거의 동급이라고 보시면 될 겁니다. 과거에 무예 수련 중 한 번 만난 적이 있거든요."
"그렇다면 저자도 근위 기사일 확률이 높겠군."
"확실할 겁니다. 우리나라처럼 큰 나라에서도 제 수준이면 근위 기사인데, 트루비아는 아주 작은 나라죠. 아마 트루비아에서 1, 2위를 다투는 기사일 겁니다."
"좋아. 그럼 옆에 있는 놈에 대해서는 아예 기억이 없나?"
"예, 생김새로 봤을 때는 마법사처럼 보입니다만?"
토지에르 경은 씁쓸한 미소를 지었다.
"마법사가 아니라 마스터야. 소드 마스터."
"예? 하지만 트루비아에는 소드 마스터가 없는데요?"
"그래서 지금 그놈의 정체를 파악한다고 난리가 난 상태라네. 일단은 놈의 배후를 캐야 할 테니까……. 하지만 도대체 어느 나라 소속인지 그것조차 알 방법이 없어."
"큰일이군요. 혹시나 코린트의……."
"나도 그게 걱정이지. 하지만 그건 아닌 것 같으니까 더욱 이상하단 말이야. 코린트에 있는 세 명의 소드 마스터……, 키에리 발렌시아드는 자네도 이미 얼굴을 알고 있을 거고, 나머지 까뮤 드 로체스터도 아니고, 나머지 하나는 여자니까 상관없고……. 도대체 알 수가 없단 말이지. 그래서 실험을 한번 해 볼까 생각하네."

"실험…이라구요?"

"그렇네. 기회를 봐서 타이탄으로 그놈들을 한번 공격해 주게. 그라드 시드미안이 근위 기사라면 타이탄이 있을 거고, 또 한 대의 타이탄이 있다면 그놈의 뒤에는 어떤 국가가 있다고 봐야지. 아니라면 그놈은 엄청난 수련을 막 끝내고 세상에 나온 철부지가 되는 거지. 어떤가?"

크로마스는 한참 생각하더니 말했다.

"너무 위험 부담이 큽니다. 놈이 타이탄을 가지고 있다면 몇 대를 가지고 가더라도 이길 가능성이 거의 없습니다. 스승님이신 루빈스키 폰 크로아 공작님이라도 계신다면 모르지만……. 너무 위험합니다."

"멀찍이서 돌격하는 척하다가 그놈들이 타이탄을 불러내는 걸 보고 두 대가 나타나면 도망치면 되지. 싸울 필요도 없어. 그 정도도 못 하겠나?"

"그자가 가진 타이탄의 성능이 좋다면 꽁지 빠지게 도망쳐 봐야 최소한 한 대는 잡혀서 박살 날 겁니다. 그리고 재수 없어서 놈이 헬 프로네라도 가지고 있다면 세 대 이상이 탈출조차 못 하고 부서질 겁니다. 헬 프로네는 안 그래도 가볍고 우수한 타이탄인데……. 거기에 마스터가 타면 정말 엄청난 속도를 낸단 말입니다."

"흐음, 하지만 그럴 걱정은 없어. 그놈은 헬 프로네를 가지고 있지는 않을 거야. 헬 프로네를 가지고 있는 인물은 내가 모두 알고 있어. 어쨌든 헬 프로네의 주인이라는 것 하나만으로도 세계 최강의 대열에 들어가는 인물이니 신경 쓰지 않을 수 없었지. 코린트의 키에리 드 발렌시아드, 크루마의 미네르바 켄타로아, 타이렌의 엘빈 코타리스……. 지금 헬 프로네의 주인들이지. 미네르바는 여자니까 빼고, 키에리는 자네도 얼굴을 알 테니 빼고, 이제 남은 사람은 그래플 마스터 엘빈 코타리스뿐이지. 하지만 나와 내 제자 녀석이 함께 본 그놈은 그래플 마스터가 아니었어. 소드 마스터였지. 검에서 뿜어져 나오는 가공스러운 검강……. 그렇다면 이제 답은 나왔다고 봐야지. 그놈은 헬 프로네는 절대 가지고 있지 않아."

"그렇다면 다행이군요."

"자네의 임무는 우선 위협 행동을 해서 놈들이 타이탄을 불러내도록 유도하는 거야. 그런 다음 놈들이 타이탄을 불러내는 숫자를 보고 마스터가 타이탄을 가지고 있는지 확인하는 것. 그러니까 타이탄이 두 대라면 죽자고 도망쳐야 하지."

"만약 타이탄이 한 대만 나온다면 어떻게 합니까? 그러니까 그 마스터가 타이탄을 가지지 못한 인물이라면?"

토지에르는 살기 띤 미소를 지었다.

"이 기회에 죽여 버려야지. 또 시드미안이 가지고 있는 타이탄도 뺏고 말이야. 설혹 타이탄이 박살 난 상태에서 노획한다 하더라도 거기서 회수할 수 있는 귀금속의 양은 정말 엄청나지. 해낼 수 있겠나?"

"타이탄을 얼마나 주시겠습니까?"

"유령 기사단에 연락해 뒀네. 네 대의 로메로면 되겠나?"

유령 기사단은 유령이라는 말과 어울리게 외부에는 전혀 알려지지 않은 기사단이었다. 과거 코린트의 습격을 받았을 때 대세가 기운 걸 직감한 황제가 96대의 타이탄 및 기사, 12명의 마법사를 왕자와 함께 국외로 도피시켰다.

국가가 망하더라도 그 정도 전력이라면 어느 정도 회생이 가능할 거라는 생각에서였다. 나중에 평화 회담을 통해 땅은 뺏겼지만 국가는 망하지 않았고, 황제는 도피시킨 세력을 비밀리에 회수하여 유령 기사단을 만들었다. 따라서 지금 크라레스 제국이 타국에 알려지기는 타이탄 96대가 빠진 28대의 타이탄밖에 없는 약소국이었고, 기사도 일부러 전사한 것으로 위장했다. 또 새로이 탄생한 그래듀에이트는 전쟁의 신전에 등록을 안 했기에 등록된 그래듀에이트의 수는 73명뿐이었다.

"그 정도면, 정찰 임무는 되겠죠."

"알겠네. 모든 문장 및 표식을 지우라고 지시해 뒀으니, 내일 인수해서 떠나게."

"알겠습니다."

허리에 찬 바스타드 소드를 철거럭거리면서 방을 나서는 미온지에 폰 크로마스를 보면서 노마법사는 미소를 지었다. 속마음 같아서는 이번 기회를 청기사의 시험 무대로 썼으면 좋겠지만, 아쉽게도 청기사는 아직 완성되지 않았다. 두 달 정도 후면 먼저 세 대가 완성될 것이고, 그 뒤 4개월이 지나고 나면 나머지 아홉 대의 청기사가 완성된다. 그러면 이제껏 소중히 다뤄져 왔던 근위 타이탄은 카프록시아에서 청기사로 바뀌는 것이다.

'그래! 반 년만 더 지나면…, 우리는 코린트에 복수할 만한 힘을 얻을 수 있게 될 거야. 대마법사 안피로스가 설계한 엑스시온……. 다른 엑스시온들과 달리, 드래곤 하트를 이용해 더욱 힘을 극대화해 놓은 최강의 심장. 흐흐흐, 반 년이 지나면 전 세계는 경악하게 될 거야. 다른 타이탄들보다 세 배나 많은 마력(魔力)을 뿜어내는 엑스시온을 심장으로 가진 6미터의 거인 청기사…….'

토지에르 경이 한참 혼자서 기분을 내고 있는데 갑자기 문을 두드리는 소리가 들렸다.

똑똑…….

"무슨 일이냐?"

"안티노스 경께서 상의하실 일이 있다고 잠시 뵙기를 청합니다."

"드시라고 해라."

"예."

잠시 후 중후한 덩치를 지닌 50대의 남자가 들어왔다. 노마법사는 재빨리 일어나 그를 영접했다.

"어서 오십시오, 안티노스 경. 이봐, 차를 가져오너라."

"예."

"무슨 일이십니까? 안티노스 경."

그의 눈앞에 있는 이 거구의 사내는 국내외의 모든 정보를 관장하는 위치에 있는 폐하의 심복인 지그발트 폰 안티노스였다. 요즘 들어서 눈에 띄게 흰머리가 늘어가는 이 근육질의 노인은 과거에도 그랬지만 지금도 대단히 뛰어난 기사였다.

"흐음, 자네의 의견을 듣고자 왔네."

"예."

"아르곤 제국에서 이번에 마도 왕국 알카사스로부터 또 엑스시온 열 개를 주문했어. 여태껏 그들이 사들인 것은 30개 정도인데……. 과연 그걸 가지고 그들이 타이탄을 만들 수 있을까?"

"흐음, 만들 수 있을 겁니다. 대마법 방어 주문 처리는 어떻게 한다고 하던가요? 그게 중요한데……."

"첩자들의 보고로는 타이탄에 사용하는 방어 마법 주문이 기록된 책자를 비싼 대가를 치르고 알카사스에서 수입했다고 하더군. 그 책만 가지고 타이탄의 방어 마법진이 발동할까?"

"발동합니다."

"뭐?"

"마법진은 그 책자에 그려진 대로 조각해 넣기만 하면 됩니다. 그걸 가동시키는 것은 엑스시온에서 공급되는 마력이지요. 엑스시온이 수입된다면 마법사는 한 명도 없더라도 상관없습니다."

"큰일이군……."

"저……."

"뭔가?"

"아르곤에서 수입한 엑스시온의 성능은 어느 정도인가요?"

"카로텔에서 생산한 최상품이야. 그 출력은 통상의 1.24배라고 보고받았네."

"통상의 1.24배라고요? 역시 그놈들 돈이 많으니까……."

"그걸로 제대로 된 타이탄을 만들기만 한다면 본국의 카프록시 아급에 맞먹겠지."

"그럼, 여태껏 수입한 30개가 모두 다 1.24배짜리인가요?"

"믿을 수 없는 사실이지만, 그렇다고 보고받았네. 아마도 상상할 수 없을 만큼 많은 액수를 지불했겠지."

"하지만 그쪽에는 마나를 제대로 다룰 수 있는 기사는 적지 않습니까?"

"폐하께서도 거기에 희망을 걸고 계시지. 놈들은 너무 신성 마법에 의존하고 있어. 그따위 것 타이탄을 구동하는 데는 아무런 도움도 안 되는데 말일세……."

"그럼 그 30개가 타이탄이 된다면 이제 아르곤에는 타이탄이 몇 대나 존재하게 되는 겁니까?"

"320대 정도……. 전에 있었던 토프라크 전쟁에서 타이탄 12대가 파괴되었다고 들었네. 처음 엑스시온을 수입할 때는 파괴된 타이탄에 넣어서 그걸 살리려는 줄 알았지. 그런데 엑스시온을 계속 수입하는 거야. 그래서 과연 그걸 가지고 타이탄을 만들 수 있는지 자네에게 물어보려고 왔지. 만약 이번 엑스시온들로 타이탄들이 완성된다면 아르곤에는 마나를 움직일 수 있는 모든 성기사가 타이탄을 보유하게 될 것 같아."

"으음, 큰 문제로군요. 하기야 그놈의 아르곤 백성들은 원체 신앙심으로 뭉쳐 열심히 일하기에 남아도는 게 돈이니. 본국은 겨우 청기사 12대를 만든다고 온 국력을 퍼부어 20년을 노력했는데 말입니다."

"약소국의 비운이지. 그래도 청기사들만 완성된다면 본국의 타이탄도 136대가 되지. 타국의 눈치 안 보고 풍요로운 스바시에 제국을 병합할 수 있게 된다 이 말이야. 자네가 좀 더 힘을 써 주게."

"알겠습니다, 안티노스 경."

도둑들과의 세 번째 만남

 '오늘은 휴식이다' 하는 안도감에 모두들 술에 취해서는, 이제 사람이 술을 먹는 단계를 지나 술이 사람을 먹는 단계에 접근하고 있었다. 이번 파티가 결성된 후 추격을 하며 상당한 마법사의 던전을 발견하기도 했고, 또 놈들이 어느 쪽으로 도망쳤는지 그 흔적을 놓치지 않고 계속 따라왔다. 거기에 상대와 몇 번의 대적까지 했지만 아무도 다치지 않았으니 기분이 좋을 수밖에…….
 하지만 그렇게 술을 마시는 동안, 중무장을 한 여덟 명이 우루루 2층 계단으로 올라가는 것을 무심히 흘리고 말았다. 그들의 복장은 약간 특이했다. 딴 복장은 보통 사람들과 차이가 없었지만 적당히 넓은 망토는 몸속에 무기들을 숨기기 편하게 되어 있었고, 가죽 장화도 거의 무릎까지 올라와 단검 따위를 숨기기에 용이했다.
 하지만 가장 큰 차이는 장화의 밑창에 있었다. 일반 신발들은 밑창에 단단한 가죽을 덧댄다든지, 또는 철판이나 구리판까지 달아서 신발이 닳는 것을 방지하는데, 이들은 장화 밑에 무두질도 안 한 생가죽을 털이 바깥쪽으로 나오도록 붙여 놨다. 따라서 짐승의 털로 인해 발걸음 소리가 거의 나지 않았다. 어쨌든 모종의 비밀 조직원들이 매우 적절하게 사용할 수 있도록 주문 제작된 것이었다.

"이봐, 이 방이 맞아?"

"예."

덩치 큰 인물의 말에 그보다는 조금 덩치가 작은 남자가 대답했다. 덩치 큰 자가 살며시 단검을 뽑아 들며 손짓하자 일행들도 일제히 무기를 소리 나지 않게 뽑아 들었다. 모든 준비가 갖춰지자 그는 살며시 문을 열었다. 방 안에는 머리를 싸안고 고민에 빠져 있는 남자의 뒤통수가 보였다.

"꼼짝 마라!"

일제히 검을 겨눈 채 상대방의 무장을 해제하기 시작했다. 하기야 무장이라고 해 봐야 허리에 찬 60센티미터 길이의 가벼운 샤벨이 전부였지만……. 검을 뺏은 후 튼튼한 쇠심줄을 꼬아 만든 줄로 손을 꽁꽁 묶었다. 그제야 조금 안심이 되는지 각자 무기를 품속에 감췄다.

"좋게 말할 때 따라와."

하지만 그 상대는 오히려 빙긋이 미소 지으며 적반하장 격으로 말했다.

"좋다. 안내해라."

상대의 태도가 조금 거슬렸지만 이렇게 협조적으로 나오는 데야 딴 말을 할 수 있나. 한 명이 그자의 뒤에서 여차하면 단검으로 찌를 태세를 갖추고는 그자를 안내하여(?) 자신들의 소굴로 돌아갔다.

"앉아!"
 다크가 의자에 앉자 곧이어 한 명이 가죽 끈을 가져와서는 더욱 튼튼하게 의자에 꽁꽁 묶었다. 묶는 작업이 거의 끝나갈 무렵 한 인물이 방 안으로 들어왔다. 그 인물은 모자를 푹 눌러써서 거의 눈만 가까스로 보일 뿐, 이마나 귀까지 모자에 덮여 있었다. 하지만 그 분위기나 몸의 굴곡으로 봤을 때 수컷이 아닌 암컷이라는 것을 쉽게 눈치 챌 수 있었다. 그녀는 방 안의 정경을 쭉 훑어본 다음 다크를 이쪽으로 끌고 왔던 덩치 큰 남자의 옆에 가 섰다.
 "실력 좋네. 그 정도만 말해 줬는데 간단히 잡아오는 걸 보면……."
 "흐흐흐, 내 실력 좋은 거 이제 알았냐? 전에 망신당한 게 있다면서……. 지금 갚을 거야?"
 "당연히."
 "좋아, 어떻게 해 줄까? 아예 반쯤 죽도록 두들겨 패줘? 손을 아예 못 쓰게 만들어 줘?"
 남자의 끔찍한 말에 그녀는 빙긋이 살기 띤 미소를 지었다.
 "먼저 죽도록 패고, 아예 병신을 만들어 버려."
 "크흐흐흐, 알겠어. 애들아, 들었냐?"
 "예."
 방 안에 남아 있던 10여 명의 부하들은 일제히 몽둥이를 주워 들었다. 아까부터 오만한 미소를 짓고 있는 놈이 영 마음에 들지 않았기에 그 명령이 내려오기만을 학수고대하던 참이었다.
 이들이 몽둥이를 들고 한 발짝씩 접근하자, 갑자기 의자에 묶여 있던 다크가 힘을 한 번 썼다. 그러자 손발에 묶여 있던 가죽 끈과 쇠심줄로 만든 줄이 썩은 새끼줄 끊어지듯 힘없이 끊어져 나갔다. 그리고 그와 함께 느껴지는 엄청난 위압감……
 "네 녀석들이 감히 본좌에게 뭘 하겠다고? 죽기로 작정을 했군."
 다크가 싸늘하게 미소를 지음과 동시에 그의 몸이 사라졌다.
 쿵, 퍽, 퍽!
 "으악! 악! 으엑!"
 이건 애당초 게임이 안 되는 한판 승부였다. 심하게 배를 두들겨 맞고는 열심히 팬케이크를 만들고 있는 놈부터 시작해, 기절해서 인사불성인 놈들까지……. 10여 명 모두가 한꺼번에 바닥에 쭉 뻗은 꼴은 그야말로 가관이었다.
 다크는 옆에 떨어져 있는 샤벨의 검대를 집어 허리에 찬 후 싱긋이 미소 지으며, 저쪽에서 엎드린 채 다행히 아직 기침만 콜록콜록 하는 우람한 덩치를 가진 놈의 멱살을 잡고 끌어 올렸다.
 "야? 네가 이놈들 두목이냐?"
 "예? 예."
 "네놈들 실력에 맞는 사람을 건드려야 할 거 아냐?"
 퍼퍽!
 "우웨에에엑!"
 그대로 복부에 직격탄 두 발을 맞은 거한은 그대로 침몰하여 부하들과 사이좋게 팬케이크를 만들기 시작했다.

쿵닥거리는 소리가 들려오기 시작…, 아니지 가죽 끈을 끊었을 때부터 뭔가 잘못되어 간다는 걸 느낀 후에 곧장 도망치려고 했지만, 뭔가 끈적한 것에 잡힌 듯 도망치지도 못하고 얼어 있다 한 대 맞고 뻗은, 모자를 깊숙이 눌러 쓴 여자도 어김없이 다크의 손에 멱살이 잡혀 몸을 일으켜야 했다.

"흐음, 반반하게 생기기는 했지만……. 그러고 보니 낯이 익은데, 너 나하고 어디에서 만난 적이 있지?"

그 여자는 공포에 질린 눈빛으로 고개를 열심히 좌우로 저으며 완강히 부인(否認)했다.

"아니요, 이번이 맹세코 처음이에요."

"콩알만 한 기집애가 감히……. 안 그래도 요즘 기집애 하면 이 갈리는데 너 잘 만났다."

퍽!

"꺄억……! 우웨에에엑!"

그녀도 어김없이 두목의 옆에서 사이좋게 팬케이크를 만들기 시작했다. 배에 그 정도 타격을 받고 뱃속에 든 걸 게워 올리지 않는다면 아마 인간이 아니든지 아니면 그 전날부터 금식 기도를 하던 인물일 것이다.

아직도 잡혀 온 데(?) 대한 분이 안 풀렸는지, 다크는 팬케이크를 만들고 있는 녀석들의 머리를 지근지근 밟아서 팬케이크 위에 얼굴 도장까지 확실하게 찍어 댔다. 과연 그게 잡혀 온 데 대한 분풀이인지, 아니면 요즘 한참 받고 있는 스트레스를 운 좋게(?) 만난 이자들에게 풀고 있는지 그게 좀 모호하긴 했지만, 이건 전적으로 힘도 없는 주제에 강자를 초대(?)한 놈들의 잘못이었다.

다크는 의자에 푸근히 앉은 채로 얼굴과 옷에 오물이 잔뜩 묻은 놈들을 향해 조용히 말했다.

"일어서."

목소리는 매우 작았지만 모두 재빨리 일어섰다. 방금 전에 꾸물거린 여자 동료가 아예 기절할 정도로 두들겨 맞는 걸 친히 목격한 그들에게 선택의 여지는 없었다.

"앞으로 누워."

"뒤로 누워."

이거 한 번 해 본 사람은 다 안다. 정신없이 섰다 이리 누웠다 저리 누웠다를 한 시간 정도 반복하면, 속이 울렁거려 이틀 전에 먹은 것까지 다 토해 내게 되어 있다. 그걸 지그시 감상하면서 다크는 요 며칠 동안 여행하면서 쌓인 스트레스를 열심히 풀고 있었다. 이게 웬 횡재냐 하면서 말이다.

모두의 몸이 땀과 오물로 뒤범벅이 되었을 때쯤 다크가 천천히 일어섰다.

"야. 두목!"

"옛! 헥헥……."

"운동이 좀 되는 것 같냐?"

"옛! 헥헥헥……."

"그럼 이렇게 너희들의 몸을 생각해서 운동씩이나 시켜 주신 이 몸께 감사의 뜻을 전해야 할 거 아냐? 응?"

퍽!

"꾸엑!"

비명을 지르기는 했지만 두목은 재빨리 자세를 다시 안정시킨 후 자신의 주머니를 털어 억지로 미소를 지으며 다크에게 내밀었다. 여전히 가쁜 숨을 몰아쉬고 있었지만…….

"헥헥…, 약소하지만 헥헥… 감사의 뜻으로… 헥헥헥……."

"뭐야? 겨우 50골드도 안 되겠는데? 이 녀석이 나하고 장난하는 기야? 내가 너희들 몸을 생각해서 무려 세 시간이나 황금 같은 시간을 쪼개서 놀아 줬는데……."

그러자 두목은 재빨리 부하들에게 튀어 가서 모두의 주머니를 털기 시작했다. 아무리 돈이 들더라도 저 재수 없는 손님을 빨리 보내는 게 급선무였기 때문이다.

"헥헥…, 약소하지만 정말 헥헥헥… 이게 몽땅 다입니다. 헥헥헥… 제발 용서해 주세요. 헥헥헥……."

"흐음…, 아까보다는 그래도 낫군. 그런데, 야."

"예? 헥헥헥……."

"그런데 나는 왜 이리 데리고 온 거냐? 설마 달밤에 체조시켜 달라고 초빙한 것은 아닐 테고……."

"죄송합니다. 헥헥헥…, 사람을 잘못 보고… 헥헥헥… 제발, 용서해 주세요… 헥헥헥……."

"정말이야? 아닌 것 같던데……. 야! 모자, 이리 와 봐."

모자를 깊이 눌러 쓴 여자가 재빨리 앞에 와서 섰다. 상대는 여자라고 봐주는 그런 인물이 아니었다. 여자라고 꾸물거리던 애들이 얼마나 무자비하게 두들겨 맞았던가? 아주 더러운 성격을 가진 망나니였고, 자신의 힘이 상대에게 주는 공포를 잘 알고 그것을 매우 효과적으로 이용할 줄 아는 피도 눈물도 없는 놈이었다.

"옛! 헥헥헥……."

"그럼 네가 날 불렀냐?"

"아뇨! 헥헥헥…, 저는 초면이라고 이미 말씀 드렸어요. 헥헥헥… 신께 맹세코 절대로 만난 적이 없습니다. 헥헥헥……."

"그럼 그 모자 벗어."

재빨리 모자를 벗자 커다란 귀가 드러났다. 금발에 오똑한 코, 붉은 입술, 커다란 눈동자, 귀가 좀 큰 게 흠이었지만 상당한 미인이었다.

"응? 그 커다란 귀는 본 적이 있는 것 같은데?"

다크의 물음에 그녀는 재빨리 고개를 가로저으며 부인했다. 만약 들통 나면 그야말로 목숨이 위태로울 수 있는 것이다.

"예? 헥헥헥…, 엘프는 모두 커다란 귀를 가지고 있다구요. 헥헥헥…, 저는 하프 엘프이기 때문에 헥헥헥…, 아버지의 피를 이어받아 귀가 클 뿐… 헥헥헥… 엘프는 아주 많아요. 헥헥헥… 착각하셨겠죠. 헥헥헥……."

"흐음, 그럴지도 모르지. 좋아. 이번은 넘어가 주겠다. 만약 다음에도 귀 큰 엘프인가 하는 게 걸리면 그때부터는 표시 나게 이마에다가 낙인을 찍어 놓든지 해야겠어."

혼잣말에 가까운 다크의 말을 들은 하프 엘프는 온몸에 소름이 돋는 걸 느꼈다.

"좋아. 오늘은 사례비도 받았으니 이만 돌아가기로 하지. 오랜만에 즐거웠다. 그럼 다음에 또 만날 수 있기를……. 흐흐흐."

다크는 통쾌한 웃음을 터뜨리며 돌아갔다.

다음 날 시 외곽 경비병들은 얼마나 맞았는지 얼굴이 떡이 된 엘프 여자가 우울한 얼굴로 시를 떠나는 걸 목격했다고 한다.

조금씩 드러나는 진실

47명의 마법사들이 한자리에 모여 웅성거리고 있었다. 하여튼 5사이클을 구사해 마법사라는 칭호를 받은 인물들은 여기 다 모여 있었다. 그중에는 궁정 제1마법사 토지에르 경과 그의 제자도 있었다.

그들 모두는 70센티미터의 모서리가 둥글고 널찍한 육면체를 보고 있었다. 가로 1.2미터, 세로 1.0미터, 높이 70센티미터의 이 물건은 보통의 타이탄에 사용되는 엑스시온보다 월등하게 큰 것이었다. 엑스시온의 외부에는 엄청나게 복잡한 마법 주문이 빽빽하게 쓰여 있었고, 약간 오목한 형태를 하고 있는 윗부분에는 마법 주문 대신 여러 개의 마법진들이 교차되어 있었다.

"오오, 이게 청기사의 심장입니까? 정말 크군요."

노마법사가 싱긋 웃으며 말했다.

"보통의 엑스시온보다는 당연히 크지. 자네들을 여기 모두 부른 것은 이제부터 저기에 새겨진 주문에 생명을 불어넣기 위해서야. 저 녀석이 깨어나면 통상 출력의 세 배나 되는 마력을 발휘하는 만큼, 그 작업에 필요한 마력도 엄청나지."

"도대체 어느 정도의 마력이 필요한데 저희들을 다 부르셨습니까?"

"9천2백만 기간트라."

"9천2백만 기간트라라구요? 그건 보통의 엑스시온을 만드는 데 필요한 마력의 세 배가 넘는 양입니다."

"물론 얻는 게 크면 대가도 큰 법이니 어쩔 수 없지 않나? 저게 돌아가기만 하면 우리의 노력은 보상받을 수 있어. 안 그런가? 자, 이제 모두들 마법진에 각자의 위치를 알려 줄 테니 거기 서게. 이제부터 마법진을 돌려 저 엄청난 거인을 깨워야지. 흐흐흐……."

곧이어 그들은 토지에르의 지시에 따라 거대한 마법진의 곳곳에 자리 잡았다. 그리고 주문을 외워 마법진을 돌렸고, 거기서 발생되어 나온 엄청난 마법의 힘이 마법진의 중앙에 놓아 둔 엑스시온으로 흘러 들어가기 시작했다. 이제 엑스시온은 한낱 죽어 있는 금속 덩어리에서 생명을 가진 물질로 재탄생하고 있었다.

세 시간이 지난 후 토지에르 경의 지시에 의해 마법진의 구동이 멈추자 사방에서 탈진할 정도로 힘을 쏟아 낸 마법사들이 픽픽 쓰러져서 비 오듯 땀을 흘리며 숨을 몰아쉬었다. 이제 겨우 한 대의 엑스시온이 완성된 것이다. 토지에르 경도 피곤에 지친 모습이기는 했지만 완성 일보 직전에 있는 엑스시온을 흐뭇한 표정으로 바라보는 것을 잊지 않았다.

지금 가사(假死) 상태에 있는 저 엑스시온은 청기사의 몸체가 완성된 후, 그 속에 정확하게 자리가 잡힌 다음에야 잠에서 깨어나게 될 것이다. 그러면 엑스시온이 자신에게 주어진 육체를 인식하는 작업이 진행되고, 그게 다 끝나면 완벽한 최강의 병기로 탄생하는 것이다.

모든 마법사들이 힘을 다 뽑아내고 지쳐서 비실거리고 있을 때 허름한 작업복을 입은 인물이 토지에르 경에게 다가와 조심스레 질문을 했다.

"저, 토지에르 경. 엑스시온이 완성되었으면 청기사에 탑재해도 상관없겠습니까?"

"프로토타입(Prototype : 시작품, 원형) 청기사의 외형은 어느 정도 완성되었나?"

"이제 미스릴 입히는 작업이 남았을 뿐입니다. 그 전에 엑스시온을 넣어야만 하기 때문에……."

"알겠네. 지금부터 시작하게."

"예."

작업복을 입은 자의 지시로 여러 작업 인원들이 달라붙어서는 도르레를 이용해 엑스시온을 끌어 올리기 시작했다. 엑스시온은 공중에 매달린 채로 천천히 프로토타입이 위치한 지점까지 이동했고, 또 다른 작업 인원들이 달라붙어 청기사의 머리 윗부분을 해체했다. 제대로 맞는지 알아보기 위해 붙여 두었지만, 머리 부분을 해체해야만 엑스시온을 안에 넣을 수 있기 때문이었다.

머리와 어깨 일부분까지 해체하자 그 안에 거대한 사각형의 공간이 드러났다. 그와 동시에 도르레에 매달린 큼직한 용광로가 이동해 왔다.

"천천히 부어. 야, 이 새끼야. 천천히 하란 말이야. 이게 얼마짜 린 줄 알아? 한 방울도 밖으로 나가지 않게……."

사각형 공간으로 검붉은 색의 쇳물은 같은 무게의 황금보다 열 배나 비싸다는 '크로네'였다. 크로네를 어느 정도 채운 후 엑스시 온을 구멍 안으로 천천히 내렸다. 마침내 엑스시온은 크로네에 완 전히 둘러싸였고, 튼튼하게 청기사와 결합하게 되었다.

모든 작업이 끝나자 일부 기술자들이 달라붙어 위로 튀어나온 크로네들을 말끔하게 깎아 내기 시작했다. 엑스시온의 윗부 분……. 복잡한 마법진들이 그려진 이 부분에 기사가 탑승하게 된 다. 그렇기에 청소나 유지 관리가 편하게 끝손질을 깨끗하게 해 두 어야 했다.

"빨리 조립을 끝내. 빨리 움직여, 이 새끼들아. 그 의자도 제자리 에 붙여. 야, 너 죽을래? 계집 다루듯 살살 다루란 말이야."

입이 거친 지휘자의 지시에 따라 기술자들은 재빨리 움직여, 엑 스시온의 윗부분에 프로토타입을 지급받게 된 최고의 기사 프로이 엔 폰 론가르트의 체형에 맞는 의자를 부착시켰다. 그리고 그 위로 청기사의 거대한 강철 머리가 내려지면서 고정되었다.

기술자들이 작업에 여념이 없는 동안 지친 마법사들은 쉬기 위 해서 자신의 숙소로 돌아갔다. 오늘과 같은 작업을 앞으로 열한 번 이나 더 해야 한다. 이 정도 힘을 뺐으니 다음 작업은 일주일 후에 나 있을 예정이었다.

그들이 떠나고 난 다음 멋진 근위 기사복 차림의 기사가 작업장 안으로 천천히 걸어 들어왔다. 붉은색과 금색을 합해 놓은 그의 근위 기사복은 정말 멋있었고, 허리에는 배틀 소드(Battle Sword)를 차고 있었다. 남자답게 잘생긴, 검은 콧수염을 멋지게 기른 40대 초반의 기사가 들어서자 욕설을 퍼부으며 기술자들에게 지시하던 우두머리가 깍듯이 예의를 지키며 말했다.

"어서 오십시오, 론가르트 단장님. 이런 누추한 곳에는 무슨 일로……."

"아니, 신경 쓰지 말고 일을 하게. 나는 내 귀염둥이를 보러 왔네. 참, 자네에게 한 가지 물어볼 게 있는데……."

"예?"

"저 아이는 언제 완성되나?"

"방금 엑스시온을 넣었습니다. 그리고 내일은 미스릴을 입힐 거고, 그게 다 식은 후, 그러니까 3일 후에 청색 페인트를 칠하게 되죠. 그다음 장갑판들을 조립하고 나면 엑스시온을 깨우게 됩니다. 엑스시온이 자신의 육체를 완전히 인식하는 데 거의 두 달이 걸리죠. 하지만 이렇게 강력한 엑스시온은 처음이니까 어느 정도 시간이 걸릴지는 누구도 모릅니다."

"알겠네. 으음, 정말이지 멋진 녀석이야."

다음 날 아침 시드미안 경 일행은 또다시 추격을 시작했다. 오랜만의 휴식으로 모두들 기분이 좋은 상태였다. 술을 너무 많이 마신 몇 사람만 빼고…….

라나는 신관인 주제에 술에 대한 유혹을 참지 못하고—사실 열네 살짜리한테 먹인 놈이 더 나쁘지만—약한 칵테일 몇 잔으로 시작해서 맥주까지 몇 잔 마시고는 아직도 띵한 표정이었고, 라나에게 술을 먹인 장본인인 미디아도 술이 덜 깼는지 얼굴이 부석부석했다. 막강 주량을 자랑하던 팔시온과 미카엘까지 아직도 멍한 표정이었고, 가스톤은 강인한 정신력 덕분에 겉으로는 멀쩡해 보였지만, 입에서는 아직도 술 냄새를 풍기고 있었다.

그러니까 상태가 그런대로 좋은 인물은 높은 무예의 경지 덕분에 술기운을 제압해 버린 시드미안과 상관의 눈치를 보며 제대로 못 마신 스미온과 안토니, 그리고 오랜만에 스트레스를 몽땅 풀고 기분 좋게 잠든 다크뿐이었다.

"야, 너 괜찮냐?"

입에서 술 냄새를 풍기며 팔시온이 묻자 꺼칠한 수염을 문지르던 미카엘이 관자놀이를 지그시 누르며 투덜거렸다.

"말도 마라……. 골이 깨지는 것 같다."

이들의 하는 짓거리를 보고 있던 가스톤이 한마디 거들었다.

"그러게 작작 마시라니까……."

그러자 미카엘이 퉁명스레 대꾸했다.

"가스톤도 남의 말이 아닌 것 같은데……. 입에서 술 냄새 난다구. 그리고 술 마시는 게 절제가 되냐? 오랜만의 술 파티인데, 죽기 직전까지 마셔야지. 그건 그렇고 팔시온."

"왜?"

"점심 먹을 만한 곳은 있냐?"

"있어. 조금 늦은 점심이 되긴 하겠지만 작은 마을이 있더라. 거기서 얻어먹지 뭐. 안 주면 해 먹어도 되고."

"설마, 그 정도까지 인심이 야박하려고……."

그들이 마을에 도착한 것은 팔시온의 말대로 점심시간도 한참 지나서였다. 그곳에서 인심 좋은 시골 여자를 만나 일행은 따뜻한 식사를 배불리 할 수 있었다. 물론 돈을 지불하기는 했지만…….

빵을 억지로 씹어 삼키고, 돼지고기가 들어간 뜨끈한 스프를 들이켜고 난 후에야 그런대로 얼굴 표정들이 밝아지기 시작했다. 음식을 날라 준 시골 여자가 집 안으로 들어가자마자 미카엘이 투덜거렸다.

"제길, 조금 더 얼큰하게 끓였으면 좋았을 건데……."

그러자 미디아가 곧장 면박을 줬다.

"이런 산골짜기에서 고춧가루 구하기가 어디 쉬운 줄 알아? 여기서는 재배가 잘 안 되니까 귀한 거야."

"하기야……."

미카엘은 미디아의 말에 수긍하면서 주머니를 뒤적이더니 작은 병을 하나 꺼내서는 그 가루를 스프에 조금 뿌렸다. 그 독특한 향기……. 후추였다.

"이봐, 나도 좀 줘."

팔시온이 말했지만 미카엘의 작은 후추 병은 재빨리 그의 주머니 속으로 들어갔다.

"헛소리하지 마. 이게 얼마나 비싼 건데……."

미카엘이 질색을 하는 이유도 있었다. 고추는 웬만한 기후 조건에서도 재배가 되지만 후추는 열대 지방에서만 재배된다. 하지만 열대 지방보다는 온대 지방에 인구가 더 많았고, 또 강대한 제국들도 마찬가지였다.

그렇기에 타이렌 왕국의 경우 생산지와 소비지의 불일치를 이용해서 후추를 독점함으로써 엄청난 부를 축적하고 있었다. 타이렌이라는 망할 놈의 나라 때문에 후추 가격은 눈알이 튀어나올 정도로 비쌌다. 그래도 요즘은 가격이 많이 내린 편이지만 예전에는 동일한 무게의 황금과 맞바꿔질 정도로 비쌌던 때도 있었다. 어쨌든 돼지고기의 그 독특한 냄새를 없애는 데는 후추만 한 것도 없었고, 멧돼지 같이 맛은 있지만 냄새가 더 고약한 놈은 후추가 필수였다.

"제길, 겨우 후추 가지고 그럴래?"

"후루룩, 내 것을 내가 안 주겠다는데 왜 그리 잔소리가 많아. 아니꼬우면 너도 가지고 다니라구."

미카엘이 약을 올리자 팔시온이 미카엘을 덮쳤고, 둘은 겨우 후추 병 하나를 두고 드잡이질을 시작했다.

그들이 티격태격하는 모습을 멀리서 보고 있는 인물들이 있었다. 하는 짓거리를 한참 지켜보던 그들 중 한 명이 미소를 지으며 말했다.

"꽤나 유쾌한 패거리군."

그의 말에 뒤에 서 있던 인물이 조심스레 물었다.

"지금 시작할까요?"

"아니야, 나중에 하지. 여기는 지형이 안 좋아서 타이탄을 사용하기는 별로야. 이 산맥을 통과한 후에 하기로 하자."

"너무 늦지 않을까요?"

"아니야, 이런 산길에서 저놈들이 도망치면 잡기도 어려워. 일단 평지로 나가면 그때 타이탄을 불러내서 시작하기로 하지."

"예."

"또 놈들 중에 마스터급이 있다고 하니까……. 만약에 그놈이 타이탄이 없다면 무슨 일이 있더라도 이 기회에 죽여 버려야 한다. 산속이라면 추격 자체가 불가능해. 그러니까 지시가 있을 때까지 멀찍이서 추격만 하기로 하자."

"알겠습니다."

프로토타입 청기사의 거대한 몸체가 수많은 쇠사슬들에 연결되어 들리기 시작했다. 청기사의 몸체 구석구석에는 대마법 주문들이 기록되어 특이한 아름다움을 보여 주었다.

"천천히 올려, 이 새끼들아……."

청기사의 거대한 몸이 완전히 들렸다가 천천히 눕혀졌고, 기술자들이 달라붙어서 청기사의 몸체 위에 미스릴을 녹인 액체를 부어서 두껍게 코팅을 했다. 한쪽이 모두 끝나면 청기사의 몸을 조금씩 돌리면서 작업을 계속했다. 청기사의 몸체 전체에 미스릴을 입히는 작업을 하는 데 무려 이틀이나 걸렸다.

청기사의 본체가 완성되자 이제는 페인트 공들이 달라붙어서는 조금 짙은 푸른색 페인트를 매끄럽고 세심하게 칠하기 시작했고, 이 작업도 저녁때에 이르러 끝났다. 이제 청기사를 만드는 공정은 완성에 다다르고 있었다.

다음 날 아침이 되자 청기사의 조립이 시작되었다. 손, 발, 요부(腰部 : 허리), 흉부(胸部 : 가슴), 견부(肩部 : 어깨)의 요철 부위에 이미 미스릴을 입힌 후 페인트까지 세심히 칠해서 준비해 둔 1차 장갑이 부착되기 시작했다. 그리고 곧바로 청기사의 흉부 2차 장갑을 부착했다. 그리고 그게 떨어지지 않도록 확실하게 마무리한 후, 가장 두꺼운 타이탄의 갑옷인 2차 장갑과 흉부 3차 장갑을 입히는 작업이 시작되었다. 보통의 타이탄은 흉부라도 조금 두껍기는 하지만 2차 장갑을 붙이는 것으로 끝내지만 청기사는 3차 장갑까지 입혔던 것이다.

그날 저녁 늦게야 모든 장갑판들을 청기사에 부착하는 데 성공했다. 그때 궁정 제1마법사 토지에르 경이 등장했다. 그는 청기사의 왼손에는 거대한 방패를, 오른손에는 3.6미터에 이르는 엄청난 장검을 장착한 다음 청기사의 위로 올라갔다. 청기사의 머리는 뒤로 젖혀진 상태였기에 토지에르 경은 손쉽게 청기사의 조종석으로 들어갈 수 있었다. 그는 자리에는 앉지 않고 그냥 선 채로 손을 앞으로 뻗어 주문을 외웠다.

"그대 위대한 힘을 간직하고 있는 자여, 그대에게 새로운 몸이 주어졌으니 이제 잠에서 깨어, 이 세상을 오만하게 굽어보며 그 위대한 힘을 자랑하라."

그와 동시에 엑스시온에서 희미하지만 영롱한 빛이 뿜어 나오기 시작했고, 토지에르 경은 재빨리 프로토타입 청기사에서 내려왔다.

"두부를 원상 복구하고 청기사 주변에 있는 모든 철 구조물을 치워라."

"예. 야, 모두들 빨리 움직여라. 이봐, 그 사다리 빨리 치워. 머리에 감긴 사슬 천천히 내려, 이 새끼들아, 너희 마누라 유방 만지듯 살살……. 옳지, 그렇지."

청기사의 머리가 닫히고 쇠사슬까지 완전히 제거되자 토지에르 경이 기술자들의 우두머리에게 말했다.

"자네 아랫사람 부리는 실력이 보통이 아니군. 나는 완전히 조립이 끝나려면 내일 점심때는 넘어야 할 거라고 생각했는데…….”
그 우두머리는 상급자의 칭찬에 입이 귀까지 찢어졌다.
"감사합니다, 토지에르 경."
토지에르 경은 품속에서 제법 묵직해 보이는 가죽 주머니를 꺼내 그에게 건네주었다.
"얼마 되지는 않지만 모두들 함께 술이라도 한 잔씩 하게나. 청기사의 프로토타입이 완성된 데 대한 폐하의 기쁨의 표시라 생각하고 오늘은 모두들 코가 삐뚤어지게 마셔 보게."
"감사합니다, 토지에르 경."

평지에서는 그런대로 따라왔지만 험난한 산길을 통과하게 되자 라나가 드디어 말썽을 부리기 시작했다. 도저히 그런 여행을 감당할 만큼 체력이 따라 주지 못했던 것이다.
"팔시온, 발 아파요. 좀 쉬었다가 가요."
워낙 험한 산길이어서 말을 탈 수는 없었고, 적당히 짐만 싣고 끌고 다녀야 하는데, 라나는 조금만 걸으면 "발 아파요"였고 약간만 강행군을 하면 얼굴색이 하얘지면서 뒤로 넘어갔다. 그야말로 체력은 완전 꽝이었던 것이다.
이 짐 덩어리로 인해 시간은 더욱 지체되고 있었고, 모두 곱지 못한 시선으로 바라보게 된 것은 당연했다. 거기다 약간만 힘든 일을 시키면 연약한 여자가 어쩌구 해 대면서 반항하고……. 심지어는 설거지조차 안 하려고 드니 좋아할 사람이 있겠는가 말이다.
"제길, 그때 꽁꽁 묶어서 병사들 편에 보내 버리는 건데…….”
시드미안의 투덜거림에 팔시온이 맞장구를 쳤다.

"그러게 말입니다. 그때 보냈어야 하는 건데……."
"그래도 중간에 도망쳐서 또 따라오지 않는다는 보장이 없잖나."
"이왕에 데리고 왔으니 일단 이 산맥을 넘어야지요. 놈들의 흔적으로 봤을 때 아무래도 토리아 왕국 쪽인 것 같습니다. 하지만 토리아와는 사이가 안 좋으니 조심해야 할 것 같은데요?"
"흐음, 토리아의 국경 요새를 거치지 않고 들어가는 길은 없나?"
"몇 군데 있습니다. 사실 그 넓은 곳을 다 지킨다는 건 무리니까요. 요새가 건설된 곳은 많은 군사들이 통과할 만한 널찍한 산길들이죠. 좀 험하더라도 돌아가면 길은 많습니다."
"좋아. 제일 안전한 곳으로 부탁하네."
"하지만 라나가 따라올 수 있을지……."
그러면서 둘은 저 뒤 말 등에서 위태위태하게 중심을 잡고 있는 소녀를 쳐다봤다. 이렇게 험한 산길에서까지 말을 타야만 하는 짐덩어리라니…….

충돌 III

 미온지에 폰 크로마스는 자신이 데리고 온 수련 마법사가 책을 들여다보면서 마법진을 그리는 모습에 못마땅한 시선을 보내고 있었다. 마법사라고 불리는 인물들은 지금 모두 청기사 제작에 참여하고 있었기에, 그나마 4사이클급이라도 할당받은 게 다행이었다. 하지만 마법사들과 함께 다녔던 과거를 생각해 보면 하는 짓이 영 믿음직스럽지 못한 것은 사실이었다.
 "다 끝났습니다, 크로마스 경."
 큼직한 마법진의 중간에 수정 구슬을 놓고 주문을 외워 마법진을 가동시킨 수련 마법사가 크로마스에게 알렸다. 크로마스는 수정 구슬로 다가갔다.
 "토지에르 경!"
 그러자 수정 구슬에 노마법사의 모습이 나타났다.

"예정 시간보다 좀 늦었군."

크로마스는 특별 명령을 수행해야 하는 관계로 연락을 위해 수련 마법사를 할당받았고, 연락 시간은 언제나 저녁 9시로 약속했었다. 하지만 산길이다 보니 널찍한 공터를 찾기 힘들어서 오늘은 약간 늦은 것이다.

"예, 혹시 새로운 정보가 있습니까?"

"있네. 이건 트루비아에서 나온 정보인데, 시드미안이 트루비아 국왕에게 보낸 전갈에 따르면 지금 그와 함께 행동하는 인물들은 단순한 모험 파티야. 그들은 무예 수련자 세 명, 여자 용병 한 명, 3사이클의 수련 마법사 한 명, 모험가 두 명으로 구성되어 있고, 신관 한 명과 5사이클 마법사 한 명, 기사 한 명을 데리고 시드미안이 합류한다고 되어 있더군.

지금까지는 코린트에서 사람을 파견한 흔적은 어디에도 없네. 정보에 따르면 그 후에 국왕이 타이탄 쿠마 사용 허가서를 시드미안에게 보낸 모양이야. 그걸 보면 아마도 타이탄은 쿠마 한 대뿐인 것 같으니 잘해 보게."

"알겠습니다. 힘이 나는 것 같군요. 하하하……."

통신을 끝내고 수련 마법사가 마법진을 지우고 있는 사이, 기사들은 모여서 공격 계획을 짰다.

"놈들의 이동 속도가 형편없으니까 자네는 뒤에서, 자네는 오른쪽, 자네는 왼쪽, 나는 앞으로 간다. 공격 시간은 2일 후 놈들이 평원으로 나간 다음이다. 공격 개시 시간은 오전 10시. 놈들로부터 10킬로미터 밖에서 타이탄을 불러내 탑승한 후 돌격해 들어간다. 알겠나?"

"예."

"사방에서 포위하며 압박해 들어가야 하니까, 시간을 철저히 지켜야만 한다."

"예."

"지금까지의 정보로는 놈들의 타이탄은 한 대다. 하지만 그 정보가 틀릴 수도 있으니 두 대의 타이탄이 나타나면 무조건 후퇴한다. 알겠나?"

"예."

"먼저 세 대는 쿠마를 공격하고, 자네는 검은색 옷을 입은 검사가 있으니 그놈을 공격해라. 딴 놈들은 어떻게 되어도 상관없다. 우선 그놈부터 죽이고 다른 놈들을 죽여라. 모두 죽이면 우리와 합류해서 함께 쿠마를 요리하기로 하지."

"명심하겠습니다."

시드미안 경 일행은 근 14일을 소비해서야 산맥을 통과할 수 있었다. 그리고 이제부터는 토리아 왕국에 들어섰으므로 대단히 조심해서 이동해야만 했다.

토리아 왕국은 트루비아 왕국보다는 덩치가 훨씬 더 큰 왕국이었다. 하지만 그 두 나라 사이에는 거대한 산맥이 가로막고 있었기에 토리아에서 트루비아를 직접 공격하기는 아주 어려웠다. 또 트루비아도 토리아의 이런 약점을 이용해 약소국임에도 불구하고 당차게 나갔으므로, 사이가 아주 좋지는 않았다.

"이제부터 토리아 왕국인데……. 혹시, 토리아에서 꾸민 짓이 아닐까요?"

"흠, 충분히 그럴 수 있지. 앞으로 행동 조심하게. 트루비아 사람이란 걸 들키면 무슨 봉변을 당할지 모르니까."

팔시온의 말에 시드미안 경은 침착하게 대꾸하고, 일행을 지휘해 계속 이동했다. 시드미안 경은 보통 남자들이 그러하듯 콧수염만 짧게 길렀지만, 여행을 시작하면서 한 번도 면도를 하지 않아 수염이 덥수룩하게 자랐다. 만약 예전부터 알던 인물이라도 얼핏 보면 알아보기 힘든 형상을 하고 있었다.

평지에 도착해 이틀째가 되자, 시드미안 경은 팔시온에게 물었다.

"언제쯤 인가가 나올까?"

"국경 근처 마을은 경비가 삼엄하기 때문에 돌아왔으니까, 아마 한 3일 정도 더 가야 할 겁니다."

"3일이라……. 어? 그런데 이게 무슨 소리야?"

아주 약한 쿵쿵거리는 소리와 미세한 땅의 진동이 느껴졌기 때문이다.

"무슨 소리라뇨? 아무것도……."

시드미안 경의 말과 동시에 안토니 크로와는 주문을 외우기 시작했다. 하지만 시드미안 경은 안토니의 주문이 끝나기를 기다려 줄 입장이 아니었다. 땅을 울리는 이런 진동음은 타이탄 외에는 내지 못한다. 그것도 한두 대가 아니었다.

입으로 외치지는 않았지만 시드미안 경의 마음과 연결된 타이탄 쿠마가 공간을 열고 모습을 드러냈다. 시드미안 경은 쿠마의 머리통이 위로 들리는 것을 보면서 안토니에게 외쳤다.

"모두 조심해. 타이탄이 한두 대가 아니야."

그는 쿠마의 머리 위로 뛰어오른 후 위쪽에 마련된 좌석에 앉았다. 그와 동시에 위로 올려졌던 머리가 다시 아래로 내려왔고, 좌석의 앞쪽으로 밀려 있던 철 구조물이 시드미안 경의 몸쪽으로 바짝 붙으면서 안전벨트 역할을 했다. 시드미안 경은 쿠마의 머리에 뚫려 있는 여러 개의 구멍들로 밖을 바라봤다. 자신의 위치가 5미터나 높아진 만큼 더 멀리까지 보였다.

"으음……."

시드미안 경은 사방에서 달려오고 있는 네 대의 타이탄을 보면서 신음을 흘리지 않을 수 없었다.

마법사들은 일제히 자신이 알고 있는 최고의 공격 마법을 외우기 시작했고, 로니에 사제는 각 무사들의 검에 마법을 걸어 주고는 샤이하드의 축복을 내리기 시작했다. 축복을 받으면 어느 정도 두려운 마음이 가라앉고 방어력이 상승한다고 알려져 있지만 타이탄에게 한 방 맞았을 때 그게 과연 효과나 있을지 의문이었다.

그리고 다른 한 명의 신관 라나는 사방에서 달려오는 거대한 타이탄을 보고는 완전히 두려움에 휩싸여 비명을 지르고 난리였다. 그녀는 신관이었기에 샤이하드의 축복이 아예 통하지 않았다. 샤이하드는 다른 신을 받드는 자에게는 힘을 내려 주지 않기 때문이었다.

시드미안은 사방에서 타이탄 네 대가 달려오며 포위망을 좁히는 것을 보고 경악해서 중얼거렸다.

"로메로급이 네 대나……. 하지만 토리아 왕국에는 로메로급이 없을 텐데?"

로메로급 타이탄은 마도 왕국 알카사스에서 총 242대가 생산된 대단히 우수한 타이탄이다. 과거에는 알카사스가 주력 타이탄으로 사용했었지만, 노리에급으로 대체되면서 모두 다 외국에 수출해 버렸다. 그 때문에 상당수의 국가들이 약간씩 가지게 되었다. 로메로는 미스릴을 상당히 얇게 입혔고, 높이 4.6미터인 작은 체구에 출력은 1.0배짜리 엑스시온을 가지고 있었다. 표준보다 조금 작고 뼈대도 쓸데없이 두껍게 만들지 않아 아주 가벼운 타이탄이었다.

그렇다 보니 스피드가 아주 빨라 상대하기 매우 까다로운 타이탄들 중의 하나였다. 거기에 여러 나라에서 몇 대씩 보유한 매우 널리 알려진 타이탄이었기에 모든 표식이나 문장을 다 지워 버린 상대의 타이탄만 보고는 어느 나라 것인지 알아보기가 매우 힘들다는 이점도 안고 있었다.

"최악이군. 포위망이 좁혀지기 전에 선수를 치기로 하지."

쿠마가 빠른 속도로 한 대의 타이탄 쪽으로 달려갔다. 그러자 다른 쪽에서 달려오던 두 대가 쿠마 쪽으로 방향을 틀었고, 남은 한 대는 일행들이 모여 있는 쪽을 향해 계속 달려왔다. 타이탄들이 가까워지자 지축을 울리는 굉음이 들려오기 시작했다.

쿵, 쿵!

"흠…, 저 녀석은 내 거라 이거지."

누가 말릴 틈도 없이 다크가 검을 뽑아 들며 뛰어나갔다.

쾅!

쿠마가 검을 내리찍자 로메로는 재빨리 방패로 막았다. 하지만 상대의 무게가 더욱 무거웠고, 또 출력도 좋았다. 거기에 쿠마에 타고 있는 인물은 자기보다 훨씬 뛰어난 인물이었다. 그렇기에 쿠마와 맞부딪친 로메로의 기사는 방패에 힘을 주어 밀치기보다는 상대가 내리찍는 힘을 이용해 뒤로 빠졌다.

먼지를 흩날리며 뒤로 거대한 로메로가 후퇴하자, 쿠마가 검을 휘두르며 압박해 들어갔다. 하지만 상대는 방패로 재주껏 막기만 할 뿐 반격을 하지 않았다. 이때 쿠마는 양 옆에서 두 대의 로메로가 뛰어 들어오는 것을 보고는 뒤로 힘껏 도약했다.

쿵!

쿠마는 거의 15미터 높이로 도약해서 20미터 정도 뒤로 빠져 버렸고, 이를 뒤늦게 알아차린 로메로 한 대가 휘두른 검이 처음에 쿠마와 대결하고 있던 로메로의 방패에 직격했다.

쾅!

"제길, 저 자식은 왜 저렇게 눈치가 느려?"

미온지에 폰 크로마스는 멍청한 부하가 적의 움직임에 속아서는 동료를 공격하는 걸 보고 기가 찰 뿐이었다. 거기에 새로이 자신의 종이 된 로슈토르의 힘이나 무게가 별로 마음에 들지 않았지만 어쩔 수 없었다. 그는 로슈토르의 육중한 체구를 앞으로 움직이며 외쳤다.

"시드미안! 네 녀석이 3개월만 늦게 왔어도 아직 알려지지 않은 내 귀염둥이의 첫 번째 재물로 만들 수 있었는데…, 운 좋은 줄 알아라."

상대가 돌진해 들어오자 쿠마는 곧장 거대한 방패를 들어 상대를 가격했다. 그러자 상대도 함께 방패로 맞받아쳤다.

쾅!

무게가 가벼운 상대의 몸이 휘청하는 찰나 쿠마가 검을 휘두르려 했지만 옆에는 또 다른 로메로가 검을 휘두르며 접근하고 있었다.

"제길……."

챙!

쿠마는 셋을 상대로 힘겨운 싸움을 전개해 나갔다. 하다 못해 둘만 되도 어느 정도 이길 가능성이 있을 텐데……. 거기에 공격을 리드해 나가는 로메로 한 대의 검술 실력은 상당했다.

칼리안은 정말 이렇게 황당한 느낌은 처음이었다.

콰콰쾅!

타이탄에 타고 있는 것도 아니고 그냥 얄팍한 검 한 자루 들고 있는 검객의 검에서 푸른 섬광이 번쩍일 때마다 그는 방패로 막기 바빴고, 방패에서는 엄청난 폭음이 울려 퍼지고 있었다.

〈적의 공격력은 엄청나다. 방패가 이미 15퍼센트의 손상을 입었다. 반격을 하지 않고 계속 방어한다는 것은 위험하다.〉

타이탄은 원래가 마법에 의해 만들어진 골렘이란 생명체의 연장선상에 있는 마물이다. 그렇기에 자신의 자아를 가지고 있었고 또한 직접적으로 의사 표현도 가능했다.

"제길, 알고 있어."

칼리안은 자신의 로메로급 타이탄인 그로스의 말을 귓등으로 흘려들으며 고민했다.

'어디서 저런 놈이 나왔지?'

이때 그의 눈앞이 벌게지면서 거대한 폭발음이 들렸다.

꽈광!

저쪽에 있는 마법사 중 한 명이 제법 강력한 마법을 날린 것이 분명했다. 하지만 그따위 약한 마법으로는 대마법 주문의 벽을 뚫고 자신의 종에게 상처를 입힐 수 없었다. 7사이클급 이상의 마법이라면 몰라도…….

〈위험하다.〉

"앗차!"

그가 잠시 한눈을 판 사이에 앞에 있던 놈이 또다시 공중으로 뛰어오르며 엄청난 강기 세례를 퍼부었고, 그걸 그로스가 직접 움직여 방패로 막은 것이다.

"정말 대단해……. 하하하, 이 정도 엄청난 놈들이 있을 줄은 꿈에도 몰랐다. 이거나 먹어랏!"

또다시 검에서 뿜어져 나가는 퍼런 강기의 다발……. 하지만 이번 것은 상대도 막기가 약간 난해했다. 왜냐하면 다크가 그 장기인 경공술을 이용해 엄청난 속도로 이동하며 타이탄의 등 뒤에서 퍼부었기 때문이다.

순간 그로스는 등을 약간 구부렸다. 그리고 머리도 자신이 숙일 수 있는 한도 내에서 최대한 숙였다.

꽝!

다크의 강기 세례가 아무리 강하다 해도 엄청나게 강한 강철 외피를 뚫지는 못했다. 그와 동시에 그로스가 몸을 뒤로 틀면서 검을 아래로 찍어 내렸다.

펑!

검이 흙 속으로 깊게 뚫고 들어갔지만 토막 난 시체는 없었다. 이미 다크는 옆으로 비켜선 후 위로 몸을 날린 것이다. 그는 약간

흐트러진 상대의 자세를 알아보고는 그로스의 머리에 강기 다발을 토해 냈다. 그리고 그로스는 재빨리 방패로 그걸 막았고…….

펑!

모든 공격이 통하지 않자 다크는 재빨리 뒤쪽으로 이동했다. 하지만 상대가 그대로 도망치도록 놔둘 정도로 킬리안도 멍청하지는 않았다.

쿵, 쿵, 쿵!

타이탄은 그 엄청난 덩치에도 불구하고 빠른 속도로 검객을 향해 돌진해 갔다. 하지만 그자는 이상하게도 팔시온 일행들로부터 5백 미터 정도 떨어진 곳에서 걸음을 멈추고 상대가 다가오기를 느긋하게 기다리고 있었다.

쿠마는 계속적인 경고를 주인에게 보내고 있었다.

〈스커트(치마처럼 여러 개의 강철판을 붙여 다리 부분을 보호하기 위해 만든 장갑판)가 잘려 나갔다. 그리고 흉부 2차 장갑도 파괴되었다. 더 이상 상대와 싸우는 것은 위험하다.〉

"헛소리하지 말고 싸움에 집중해!"

시드미안 경은 쿠마에게 소리치며 또다시 공격을 퍼붓는 상대의 검을 방패로 밀어내며 검을 휘둘렀다. 하지만 놈들은 치고 빠지는 작전을 계속하며, 지속적으로 약간씩의 타격을 쿠마에게 가하고 있었다. 일대일이라면 겁날 게 없는 놈들이지만, 치고 빠지기만을 계속하니 시드미안은 어쩔 수가 없었다.

"상처 수복에 마나를 보내지 마라."

〈왜?〉

"모험을 하겠다."

쿠마가 그대로 검을 일(一) 자로 가로 그었다. 그와 동시에 엄청난 검기가 뿜어져 나오며 상대 로메로들을 덮쳤다. 그들은 재빨리 방패로 검기를 막았다. 잠시지만 시야가 자신의 방패에 막힌 것이다. 머리와 가슴 부분이 타이탄의 가장 중요한 부분이기에 그쪽을 우선해서 막은 데다가, 또 쿠마의 검기가 때린 곳도 상대의 머리 쪽이었기 때문이다.

쿠마는 검기를 뿌림과 동시에 재빨리 움직여 시야가 막힌 오른쪽 로메로의 다리를 베기 위해 몸을 날렸다. 그런데 쿠마가 시드미안의 명령을 거부했다.

〈위험하다.〉

쿠마가 시드미안의 마나를 흡수하며 재빨리 방패로 막자마자 엄청난 진동이 전해졌다.

쿵!

〈상대가 검기를 사용했다.〉

"놀랍군. 보통 실력으로는 타이탄에 타고 검기를 구사할 수 없을 텐데……. 타이탄에 타고 검기를 뿌리려면 보통 때보다 네 배 정도의 마나가 더 드니까. 저기 있는 녀석도 엄청난 놈이었군, 제길……."

시드미안은 쿠마를 재빨리 뒤로 후퇴시키며 투덜거렸다. 이때 엄청난 굉음이 들려왔고, 그 소리에 무심결에 뒤로 고개를 돌린 시드미안의 시야에는 뿌연 연기 같은 게 로메로 한 대를 덮치는 모습이 보였다.

가만히 서서 기다리던 다크는 자신을 향해 검을 들고 달려드는 타이탄 그로스를 보며 슬쩍 미소를 지으면서 외쳤다.
"죽어랏!"
그러면서 검을 그대로 땅에 박아 넣었다. 그와 동시에 엄청난 일이 벌어졌다.
쿠콰콰콰콰……!
다크가 알고 있는 최강의 무공, 즉 자신의 기와 대지의 기를 충돌시켜 무시무시한 폭발력을 내는 무공을 시전했던 것이다. 다크의 검이 땅에 박힘과 동시에 다크의 기와 대지의 기가 충돌하며 무시무시한 기운이 터져 나왔다.
칼리안은 공격하고자 했으나 그로스는 그 말을 듣지 않았다. 주인의 생명이 우선이었던 것이다. 그로스가 방패로 앞을 막음과 동시에 무시무시한 강기의 폭풍이 그들을 덮쳤다. 순식간에 방패가 박살 나 버렸고 외부 장갑에 치명적인 타격을 입혔다.
〈2차 장갑 파괴, 1차 장갑 파괴, 본체에 12퍼센트의 손상을 입었다. 이제부터 상처 수복에 들어간다.〉
"크윽!"
칼리안은 자신의 몸속에서 방대한 마나가 유출되기 시작하는 걸 보고 신음성을 터뜨렸다.
"그만……. 상처 수복은 필요 없다."
〈너와 엑스시온을 보호하기 위해서 최소한 1차 장갑만이라도 있어야 한다.〉
그로스는 자신의 주인인 칼리안의 말을 무시하고 상처 수복에 전력을 기울이고 있었다. 이 정도 엄청난 타격을 입었을 때는 재빨리 타이탄에서 탑승자가 내려야 한다. 안 그러면 최악의 경우 타이탄까지 죽어 버리기 때문이다. 하지만 그걸 알면서도 칼리안은 움직이지 못했다. 엄청난 마나가 빠져나감으로 인해 온몸에 힘이 하나도 없었던 것이다.

상대의 움직임이 거의 멈추기는 했지만 그래도 상당량의 기가 느껴지자 다크는 그대로 상대를 향해 강기를 퍼부었다.

쿠쾅!

타이탄의 내부는 주물(鑄物)로 만들어진 본체와 강철판으로 된 1차 장갑, 또 그 위에 더욱 두터운 강철판으로 된 2차 장갑이 있다. 그 말은 곧 가장 외부의 2차 장갑은 깨부수기 어렵지만, 1차는 그래도 2차보다는 쉽고, 가장 내부인 주물로 된 본체는 1차 장갑보다 훨씬 약하다는 말이 된다. 그 본체에 강기가 격중되자 본체 부분이 퍽퍽 패였다.

〈이번 공격으로 장갑이 더욱 얇아졌다. 이제 같은 곳을 동일한 힘으로 두 번 더 직격당하면 엑스시온이 파괴된다.〉

그로스의 말이 끝나기도 전에 쾅하는 굉음과 함께 또다시 진동이 느껴졌다.

〈적의 공격력이 수복력을 훨씬 능가하고 있다. 더욱 많은 마나가 필요하다.〉

"……."

하지만 더 이상 칼리안의 대답은 없었다. 엄청난 마나의 손실로 이미 기절해 버린 것이다.

다크는 상대방에게서 더 이상 괴이한 마력이 느껴지지 않음을 느꼈다. 그로스는 자신의 주인인 칼리안의 마나를 더 이상 뽑아내면 죽을 것이라는 걸 알고, 엑스시온에 저장된 자신의 마력을 상처 수복에 쏟아 부었다. 하지만 엑스시온이 엑스시온으로서 동작하기 위해서는 일정량의 마력(魔力)이 있어야만 한다. 그게 본체를 수복하기 위해 소모되자 얼마 지나지 않아 엑스시온은 폭주했고, 곧이어 그 생명력을 잃고 고철 덩어리가 되어 버린 것이다.

그 엄청난 광경을 보며 넋을 잃었는지 모두의 움직임이 잠시 중지되었다. 하지만 곧이어 부웅 하는 소리와 함께 엄청나게 큰 검이 다크에게 날아왔고, 다크는 그걸 재빨리 피했다.

그 틈을 이용해서 로메로 한 대가 재빨리 다가오더니 파괴되어 쓰러져 있는 로메로를 들고 도망치기 시작했고, 나머지 두 대의 로메로들도 그 뒤를 따라 엄청난 속도로 도망쳐 버렸다.

다크는 상대의 뒤를 추격할까했지만 모두 안도의 한숨을 내쉬며 공포와 긴장으로 굳었던 몸을 푸는 걸 보고는 추격을 포기해 버렸다. 사실 강기 세례를 퍼붓느라고 그의 공력도 그렇게 많이 남아 있지는 않았기 때문이다.

"이봐, 다친 사람 없나?"

시드미안이 재빨리 쿠마에서 뛰어내리며 일행들에게 다가갔고, 일행들은 서로를 두리번거렸다.

"다친 사람은 없는 것 같군요. 저 아이 빼고······."

팔시온의 손짓을 따라 시선을 옮긴 인물들은 거품을 물고 쓰러져 있는 라나를 볼 수 있었다.

"흐음, 별건 아니군. 아마도 공포 때문에 기절한 것 같아. 미디아 양이 라나를 간호해 주겠나? 나는 저 녀석의 상처가 너무 심해서 치료를 도와야겠는데······."

시드미안 경이 가리키는 방향을 보니 쿠마가 느릿느릿 걸어 다니며 자신의 몸에서 떨어져 나간 파편들을 줍고 있었다.

미디아는 담요를 펴서 라나를 눕힌 후 햇빛이 비치는 방향에 말을 끌어다가 햇빛을 가리고, 수건에 물을 적셔 닦아 주고……. 그러고 있을 때 안토니 크로와는 치료 마법으로 라나의 원기를 북돋아 주고 있었고, 나머지는 식사 준비를 한다고 바쁘게 움직이고 있었다.

쿠마는 탑승한 시드미안의 마나를 흡수하며 자신의 몸에 떨어져 나갔던 조각들을 붙이고 있었다. 스커트의 잘린 부분을 딱 맞붙이고 재생해서 매끈하게 연결하고……. 또 찢겨지고 떨어져 나갔던 가슴 부분 2차 장갑 조각도…….

다행히 놈들이 치고 빠지면서 타격을 가했기에 큰 상처는 없었지만 2차 장갑이 거의 너덜너덜해 진 것만은 사실이었기에 그 복구에 어느 정도 시간이 걸릴 수밖에 없었다. 이대로 쿠마를 공간 저편으로 보내 버리면 나중에 복구는 되겠지만 그 시간이 엄청나게 많이 걸릴 것이기에 이렇게 복구를 하는 것이다.

쿠마의 복구를 완료한 시드미안은 천천히 쿠마를 몰고 와서 상대가 다크에게 던졌던 그 검을 잡고는 완전히 가루가 날 때까지 박살을 내 버렸다. 화풀이라도 하듯이 검을 부수고 있는 시드미안을 향해 미카엘이 물었다.

"화풀이 하시는 겁니까?"

그러자 시드미안이 빙긋이 미소 지었다.

"잘 봤네. 화풀이하는 중이지. 타이탄의 검은 단 하나야. 처음 엑스시온이 동작하면서 몸에 부착했던 검 한 자루. 이걸 내가 가루로 만들어 버리면 놈이 나중에 이걸 찾으러 와서는 신경질이 머리끝까지 오르겠지. 어차피 나중에 복구가 되겠지만 검 한 자루 복구하는 데 들어가는 마나가 꽤 되거든."

"모두 끝났으니 이리 와서 식사나 하시죠."

"작전은 완전히 실패입니다."

미온지에 폰 크로마스의 보고를 들은 토지에르 경은 약간 놀란 듯이 말했다.

"놈이 타이탄을 가지고 있었나?"

"아닙니다."

"그렇다면?"

"검 하나만 달랑 들고 타이탄 한 대를 완전히 박살 내 버렸습니다. 가지고 왔으니까 나중에 한 번 보시죠. 타이탄은 완전히 죽어버렸고, 타고 있던 기사는 너무 많은 마나를 상실해 5개월은 정양해야 한다고 하더군요."

"세상에! 로메로 정도 되는 타이탄을 겨우 검 한 자루 들고 박살 낼 만한 실력자는 없을 거라고 생각했는데……."

"저도 마스터급이 강하다는 말은 들었지만 그 정도나 될 줄은 꿈에도 몰랐습니다. 정말이지 엄청나게 강하더군요."

"그렇다면 그자를 없애려면 어느 정도 숫자의 타이탄이 필요할까?"

"글쎄요, 그 엄청난 기술을 연속으로 사용할 수는 없을 테니까 열 대 정도면 충분하지 않을까요?"

"사람 하나 죽이자고 로메로를 열 대나 소모한다는 말인가? 그거 말고 딴 방법을 생각해 봐야지."

"저, 토지에르 경."

"왜 그러나?"

"저는 검만을 써 왔기에 이렇게 말씀드릴 수밖에 없습니다만…, 상대가 정말 강할 때 힘으로 그를 제압하기는 힘듭니다. 속임수를 쓴다든지, 아니면 인질이나 뭐 그런 걸 생각해 보시면 어떨까요? 적과 싸우는 데 꼭 검에는 검으로 대결할 필요는 없지 않을까요?"

"흐음, 하지만 타이탄을 박살 내고, 그 엄청난 파멸의 불꽃을 맞고도 살아난 놈인데……. 어떻게? 그렇다면? 아! 그 방법이 있었군. 그놈은 검술은 강하지만 마법은 잘 모르는 것 같았어……. 흐흐흐."

노마법사의 눈이 점점 생기를 되찾았고, 그는 큰 소리로 제자를 불렀다.

"다론!"

조금 지나자 그의 제자가 달려왔다.

"예."

"나하고 갈 데가 있다. 자네도 함께 가겠나? 우리의 강력한 적이 사라지는 순간을 구경해 보는 것도 좋지 않겠나? 잘 안 될지도 모르지만 의외의 성과가 있을지도 모르네."

"예, 가겠습니다."

최악의 저주

 일행들의 여행은 토리아 제국에서 사실상 끝났다. 토리아 제국의 수도가 있는 갈라파인 평야. 거기서 그 회색 갑옷 기사들의 흔적은 끝이 났다. 일행들은 모두들 흩어져서 사방을 돌아다니며 "혹시 회색 갑옷을 입은 기사들과 검은색 가죽 갑옷을 입은 젊은이가 함께 가는 걸 못 봤느냐?"하는 질문을 던지고 있었다.
 3일 정도가 지났지만 그런 자들을 봤다는 인물들이 없었기에 그들은 더욱 범위를 넓히며 알아보고 있었다. 그 와중에 다크는 수도의 마법사 길드에 잠깐 들러 혹시나 차원, 시간, 공간을 함께 거슬러서 이동할 수 있는 방법이 있는지 물어보았지만 이곳에서도 뾰족한 방법을 찾지 못했다.
 그 후에 다크는 그냥 여관에 박혀 있기도 하고 때로는 거리를 산책하며 돌아다니기도 했다. 팔자 좋게도……. 하지만 그가 여관에 있지 않고 거리를 배회하는 진짜 이유는 따로 있었다. 콩알만 한 계집애 하나가 정말이지 꼴 보기 싫어서였다.
그런 그를 지켜보는 사람들이 있었다.
"저기 있군요."
"예, 바로 저놈입니다."
"좋아. 너는 공간 이동 마법을 준비해라. 내가 저놈에게 저주를 걸기로 하지."
"예."
그의 제자가 세 명이 이동할 수 있는 공간 이동 마법을 외우고 있을 때 노마법사는 왼손에 끼고 있던 반지를 향해 중얼거렸다. 저주의 주문처럼 장기간 지속되는 마법인 경우 언제나 마법의 매개물이 필요하다. 그 매개물을 명확히 정하지 않았을 때는 시전자 자신이 매개물이 되지만, 이번 대상의 경우 상당히 위험한 인물이기에 매개물을 자신의 반지로 결정한 것이다. 마법의 매개물은 상당한 강도를 가지는 게 좋다. 그래야 실수로 그게 부서져 마법이 풀릴 가능성이 없어지기 때문이다. 그렇기 때문에 보석 종류는 여러 가지 마법의 매개물로 아주 각광받았다.
"이 반지의 이름으로 명하노니, 자신이 가장 싫어하는 것이 되어라."
6사이클에 들어가는 마도사인 그가 제법 시간을 들여 외워 놓은 주문은 저주……. 그중에서도 꽤나 고위급에 들어가는 저주였다. 이 저주에 걸린 놈들은 일주일이 지나지 않아서 자살할 확률이 99퍼센트에 이를 정도로 뛰어난 위력을 자랑한다.
자아에는 아무런 영향을 주지 않고 몸만 깨끗하게 바뀌어 버리기에 자신이 가장 싫어하던 것과 똑같은 모습이 된 자신을 용납할 수 있을까? 보통은 비통한 나날을 며칠 정도 보내다가 절망하여 그대로 자살하게 된다.

그렇기에 이걸 쓰기만 하면 저 황당할 정도로 강한 놈도 자살의 충동에서 벗어나기는 힘들 것이다. 하지만 반대로 잘못 저주에 걸려 무시무시할 정도로 강한 놈이 될 수도 있는데—싫어하던 대상이 드래곤이라면—이때는 살기 위해서 죽자고 도망 다녀야 하는 비극이 시작된다. 하지만 상대가 뭐가 될지도 모르는 위험을 안고서라도 저주라는 방법을 택한 것은 그 상대를 죽일 방법이 거의 없기 때문이다.

이윽고 제자가 모든 주문을 다 외운 후 고개를 까딱거려 신호를 하자 노마법사는 저 멀리서 천천히 걸어가고 있는 놈을 향해 시동어를 외쳤다.

"디스라이크(Dislike)!"

노마법사가 주문을 외움과 동시에 반지에서 엄청난 빛이 뿜어져 나왔다. 그와 동시에 저쪽에서 천천히 걸어가던 다크의 몸에서도 빛이 났다. 다크는 자신의 몸에서 빛이 나오는 걸 느낌과 동시에 기가 느껴지는 곳으로 몸을 날렸다. 방금 전까지 막대한 기는 느꼈지만, 그 어떤 살기도 느껴지지 않았기에 모른 척했던 것인데 그게 지금 엄청나게 후회스러웠다.

엄청난 속도로 다크가 뛰어오는 걸 본 다론은 재빨리 시동어를 외쳤다.

"워프!"

겨우 1, 2초 정도 주문이 발동되는 시간이 그렇게 느리게 느껴지기는 이번이 처음이었다. 상대와의 거리가 순간적으로 좁혀지는 그때 갑자기 상대의 속도가 눈에 띄게 느려지는 것이 보였고 그 순간 그들은 공간 저편으로 사라져 버렸다.

적당히 땅 위에 그려 놓은 마법진이 갑자기 엷은 빛을 띠기 시작하더니 세 사람이 모습을 드러냈다. 공간 이동 마법은 대단히 위험한 마법이다. 이동 위치는 어느 정도 잡을 수 있지만 만약 그 높이 설정에 실패하면 곧바로 땅바닥이나 나무에 끼여 사망하는 수가 있었다. 그 때문에 대부분 공간 이동을 할 때는 반대편에 높이 설정을 해 주는 마법진을 그려 두든지 아니면 아예 끼일 위험성이 없는 하늘 위로 워프해서 거기서 비행 주문을 외우는 것이 통상적인 방법이었다.

어쨌든 토지에르 일행은 워프에 성공해서 나타났고, 토지에르는 만면에 미소를 띠고 있었다. 그걸 본 크로마스가 말했다.

"성공한 것 같습니까? 저는 어떻게 되었는지 잘……."

"성공한 것 같네. 자네도 그걸 봤겠지? 놈의 몸에서 빛이 나는 것을 말이야. 일단 저주는 걸렸어. 뭐로 변했는지는 모르겠지만 말이야. 그런데 돌진해 오던 놈의 속도가 나중에 급속도로 느려지기 시작하는 것도 느꼈나?"

"예."

"그 밝은 빛 때문에 뭐로 변했는지는 모르겠지만, 이건 확실해. 놈은 지금 상태보다 훨씬 더 약해졌어. 그건 우리 쪽으로 돌진해 오던 속도가 눈에 띄게 줄어든 것만 봐도 알 수 있지. 일단은 성공했으니 이제 돌아가서 축배를 들어야지. 다론!"

"예, 스승님."
"돌아갈 준비를 해라."
"예."

다론은 커다란 마법진을 그리기 시작했다. 여기서부터 왕궁에 있는 거대한 이동 마법진을 향해 장거리 워프를 하려면 쓸데없이 마나를 움직이고 주문 외운다고 시간을 소모하는 것보다는 초대형 마법진이 최고였다. 대강 그려 놓으면 나중에 바람 한 번 불면 그 흔적은 사라질 것이고, 또 마법진이 발견되었다 하더라도 주문을 알지 못한다면 어디로 갔는지 알 수가 없었다. 그야말로 이동에는 최고의 수단이었다.

제자가 쓱쓱 마법진을 그리는 걸 보면서 토지에르가 크로마스에게 말했다.

"우리나라에도 저런 이동 마법진 체계를 만들어야겠어. 힘은 많이 들겠지만……."

"돈도 많이 들 텐데요. 지금 전 국토에 이동 마법진을 깔아 놓은 국가는 마도 왕국 알카사스뿐이지 않습니까?"

"하지만 나중에 전쟁이 시작되면 간이 마법진이라도 만들어 둬야 만일의 사태가 일어났을 때 대비가 되지. 옛날에 코린트가 습격해 왔을 때도 이동 마법진만 있었다면 그렇게 허무하게 당하지는 않았을 거야."

대화를 나누는 사이 다론이 노마법사에게 다가왔다.

"다 끝났습니다, 스승님."

그들은 마법진의 중앙으로 걸어가서 자리를 잡았고, 곧이어 다론의 주문에 의해 마법진이 발동했다. 그와 동시에 주변의 사물이 뿌옇게 흐려지면서 곧이어 시커멓게 바뀌었다. 그 순간 토지에르 경은 자신의 손가락에 끼고 있던 그 반지를 빼어서 던져 버렸다. 공간과 공간의 틈 속에 버려진 이 반지는 무슨 수단과 방법을 써도 찾을 수 없을 것이다. 토지에르 경의 입가에는 짙은 미소가 어렸다.

아무래도 좀 이상했다. 주위를 지나가는 사람들이 힐끗거리며 쳐다보는 것도 이상했고, 온몸에 힘이 없는 것도 이상했다. 그리고 허리에 걸린 그 얄팍한 샤벨이 이렇게 무겁다는 것도 이상했다. 하여튼 아까 몸에서 빛이 난 이후로 모든 것이 이상할 뿐이었다.

이때 문득 다크는 자신의 옷소매가 손목이 아닌 저 밑에까지 내려와 있다는 걸 느꼈다. 손을 들자 자그마한 손이 소매 속에 가려져 있는 게 보였다. 방금 전까지만 해도 잘 맞던 옷이었는데……. 문득 이상함을 느낀 다크는 자신의 몸을 이리저리 만져 봤다. 확실히 이상한 것 같기도 하고, 그냥 느낌뿐인 것 같기도 하고. 몸 위로 손이 지나가는 감각이 오는 걸 보면 몸에 큰 이상은 없는 것 같은데……. 이때 문득 그의 손에 뭉클하고 큼직한 살덩어리가 만져졌다.

다크는 경악해서 여관으로 달려가기 시작했다. 하지만 말이 달려가는 거지 아무리 꽁지 빠지게 힘을 써도 속도는 나지 않았다. 온몸에서 기라고는 거의 느껴지지 않았다. 70여 년을 수련해서 모았던 기가 일순간에 사라진 것이다. 곧 숨이 턱에 차올랐고, 몸 곳곳에서 산소를 원하는 아우성이 들리는 것 같았다.

"헉, 헉, 헉……."

지금 여관에 남아 있는 사람은 마법사들과 라나뿐이었지만 그래도 그들이라면 지금 왜 자신의 몸이 이렇게 바뀌었는지 알려 줄지도 몰랐다.

쿵!

갑자기 라나가 문을 박살 낼 듯 열고 들어와서는 숨을 헐떡거리는 걸 보고 가스톤이 놀라서 말했다.

"왜 그러니? 놈들을 봤냐?"

"헉헉헉, 헉……."

가쁘게 숨을 몰아쉬고 있는 라나를 보다가 가스톤은 뭔가 이상하다고 생각했다. 라나가 다크의 옷에 다크의 검을 차고 있었으니 이상할 수밖에 없었다.

"설마……."

"이봐요, 가스톤! 갑자기 산책하다가 내 몸이 이상해진 것 같은데 어떻게 된 일인지 설명 좀 해 줘요."

"산책하다가 무슨 일을 당했는데?"

"그때 봤던 그 마법사 놈들을 만났는데, 이상한 주문을 외웠고, 내 몸이 이렇게 변하는 사이 도망가 버렸다구요."

"크하하하핫!"

일의 전말을 알아챈 가스톤은 웃음을 터뜨릴 수밖에 없었다. 아무래도 무슨 저주 같은 걸 받은 모양인데, 아무리 그래도 그렇지 라나가 되다니…….

"왜 그래요?"

다크가 약간 언성을 높이자 가스톤은 두말하지 않고 저쪽에 있는 거울을 가리키면서 말했다.

"직접 봐. 내가 백번 말해 봐야 소용없으니까 직접 보라구."
"꺅!"
그와 동시에 다크가 쓰러져 버렸다. 그러자 가스톤은 가벼운 다크의 몸을 안아 들어 침대에 눕힌 다음 중얼거렸다.
"놀라운 저주야. 육체가 완전히 바뀌었어. 아무리 정신이 강하다 해도 그 충격을 버틸 수는 없었겠지. 일이 더럽게 되어 가는데……."
저녁때가 되자 수색 작업에 나갔던 일행들이 속속 도착하기 시작했고, 그들은 가스톤으로부터 놀라운 소식을 듣게 되었다.
"다크는?"
"지금은 잠들어 있어요. 충격이 컸겠죠."
"흐음…, 지금 다크의 실력은 어느 정도인가?"
가스톤은 시드미안의 질문에 침중한 어조로 조심스럽게 대답했다.
"물론 라나보다는 낫겠죠. 그러니까 지금의 상태는 검술의 궁극을 강의만 받아서 이론상으로는 완전히 터득하고 있는 어린 여자애와 같다고 보시면 될 겁니다."
그러자 시드미안은 로니에 사제를 향해 물었다.
"그 저주를 풀 수는 없었습니까?"
로니에 사제는 씁쓸한 미소를 지으며 대답했다. 그는 이미 도착하자마자 자고 있는 다크를 향해 축복부터 시작해서 자신이 저주를 풀 수 있다고 배운 모든 신성 마법을 다 실행해 보고 내려온 길이었다.
"대단히 고위급의 저주인 모양입니다. 제 실력으로는 불가능하니까 어디 신전에라도 가서 문의를 해 보는 게 좋겠더군요."

그러자 저쪽에 앉아 있던 스미온이 궁금하다는 듯 말했다.

"저… 안토니 씨, 다크는 이제 완전히 여자가 된 건 가요? 아니면 얼굴과 체형만?"

이해한다는 듯 미소를 띠며 안토니가 대답했다.

"아, 그게 궁금한 모양이군. 지금 다크는 완전히 여자야. 원래 다른 형태로 모습을 바꾸는 트랜스포메이션(Transformation : 변형) 같은 경우 겉모습은 완전히 바꿀 수 있지만 타고난 성(性)이 바뀔 수는 없지. 그러니까 남자가 어떤 여자의 모습으로 트랜스포메이션한다면 겉모습은 그 여자와 같게 되겠지만 성기는 남자의 것이야. 물론 유방이 붙을 수도 없지. 무슨 말인지 알겠나?"

"아, 예……."

"다른 종으로 바뀐다 해도 그건 변함이 없어. 개구리로 바뀐다 해도 수캐구리가 되고, 닭이면 수탉이 되는 거야. 하지만 저주는 다르지. 성은 물론, 무엇으로든 바꿘단 말이야. 대신 트랜스포메이션이나 마찬가지로 무생물로는 바뀌지 않아. 즉, 저주를 걸면 사람이 개구리나 뱀 등으로는 바뀔 수 있어도 의자나 탁자로는 바뀔 수 없어. 하지만 완벽한 변환에 있어 저주가 가장 무서운 거야. 성별까지 완전히 바꿘단 말일세. 대신 약간의 문제가 있을 수 있는데, 이번에 일어난 일처럼 상대가 뭐가 될지는 아무도 모른다구. 다크가 갑자기 개구리가 될 수도 있었고, 말, 소, 고브린, 오크, 트롤, 오우거, 늑대 등 뭐든지 될 수가 있었지. 알겠나?"

"헤, 재미있군요. 그 저주란 거 배우기 어려운 건가요?"

"저주의 주문은 대표적인 흑마법이지. 흑마술을 익히는 건 그렇게 어렵지 않지. 악마를 불러내기가 힘들지만 일단 불러내기만 한다면 그다음은 일사천리지. 그놈에게 영혼만 팔면 되니까 생각 있으면 한번 시도해 보게나."

"에엑! 싫다구요."

이때 다크는 잠에서 깨어나 멍청하게 침대에 앉아 있었다. 잠시 기절했다가 그게 잠으로 연결되었지만, 사람이 낮잠을 몇 시간이나 계속 잘 수는 없었기에 깬 것이다.

나중에 원상태로 돌아갈 수 있을지는 모르지만 어쨌든 이렇게 형편없는 상태가 되었다는 것은 정말이지 비극적인 사건이었다. 다크는 여자로 바뀌면서 자신이 평생 이룩한 모든 것을 잃었다. 70년 동안 쌓았던 그 막강했던 내공과 환골탈태를 거치면서 다져진 육신을…….

다크는 허리에 찬 샤벨을 천천히 뽑았다. 여자용 검 샤벨…….

처음 이곳에서 여행을 시작했을 때 여강도로부터 빼앗은 검. 처음 빼앗아 쓸 때는 종잇장보다도 가볍다고 생각했는데, 지금은 한 손으로 들기도 어려울 만큼 묵직한 무게가 전해져 왔다. 지금의 육체로는 1.5킬로그램도 너무나도 무거웠던 것이다.

"과연 나는 중원으로 돌아갈 수 있을까? 이런 나약한 몸으로……. 지금은 내 한 몸 지킬 힘도 없어…, 흑흑……."

자신도 모르게 커다란 눈에서 눈물방울이 떨어져 바닥을 적시기 시작했다. 다크에게는 너무나 큰 시련이었다. 이때 미디아가 방 안으로 들어오려고 문을 열었다가 다크의 흐느끼는 소리를 듣고는 살며시 방문을 닫고 사라졌다.

'실컷 울면 기분이 좀 가라앉을 거야.'

최악의 저주 241

절망스러운 나날들

 다음 날 아침이 되자 닮은꼴의 두 사람은 만나기 싫어도 만날 수밖에 없었다.
 "아악! 도대체 저 애는 누구에요? 어쩜 저렇게 나하고 닮을 수가 있죠? 아유, 재수 없어."
 일행들이 오기를 기다리다가 식탁으로 다가오는 다크를 보고는 비명을 지르는 라나……. 하지만 곧이어 그녀의 앞에는 그녀와 똑같이 생긴 여자 아이가 시큰둥한 표정으로 헐렁한 옷에 생긴 것에 어울리지 않는 검을 차고는 털썩 앉았다.
 "닥쳐, 사람 처음 보냐?"
 "이게 어떻게 된 거에요, 가스톤?"
 가스톤은 씁쓸한 표정으로 미소를 지었다.
 "어떻게 되긴? 다크가 마법에 걸린 모습이지."

"그런데 어떤 마법에 걸렸기에 내 모습하고 똑같은 거예요?"
"그러니까, 그게……."
 가스톤은 갑자기 입을 다물었다. 어쨌든 저주를 받고는 저 모양이 된 것이니 결코 좋은 뜻은 아니었다. 축복을 받고 저렇게 바뀌었다면 몰라도……. 하여튼 뱀이나 개구리, 또는 지독한 병이 든 사람 따위가 되지 않은 게 천만 다행이긴 했지만, 라나에게 곧이곧대로 사정을 말해 줄 수는 없는 노릇이었다.
 '하긴…, 다크는 평상시에도 라나를 별로 좋아하지도 않았고, 귀찮게 생각했고, 또 함부로 대해 왔으니까 저게 최악의 저주가 될지도……. 어쩌면 함께 있으니까 더 싫어했는지도 모르지. 나도 저 라나란 애는 별로인데…….'
"밥 먹고 나서 다크의 몸에 맞는 옷을 좀 사야겠어. 저렇게 큰 옷을 입고 다닐 수는 없잖아. 안 그래, 미디아?"
"알았어요. 내가 데리고 가서 옷을 사 입히죠."

 미디아와 함께 걷고 있는 다크를 모든 사람들이 힐끗힐끗 쳐다봤다. 그도 그럴 것이 엄청나게 큰 헐렁한 옷에 허리에는 검까지 차고 있는 걸 보고, 얼굴은 예쁘지만 아무래도 반쯤 미친 여자 앤줄 알았던 것이다.
"뭘 찾으십니까?"
 상인 특유의 느물거리는 미소를 피워 올리며 옷 가게 주인이 말했다.
"저 아이한테 맞는 옷."
 그러자 다크가 예쁜 눈동자를 날카롭게 빛내며 덧붙였다.

절망스러운 나날들　243

"남자 옷!"

미디아는 다크를 잠시 바라봤다. 아무리 알맹이는 그래도 껍데기는 귀여운 여자 아이인데 남자 옷을 입혀도 될까? 하는 걱정과 또 다크에게 여자 옷을 입히는 게 재미있을 거라는 생각도 들어서 미디아는 막무가내로 말했다.

"어떤 게 저 애한테 맞는 '여·자·옷' 이죠?"

그러자 주인은 싸늘한 시선을 보내고 있는 소녀를 애써 외면하며 손짓했다.

"저기 있는 옷들이에요."

미디아는 그중에서 예쁜 옷 한 벌을 들고는 반항하는 다크를 끌고 옷 갈아입는 곳으로 갔다. 계속 다크가 옷을 벗지 않으려고 반항하자 미디아가 다크의 귀에 대고 속삭였다.

"계속 반항하면 기절시키고 벗긴다."

그러자 다크의 저항이 멈췄다. 사실 지금 자신의 힘으로는 반항이나 조금 할 수 있을까 용병으로서 다져진 미디아와 격투는 불가능했기 때문이다. 분노를 머금은 눈으로 쏘아보는 다크의 시선을 받으면서도 미디아는 재미있다는 듯 미소를 지어 보이며 다크의 옷을 모두 벗겨 버렸고, 속옷부터 착실하게 입히기 시작했다. 이래서 힘이 없는 자는 서럽다니까…….

예쁜 치마와 블라우스를 걸친 다크를 데리고 나오는 미디아의 손에는 여섯 벌의 옷과 여자용 속옷들이 들려 있었다. 여행을 하다 보면 세탁을 하기도 힘든 경우가 많기 때문에 속옷은 여러 벌이 있어야 했다. 미디아는 옷 가게에서 나오면서 이전에 다크가 입었던 옷들은 모두 쓰레기통에 집어넣고는 콧노래를 흥얼거렸다.

"제길, 두고 보자."

분한 듯이 다크가 그 커다란 눈으로 쏘아보며 말하자 미디아가 웃음을 터뜨렸다.

"호호호, 두고 보자는 사람치고 무서운 사람은 하나도 없더라. 거기 여자용 여행복도 두 벌 넣었으니까 돌아가서 그걸로 갈아입고 비무라도 한번 해 볼래? 자신의 실력을 알고 있는 것도 중요하니까 말이야."

"좋아."

두 사람은 서둘러서 여관으로 돌아간 다음 준비를 갖췄다. 미디아는 먼저 뒤뜰로 나갔고, 곧이어 간편한 여행복으로 갈아입은 다크가 나왔다.

무릎 위까지 오는 가죽 반바지를 입고 그 위에 무릎 약간 아래까지 오는 스커트를 입어 가죽 반바지를 가리는 것이 보통 여자용 여행복이다. 스커트 안에 반바지를 입는 이유는 맨살로 말을 탔다가 잘못하면 가죽(?)이 벗겨지는 수가 있기 때문이었다.

그 모습으로 나타난 다크는 샤벨을 쭉 뽑았다. 그걸 보고 미디아도 내로우 소드를 뽑아 들었다. 둘은 즉시 공격을 시작했다. 처음에 미디아는 '겨우 저 체구로…' 하는 마음에 큰 공격을 했지만 다크가 살짝 피하면서 반격하는 바람에 하마터면 큰 상처를 입을 뻔했다. 몸이야 엉망이라도 예전의 그 엄청났던 기술은 남아 있었던 것이다.

그걸 느낌과 동시에 미디아는 예전에 처음 검을 배울 때 사용했던 무식한 검법, 즉 '마구 휘두르기' 검법을 사용했다. 저런 한 수 하는 자들은 보통 카운터를 노리기 마련……. 힘은 형편없지만 기술이 엄청난 자를 상대하는 최고의 방법은 힘으로 밀어붙이는 것이었다.

마구잡이로 사방에서 쉴 새 없이 들어오는 공격에 다크는 계속 뒤로 밀렸다. 반격을 하려고 해도 재빨리 상대의 빈틈으로 찔러 넣을 근력이 부족했다. 상대가 큰 기술을 써서 빈틈이 크다면 어느 정도 가능성이라도 있는데, 얄팍한 기술로 연속 공격을 퍼부어 대니 그걸 막는 것만 해도 벅찼고, 온몸의 힘이 빠져나가고 있었다.

비무는 5분 정도 더 지속되다가 다크가 숨을 가쁘게 몰아쉬며 검을 떨어뜨리는 것으로 끝났고, 다크는 신경질이 머리끝까지 치밀어 올라 자신의 방으로 올라가 버렸다. 자신의 몸이 겨우 그것밖에 안 된다는 사실에 절망감만 남았으니……. 이 상태라면 복수는커녕 지금의 라나처럼 짐밖에 안 되는 처지였다.

다크는 미디아에게 박살 난 후 가스톤과 마법에 대해 토론하면서 본격적으로 고대에 개발된 마법을 위한 언어인 룬어 학습에 들어갔다. 어쩌면 이놈의 저주란 걸 자신이 마법을 익혀 부술 수 있지 않을까 하는 바람에서였다.

하지만 그것도 마음대로 되는 게 아니었다. 전에 썼던 마법은 다크가 천재라서 가능했었던 게 아니라 북명신공의 도움으로 만든 작품이었기 때문이다. 그렇기에 룬어 단어나 몇 개 외울 수 있었을까 하나도 보탬이 안 된다는 것을 알고 두세 시간 만에 때려치우고 말았다.

점심때가 되자 그들은 식당으로 갔고, 급사 여자 아이가 주문받은 음식을 가져와서 각자에게 나눠 주었다. 반주로 시킨 술을 가져와서 차례로 나눠 주다가 급사가 물었다.

"갈렛슈는 누가 시킨 거예요?"

"내가……."

급사는 기가 막힌다는 표정으로 대답한 사람을 바라봤다. 아직 솜털도 못 벗은 게 확실한 예쁜 계집아이가 그 독한 술을 달라고 하는 것이다. 갈렛슈는 토리아에서 생산되는 과실주를 증류한 술로 알코올 순도가 50퍼센트에 달하는 지독하게 강한 술이다. 어른도 그걸 한 병을 못 마시는데, 새파란 계집아이가……

"너 몇 살이니?"

"충분히 나이 먹었으니까 줘."

그러면서 다크는 주위를 둘러보며 원군을 청했다. 그러자 지금 현재 다크의 정신 상태를 충분히 감안하고 있는 미디아가 다크 편을 들어 줬다.

"그거 이리 줘."

급사는 미디아에게 술과 잔 한 개를 건네준 다음 물러섰다. 그러나 일을 하면서도 과연 그 꼬마 애가 술을 마실 것인지 주의 깊게 살펴보고 있었다. 아마도 두 잔도 못 마시고 인사불성이 될 게 확실하기 때문이었다.

귀찮은 여자가 물러나자 다크는 미디아에게서 술과 잔을 건네받은 후 한 잔 가득 따랐다. 보통 갈렛슈는 큰 잔의 아래쪽에 얄팍하게 따른 후 조금씩 마시는 게 정석인데, 그걸 잔 가득히 채우는 걸 보고 미디아의 눈이 점점 커지기 시작했다.

"그거 억수로 독한 술이야. 그렇게 잔뜩 따르면 안 돼!"

다크는 예쁜 얼굴에 단호한 표정을 띠며 말했다.

"상관없어."

다크는 그대로 한 모금 꿀꺽 마신 후 잔을 내려놓으며 심하게 기침을 했다. 정말 엄청 독했던 것이다. 하지만 다크는 거기서 그치지 않고, 마침내는 그걸 다 뱃속에 집어넣는 데 성공했다. 어차피 그래 봐야 한 잔이었지만…….

귀여운 여자 애가 백주 대낮에 그 독한 술을 들이켜는 걸 보고 식당에 있는 사람들의 이목이 그쪽 테이블로 집중되었다. '과연 저 한 병을 다 마실까?' 하는 기대감을 가지고…….

한 잔을 깨끗이 비운 다크의 얼굴은 빨갛게 변했다. 일부러 취하자고 마시는 술이니 점잔 빼면서 마신 것도 아니었고, 또 원체 독한 술이라서 그런지 그 술기운에 몸이 견뎌 내지를 못했다. 정신은 모르겠지만……. 두 번째 잔을 마시기 위해 헛손질을 해 대던 다크는 그대로 오믈렛이 담겨 있는 접시에 얼굴을 박으며 곯아떨어졌다. 미디아는 놀란 표정을 지으며 급히 다크의 얼굴을 오믈렛 접시에서 들어 손수건으로 깨끗이 닦은 후에 방으로 안고 올라갔다.

혹시나 저 술을 몽땅 다 마시는 괴력을 발휘하지 않을까 하는 호기심 어린 표정으로 바라보고 있던 사람들은 그럼 그렇지 하는 표정을 지으며 다시 음식을 먹기 시작했고, 꼬마 애를 비웃는 목소리들이 들려오기 시작했다.

잠시 후 방에서 내려온 미디아는 의자에 앉으며 한숨을 내쉬었다.

"휴……."

시드미안이 걱정스런 표정으로 물었다.

"다크는?"

"괜찮아요. 그냥 술에 취해 곯아떨어진 것뿐이에요. 침대에 눕혀

놓고 내려왔어요. 아무래도 그 일이 엄청난 충격이었던 모양이에요."

그러자 지미가 미디아의 말에 고개를 끄덕였다.

"당연하죠. 만약 제가 그런 일을 당한다면 아마 미쳐 버릴 거예요. 내가, 저런 덩치 작은 꼬마 애로……."

그러자 모두들 지미와 라나를 번갈아 바라봤다. 확실히 기사가 되기 위해 수련의 길을 걷고 있는 지미의 거대한 근육질 체구와 근육이라고는 거의 붙어 있지 않은 날씬한 라나의 체구는 좋은 대조를 이루었다.

가스톤이 미소를 지으면서 대꾸했다.

"설마, 그렇다고 미치기까지 하겠어?"

"아니에요, 가스톤은 이해를 못 하시겠죠. 마법사니까……. 마법이란 것은 정신력이 가장 큰 부분을 차지하는 것이지 체력이나 근력과는 상관없죠. 하지만 저희 같은 무사는 다르다구요. 제 체격이 라나처럼 된다면 저는 제가 가진 갑옷부터 검까지 모두 새로 바꿔야 해요. 그걸 휘두를 힘이 없기 때문이죠. 믿어지지 않는다면, 라나, 이거 한번 들어 볼래?"

그러면서 자신의 허리에 차고 있던 롱 소드를 뽑아서 라나에게 건네줬다.

롱 소드는 원래가 한 팔로 사용하는 것을 전제로 만들어진 검이다. 그렇지만 그 길이는 1미터, 폭 4센티미터, 무게가 자그마치 3킬로그램이 나가는 것이다. 하지만 롱 소드보다 더한 검도 있는데……. 무사들이 한 팔로 버틸 수 있는 최대 무게를 가정해서 만들어진 배틀 소드(Battle Sword)가 그것이다. 이건 무게가 5킬로

절망스러운 나날들

그램이나 나간다.

아무튼 10킬로그램 정도 나가는 바스타드 소드를 한 팔로 휘두르는 괴물도 있으니, 그에 비하면 배틀 소드는 꽤나 무사들 팔의 근력을 생각해서 만든 것이었다.

하지만 이런 걸 여자가 휘두를 수 있느냐 하면 그게 아니다. 당당한 덩치의 여자 용병인 미디아의 경우에도 검은 2킬로그램짜리 내로우 소드, 방패는 엄청난 돈을 주고 구한 와이번 비늘로 만든 걸 착용하지 않는가? 거기에다 한술 더 떠서 만약의 사태를 대비해 다크네라는 마법 장갑까지 끼고 있을 정도니…….

그 검을 받아든 라나의 팔이 아래로 축 늘어졌고 무게를 어떻게든 버티려고 용을 쓰는 모습을 보며, 사람들은 다크의 충격을 어느 정도는 이해할 수 있었다. 모든 것이 다 바뀌어 버린 것에 대한 충격……. 생리적인 변화는 둘째 치고 오래도록 단련된 자신의 육체가 일순간에 쓸모없는 육체로 바뀌어 버린 것이다.

모두 동료의 불행에 침울해 있자 팔시온이 분위기를 바꿔 보려는 듯이 입을 열었다.

"그건 그렇고, 어떻게 하실 겁니까? 꽤 찾아봤는데도 답이 없는데요. 아무래도 놈들은 의도적으로 여기서 흔적을 지운 것 같은데……."

팔시온의 말에 안토니가 의견 한 가지를 내놓았다.

"신전에 알아보면 어떨까요? 지혜의 여신 아데나를 모시는 신전에서 신탁을 들어 보면 어느 정도 참고가 되지 않을까요?"

"글쎄, 어쨌든 그 방법밖에는 없군. 여기 아데나를 모시는 신전이 어디에 있나?"

"잠깐 기다려 보세요. 이봐요!"

팔시온이 부르자 멧돼지처럼 생긴 우람한 덩치의 주인이 다가오며 그 생김새에 어울리지 않게 사근사근한 목소리로 말했다.

"뭐, 더 필요하신 게 있습니까?"

"맥주 두 잔 더 주시구, 여기 근처에 아데나를 모시는 신전이 있습니까?"

"아, 별로 멀지 않습니다. 그 신전은 수도 내에 있죠."

주인은 맥주를 가지러 가 버렸고, 일행들에게는 또 하나의 문제가 생겼다. 그들이 아직도 이 근처를 배회하는 이유는 이곳이 트루비아와 사이가 좋지 않은 토리아이기 때문이다. 또 작은 도시에 들어갈 때는 문제가 될 게 없지만 수도로 들어가려면 아무래도 성문에서 신원 조사를 좀 더 철저히 할 게 뻔했다.

"그냥 돌아가면 어떨까요? 샤헨에 가도 아데나 신전은 있잖아요."

"안 돼. 그럼 시간이 너무 많이 걸려. 어떻게 해서든 수도에 들어가서 신탁을 받아야 해. 어쩔 수 없이 많이 알려진 우리 일행은 안 될 테니, 팔시온, 자네가 좀 해 주겠나?"

"저도 국적이 트루비아라 좀……. 참, 미카엘 자네가 가지."

"좋아, 자네가 가기 싫다면 뭐……."

"참, 그리고 다크하고 라나도 데려가. 라나! 너도 여기 아데나 신전을 한번 구경하고 싶지 않냐?"

"예, 좋아요."

"그럼, 미디아. 아까는 다크 때문에 외출했지만 지금 보니까 라나도 옷이 별로 좋지 않은 거 같은데, 라나 옷도 한 벌 좀 사 주겠나? 그냥 여행하는 데는 상관없지만, 아무래도 신전에 갈 건데 신경을 좀 써야지."

"그러죠. 가자! 라나."

라나는 좋다고 미디아를 따라나섰고, 그들이 멀어지는 뒷모습을 바라보고 있던 시드미안이 말했다.

"신탁을 받은 후에는 어디로 여행을 떠나야 할지도 모르니, 라나를 여기 떼 놓고 가자구."

시드미안의 제안에 팔시온이 시큰둥하게 대답했다.

"그럴 수 있으면 좋겠지만, 또 따라오다가 그놈들에게 잡히면 누가 책임을 질 겁니까?"

"아예 따라오지 못하게 하는 방법이 없을까?"

그러자 안토니가 조금 심각한 표정으로 말했다.

"방법이 좀 과격해도 상관없을까요?"

"상관없어!"

"그럼 기억을 봉인시켜 버리죠. 저는 아직 실력이 모자라서 일부 기억만 봉인시킬 수는 없습니다. 전체 기억을 봉인해야만 하는데…, 그러면 그 아이가 기억이 봉인된 동안 누가 돌봐 줄 건가요?"

"그래! 그 방법이 있었군. 기억을 봉인해 버린 다음에 아데나 신전에 맡기면 되겠지. 그럼 그들이 알아서 해 줄 거야. 물론 한 1년 동안은 기억을 되찾아 주지 말라고 부탁도 하면서 말이지."

"그게 좋겠군요. 그런데 다크는?"

"다크는 당연히 저주 건 놈이 지금 어디 있는지 알아봐야 하니까 데리고 가야지. 그리고 저주를 풀 수 있는 방법도 물어봐야 할 거고……. 어쩌면 거기 있는 고위 사제들은 그걸 풀 수 있을지도 모르지."

다음 날 아침이 되자 미카엘과 그 추종자들, 안토니, 라나, 다크는 토리아의 수도인 크로멜로 향했다. 크로멜은 그들 일행이 묵고 있는 '지레온'이란 작은 마을에서 멀지 않았기에 그날 저녁때면 돌아올 예정이었다. 그들이 수도로 떠나기 전, 시골에서는 구하기 힘든 잡다한 것들을 빽빽하게 적은 종이쪽지하고 돈까지 일행들로부터 건네받았다.
"어디로 가는 거예요?"
"크로멜로."
"그런데 쟤는 왜 데리고 가는 거죠?"
다크가 저쪽에서 안토니와 떠들고 있는 라나를 가리켰다.
"그야 아데나 신전으로 가는 길이니까 인사도 시킬 겸해서 데리고 가는 거지."
그들은 점심때가 가까워졌을 무렵 성안으로 들어갈 수 있었지만 약간의 문제가 없었던 것은 아니다. 시드미안이 국경을 벗어나면서 다크에게 만들어 준 트루비아의 신분증명서를 이곳 적국에서는 쓸 수 없었기에 다크는 마법사 길드에 갈 때는 성벽을 넘어 다녔었다. 하지만 지금은 그 정도 힘을 쓸 재주도 없었고, 또 신분증명서를 사용할 수 있다고 해도 여자가 되었기에 그 신분증명서와 최소한의 유사점도 찾아볼 수 없는 몰골이 되어 있었다.
어쨌든 트루비아 태생이 아닌 미카엘이나 지미, 라빈은 그대로 신분증명서를 제시했고, 안토니 크로와는 팔시온의 신분증명서를 써 먹었다. 모험가로서 일자리를 찾으러 왔다는……. 그리고 귀여운 두 여자 애들은 쌍둥이 자매로 숲 속에서 만난 하프 엘프 고아들이며, 그냥 여행에 데리고 다닌다고 소개했다.

아름다운 금발과 미모, 그리고 작은 체구를 살펴본 병사들은 신분이 확실하지 않은 부분이 있었지만 그들을 통과시켰다. 반쪽짜리 엘프니까 꼭 귀의 모양이 엘프를 닮으란 법도 없지 않은가? 거기다 예쁘고 가냘프게 생겼으니 그 말이 사실이겠지 하고 그냥 넘어간 것이다.

"아데나 신전에 가는데 내가 왜 따라가야 하는 거예요?"
"그야 거기도 신전이니까 혹시 저주를 풀 수 있을까 해서지."
"그러자고 가는 인원치고는 너무 많은데요?"
"물건도 살 게 많고, 또 안토니도 여기 볼일이 있어. 라나는 신전을 방문할 거고. 모두 이유가 있다구. 그러니 따지지 마."

그들이 아데나의 신전에 도착해서 신탁받기를 원한다는 전갈을 넣고 한참을 기다리자 아름다운 여자 신관이 나오더니 인사를 건넸다.

"어서 오세요. 신탁을 받고 싶으시다구요?"
"예."
"어떤 신탁을?"
"신탁을 받고 싶은 것은 세 가집니다. 첫째는 사라진 드래곤 하트가 어디로 갔는지, 둘째는 저 아이의 저주를 풀 수 있는 방법은 무엇인지? 물론 시술자를 족치는 거 말고 다른 방법을 말하는 겁니다. 그리고 세 번째는 저 아이에게 저주를 건 녀석의 행방이죠."

저주라는 말이 나오자 그 신관은 호기심 어린 표정으로 미카엘이 가리킨 방향을 쳐다봤다. 그곳에는 엄청난 덩치의 사내들 틈에 쌍둥이처럼 닮은 여자 아이 둘이 서 있었다. 그 둘을 찬찬히 살펴본 신관은 곧이어 둘의 차이점을 발견할 수 있었다. 한 명은 쉴 새 없이 주위를 두리번거리며 색다른 것들을 쳐다보고 있었지만, 한 명은 그냥 무표정하게 가만히 서 있었던 것이다. 그녀는 미카엘에게 불쌍하다는 듯 말했다.

"가엾게도 예쁜 아인데, 눈이 보이지 않는 저주를 받았나요?"

미카엘이 고개를 좌우로 저었다.

"그럼 벙어리가 되었나요?"

또다시 고개를 가로젓는 걸 본 여신관은 매우 궁금하다는 듯이 물었다.

"그럼 어떤 저주를 받았나요?"

"원래 남자였는데 여자 애가 됐어요."

"예?"

그 신관은 터져 나오는 웃음을 간신히 참으며 말했다.

"모습을 보니 저주라고 할 수도 없겠군요. 어쨌든 60골드."

"예? 60골드라니 무슨?"

"신탁을 의뢰하셨으니 돈을 주셔야죠. 한 건당 20골드예요."

"저, 그럼 한 가지만 좀 묻겠는데요. 아데나를 모시는 신전은 외국의 다른 신전들과 연결되어 있나요?"

"그건 당연하죠. 외국의 모든 신전들과 연결되어 있죠. 같은 아데나 여신님을 모시고 있으니까요."

"그럼 코린트의 드로아 대 신전과도 연결되어 있습니까?"

"예, 코린트에 있는 드로아 대 신전은 아데나 신전들의 구심점 역할을 하는 엄청난 규모의 대 신전이지요. 그러니 당연히 그쪽과 연락을 안 할 수는 없지요."

그 여사제가 말하자 미카엘이 회심의 미소를 지으며 말했다.

"이번 드래곤 하트를 찾는 일은 트루비아 왕실에서 부탁한 겁니다. 그리고 잃어버린 드래곤 하트는 코린트의 드로아 대 신전에 있던 것을 트루비아 왕실에서 잠시 빌렸던 것이구요. 어쨌든 드래곤 하트가 트루비아 국내에서 없어졌으니, 트루비아 왕실이 발 벗고 나서서 그걸 찾고 있는 겁니다. 저희들이 그 일을 위탁받았는데, 그걸 훔쳐간 놈들을 추격하는 중에 일행이 저주를 받는 불상사가 벌어진 거구요. 저기 두리번거리는 저 애가 드로아 대 신전에 있었던 견습 사제지요. 그러니 공짜로 안 될까요?"

"저, 그건 제 마음대로 처리할 수는 없습니다. 일단 대사제님과 의논을 해 봐야겠어요. 잠시만 기다려 주세요."

한참이 지나자 그 사제는 기품 있게 보이는 중년 여인과 함께 돌아왔다. 나이가 꽤 들어 보였지만 정말이지 대단한 미녀였다. 미카엘은 그녀가 대사제일지도 모른다는 생각에 정중하게 인사를 건넸다.

"처음 뵙겠습니다. 저는 무예 수련자 미카엘이라고 합니다."

"오, 당신들이 드로아 대 신전에서 일을 의뢰받은 사람들인가요?"

"예."

"드로아 대 신전에서 들은 말로는 시드미안 경이 그 책임자라고 하던데……."

"그는 얼굴이 너무 알려져서, 적국의 수도로 들어올 수가 없어제가 부하들과 함께 왔습니다. 그리고 동료의 저주도 풀 수 있다면 더 좋겠구요."

"저주에 걸린 사람을 볼 수 있을까요?"

"다크! 이리 와 봐."

맵시 있는 여성용 여행복 차림을 한 아름다운 소녀가 그들에게 걸어오는 걸 보고 그녀는 놀랍다는 듯 눈을 크게 떴다.

"라나…군요."

미카엘이 히죽 웃었다.

"예, 아시는 모양이죠?"

"물론 잘 알고 있어요. 1년 전에 드로아 대 신전에 간 적이 있는데 그때 봤죠. 그런데 어쩌다가?"

"모르겠습니다. 저주를 받았는데, 어떤 저주를 받았는지조차 알 수 없습니다."

"흐음……."

그 대사제는 잠시 생각을 해 보더니 다크의 머리 위에 손을 올리고는 축복의 주문을 외우기 시작했다. 저주의 극성은 축복이었기에 웬만한 싸구려 저주의 경우 축복 한 방으로 해결되기 때문이다. 하지만 축복이 끝난 후에도 다크의 몸에는 아무런 변화가 없었다.

"꽤 고위급 저주에 걸리신 것 같군요. 이런 때는 그 시전자가 아니면 풀 수 없을 겁니다. 안 되면 그 시전자를 죽이든지, 또는 그 매개물을 찾아야겠죠. 어쨌든 다크 씨의 모습을 보니 드로아 대 신전에서 부탁받은 일이란 걸 바로 알겠어요."

"저기 라나도 데려왔는데 만나 보시겠습니까?"

"예."

"라나! 두리번거리지 말고 이리 와라."

라나는 재빨리 달려오더니 오랜만에 만난 그 여인에게 처음에는 공손히 인사를 했다. 하지만 몇 분 지나지도 않아 그 여인에게 수다를 떠느라고 정신이 없었다.

한 시간 정도 여정을 떠들어 대는 걸 참으며 듣고 있던 안토니가 더 이상은 시간을 지체할 수 없었는지 조용히 중얼중얼 주문을 외우기 시작했다. 라나는 자신의 수다에 도취되어 외부에서 일어나고 있는 일을 눈치 채지 못했다. 이윽고 주문을 다 외운 안토니가 미카엘에게 손짓을 했다. 그러자 미카엘이 라나가 도망치지 못하게 꽉 잡았고, 안토니는 재빨리 라나의 머리 위에 손을 올리고는 시동어를 외쳤다.

"리멤버런스 실(Remembrance Seal : 기억 봉인)!"

안토니의 손이 약한 빛을 뿜자 또릿하던 라나의 눈동자가 멍청하게 풀려 버렸다. 이걸 보고 있던 대사제가 놀라서 외쳤다.

"당신들 무슨 짓을 하는 겁니까?"

안토니는 죄송함이 가득한 표정으로 말했다.

"대사제님도 이 아이가 얼마나 말썽꾸러기인지 아실 겁니다. 처음 떠날 때 이 아이를 돌려보내고 떠났는데도 무턱대고 따라오다가 나쁜 놈들에게 사로잡혀 있는 걸 구출하기도 했죠.

그냥 돌려보낸다고 해서 되는 게 아니기에 기억 봉인을 한 겁니다. 저 애가 얼마나 말썽을 피웠으면 동료 하나가 저주를 받아 저 모양이 되었겠습니까? 일단 이 아이를 이 상태로 1년만 좀 데리고 계셔 주실 수는 없을까요? 그렇지 않다면 제한적으로 기억을 봉인할 수 있는 사람에게 데리고 가서 드래곤 하트와 우리 파티에 관련된 기억들만 없애시든지요.

 적들은 타이탄까지 동원하고 있습니다. 아직까지 우리 파티에서 한 명도 안 죽었다는 게 신기할 정도라구요. 이제 더 이상 아무런 능력도 없는 라나를 보호해 줄 수는 없습니다. 그러니 제발 대사제께서 우리들의 조치를 이해해 주시기를 부탁드립니다."

 가만히 듣고 있던 대사제는 그제야 얼굴 표정을 풀었다.

 "알겠습니다. 저 아이를 떼 놓는 데 기억 봉인이라는 방법 외에는 길이 없다면……. 대신 나중에 저 아이를 드로아 대 신전으로 보내서 좀 더 제한적인 기억 봉인을 하도록 하겠습니다. 안 그러면 라나가 너무 불쌍하니까요."

 "지당하신 말씀입니다."

 "어쨌든 신탁을 받으려면 시간이 좀 많이 걸리는데……. 볼일 보시고 나중에 오세요."

 일행은 돌아다니며 부탁받은 물건들을 사들였다. 또 안토니는 상처를 치료하는 약물인 포션이라든지, 여러 가지 약초, 각종 광석(鑛石) 가루 등을 사러 다녔고, 나머지 일행들은 옷, 양말, 식량, 양념류 등 살 게 정말 많았다. 하기야 지금까지는 될 수 있으면 현지 조달을 하면서 그런대로 견뎌 왔지만 대부분이 물가가 비싼 시골 지방으로 다녔기에 여행에 꼭 필요한 것들을 구입하기는 힘들었다.

 그런데 이런 대도시에는 각종 물품이 대량으로 공급되었으므로 아주 저렴한 가격에 많은 양을 살 수 있었다. 특히나 세련된 디자인의 옷이나 양말, 여행용 말린 고기포 따위는 시골에서 구하기 힘

절망스러운 나날들

들었다. 마법에 관계된 물품이라면 더욱 구할 수 없었다.

덩치 큰 장정들이 떼거리로 돌아다니며 눈에 힘을 주고 거의 협박하다시피 흥정을 하니 물건도 꽤나 싸게 구입할 수 있었지만, 다만 그들도 한 가지 부탁을 수행하는 데 문제가 있었다. 미디아가 자신은 여기까지 오기 귀찮다고 속옷을 사다 달라고 부탁했던 것이다.

그들은 여자 옷 가게 앞에서 30분 정도를 서성거리다가 도저히 맨정신으로는 안에 들어갈 수 없다고 결론을 내리고 다크에게 통사정을 했다. 하지만 다크도 껍데기는 어떤지 모르지만 남자였기에 옷 가게로 들어가기를 완강히 거절했다.

"제발 좀 사다 주라, 응?"

"내가 왜 여자 옷을 사러 들어가야 하죠?"

"제길! 너도 지금은 여자잖아. 너는 속옷 필요 없냐? 네 것 사는 김에 같이 사면 되잖아."

"내 건 미디아가 그때 다섯 벌이나 구입해 줬어요. 더 이상 필요 없다구요."

"그럼 그때 왜 자기 것은 안 사고 네 것만 사 준 거냐?"

"모르지요. 자기 말로는 그쪽은 디자인이 마음에 안 든다고 그러던데······. 너무 촌스럽다나 어쨌다나."

"그래도 여기까지 왔으니 사기는 해야 할 거 아냐?"

"그거야 미카엘 사정이죠. 내가 부탁받은 건 아니니까······."

"제길, 이럴 줄 알았다면 물건을 먼저 사고, 라나의 기억을 봉인하는 건데······. 좋아, 여기 써 놓은 거 사 오면······."

"사 오면?"

"앞으로 설거지하지 않아도 된다. 어때?"
미카엘의 웃는 얼굴을 다크가 예쁜 눈으로 쏘아보았다.
"말도 안 돼! 그냥 설거지하고 말래."
다크가 끝까지 저항하자 미카엘은 전술을 바꿔 다크의 약점을 찌르기 시작했다.
"좋아. 정 그렇게 나오면 나는 너와 완전히 개별적으로 행동하는 수밖에 없어. 그리고 내가 무슨 짓을 해서라도 팔시온과 가스톤을 설득해 이번 모험에서 손 떼게 만들 거야. 그럼 너는 평생 그렇게 살아야 할걸? 어여쁜 여자 애로. 자, 어떻게 할 거야?"
"제길! 좋아. 대신 설거지하고, 식사 당번까지 빼 줘. 좋아요?"
"그래 좋다."
"쪽지하고 돈 내놔요."
그렇게 해서 다크는 아름다운 여자 옷들을 전시해 놓은 옷 가게에 혼자 들어가게 되었다.
"어서 오세요. 어머! 정말 예쁜 아가씨네……. 뭘 찾아요?"
상점 안에는 여자들만 열세 명 정도가 우글거리며 여러 가지 물건들을 둘러보고 점원들과 흥정을 하고 있었다. 다크는 부끄러움을 무릅쓰고 인사를 건네 오는 여자에게 쪽지를 건넸다.
"이거 주세요."
"으응? 이거 꽤 고급 속옷인데……. 조금만 기다려요."
잠시 후 여자는 속옷들을 가져왔다.
"거기 쓰인 것들이에요. 그런데 그 치수대로라면 아가씨한테는 너무 클 텐데?"
"심부름이에요."

"아, 예. 12골드 34실버예요."

다크는 재빨리 계산을 마치고는 가게에서 나왔다. 들어가기 전에 놔뒀던 짐들이 몽땅 없어진 걸 보고 두리번거리던 다크는 그것들이 지미와 라빈의 짐 더미 속에 함께 들어 있는 걸 알았다.

"내 짐 내놔."

사실 다크는 짐을 잘 지고 다니는 편은 아니었지만, 여자로 변한 후에는 남자들이 일부러 자신에게 짐을 안 주는 것을 느끼고 오기로 자청해서 지고 다녔던 것이다. 다리가 후들거릴 정도로 무거웠지만 이를 악물고 참고 있었다.

"너는 속옷만 들어. 괜히 힘없는 여자 애 부려먹는다고 사람들이 욕할 거 아냐?"

"제길!"

신탁

　미카엘 일행이 낑낑거리며 짐을 지고 와서는 아데나 신전에 맡겨 뒀던 말들에 실었다. 그리고 신탁 내용을 듣기 위해 신전으로 들어갔다.
　"첫 번째 물음이 사라진 드래곤 하트의 행방이라고 하셨죠?"
　"예."
　"신탁에 따르면 푸른색 괴물이라고 하더군요. 두 번째 물음에 대해서는 답이 없었어요. 어쩌면 저주를 풀 수 있는 방법이 없을지도 몰라요. 그리고…, 세 번째 물음이 저 아이에게 저주를 건 마법사의 행방이죠?"
　"예."
　"거대한 건물에 있다는군요. 그 건물이 뭔지는 모르겠어요. 큰 기둥들이 세워진 걸 보면 신전인지도……. 어쨌든 사제의 말을 토대로 그림을 그렸어요. 그걸 보시면 참고가 될 겁니다."

 미카엘은 달랑 두 장의 그림만을 받아 들고 밖으로 나올 수밖에 없었다. 두 그림 다 그냥 대강 그려진 것이었기에 뭐가 뭔지 알아보기가 매우 어려웠다. 특히 한 장의 그림은 정말 괴물이었다. 거대한 머리통만 봐 가지고는 뭔지 알 수가 있나?

 "떠그랄! 이게 뭐야?"

 같이 그림을 들여다보던 지미도 황당한 표정으로 말했다.

 "글쎄요."

 "색깔이 푸르죽죽한 걸 보니 트롤인가?"

 옆에서 함께 보던 라빈이 참견했다.

 "하지만 트롤은 뿔이 없잖아요."

 그러자 지미가 대꾸했다.

 "뭐 모르지. 트롤의 변종인지……. 아니면 뿔이 세 개일 수 있어?"

 둘의 말을 듣고 있던 미카엘이 투덜거렸다.

 "이게 네 발로 걷는지 두 발로 걷는지, 몸통도 그려야 할 거 아냐? 제길 머리통만 대강 그려 놓고는 이게 뭔 줄 알고 찾으라는 거야?"

 그러자 지미가 궁금하다는 표정으로 물었다.

 "다른 그림도 그래요?"

 "이게 그 그림이다."

 널찍한 홀 중간에 마법진 같이 보이는 것 몇 개와 크고 높은 기둥들이 그려져 있는 이상한 그림이었다. 이게 그냥 넓은 건물인지, 아니면 신전의 일부인지 알기 힘들었다.

"이거만 봐서는 알 수가 없겠는데요."

"제길! 이래서 처음부터 저 신탁이란 걸 믿지 않았어."

"원래 신탁이란 게 이래요?"

"신탁 자체가 이상한 약 먹고 오랜 시간 아데나 여신에게 바치는 춤이랍시고 광란의 춤을 추면서 본 어떤 환각을 말(言)이나 그림으로 표시한 거니, 환각제 먹고 지랄하는 미친년들하고 뭐가 달라."

"얘기가 그렇게 되나요?"

"어쨌든 필요한 건 다 구입했으니 돌아가자."

"휴우, 또 한 대 만들었군."

한 마법사가 토지에르 경의 푸념에 걱정스런 표정을 짓고는 널찍한 건물의 한 귀퉁이에 쌓여 있는 엑스시온들을 가리켰다.

"엑스시온 한 대 만드는 데 이렇게 힘이 들어서야……. 과연 저 많은 것들을 다 만들 수나 있을지 걱정입니다."

"그래도 어쩔 수 있나? 폐하의 칙명(勅命)이다. 죽는 한이 있더라도 완성해야 하는 거야. 그건 그렇고, 자네들은 수고했으니 이만 들어가서 쉬게나. 일주일 후에 또다시 중노동을 해야 하니."

마법사들은 감히 궁정 제1마법사 토지에르의 앞에서 투덜거리지는 못하고 한숨을 내쉬며 자신의 숙소로 돌아갔다.

토지에르 경은 피곤한 몸을 이끌고 마법진의 중심으로 걸어가서 이번에 생명을 불어넣은 엑스시온을 쓰다듬으며 뿌듯한 기쁨을 느끼고 있었다. 하지만 왕국 내의 전 마법사를 동원해야만 하나의 엑스시온을 만들 수 있다는 것은 확실히 문제가 있었다. 다른 나라들의 경우, 타이탄을 못 만드는 것은 돈이 없어서, 또는 타이탄을 만들 재료가 부족해서……. 그리고 보니 그 말이 그 말이군. 뭐 어쨌든 이런 이유들이었다. 확실히 자금의 문제는 타이탄의 수에 가장 큰 영향을 끼친다. 몸통이야 쇠니까 별 문제가 없지만 크로네나 미스릴 같은 경우 엄청난 액수의 돈을 들여야 구입할 수 있었다.

또 엑스시온을 만들려면 상당량의 금과 은, 백금, 크로네가 필요했고, 또 엑스시온 힘의 핵을 만드는 데는 루비(홍옥)가 필요했다. 루비가 완벽한 덩어리일 필요는 없다는 점 때문에—가루가 된 상태라도 상관없고 많기만 하면 된다—어느 정도 돈이 적게 들지만……. 청기사의 엑스시온은 달랐다.

엑스시온의 크기가 더욱 커짐으로 인해 더 많은 귀금속들이 들어간 데다가 루비와 함께 다른 엑스시온에는 들어가지 않는 드래곤 하트까지 집어넣었던 것이다.

안피로스가 최후에 개발해 낸 엑스시온 제조법에 따르면, 엑스시온 내에 루비와 함께 드래곤 하트를 일정량 넣으면 더욱 막강한 증폭력을 가진다는 것이었다. 안피로스의 마지막 작품은 헬 프로네의 엑스시온을 더욱 발전시킨 형태의 것이었다.

아쉽게도 그의 던전에는 그가 마지막에 연구하던 여러 가지 물건들과 자료만 발견되었을 뿐 과거 크루마 제국 궁정 제1마법사로 활동하던 시절에 만들었던 타이탄들에 대한 자료는 없었다. 만약 그게 있었다면 아마도 청기사가 아닌 위험도가 훨씬 떨어지는 헬 프로네에 미스릴을 입힌 타이탄이 만들어졌을 것이다.

지금 만들고 있는 이 청기사는 안피로스조차 드래곤 하트를 구하지 못해 이론상으로 설계만 해 둔 작품일 뿐 실질적인 테스트를 거친 작품은 아니었다. 그 때문에 프로토타입 엑스시온을 만들기 위한 연구가 거의 10년에 걸쳐 진행되었고, 시험용 소형 엑스시온에 마력을 불어넣다가 폭발 사고도 몇 번 있었다. 하지만 토지에르 경은 그때마다 그의 뛰어난 실력으로 대형 사고로 이어지지 않게 막아 냈고, 드디어 안피로스의 이론을 실제로 만들어 내는 데도 성공했던 것이다.

그 첫 번째 수확물이 한쪽 구석에 서서 얕은 잠을 자고 있었다. 아직 완성품이 나오지 않아 알 수는 없지만 그 출력은 통상 출력의 2.5배 내지 3.5배 사이일 것이라는 추측이 지배적이었다. 헬 프로네급이 2.2배였으니까 그보다 더 발전된 엑스시온이라면 그보다 더 뛰어나야 하는 게 당연하지 않은가? 그래서 보통보다 좀 더 큰 엑스시온을 위해 청기사 설계진들은 6.1미터의 거대한 타이탄을 만들어 냈다.

과연 프로토타입의 엑스시온이 어느 정도 출력을 내 줄지는 신만이 아는 사실이었지만… 그건 어쩔 수 없는 노릇이었다. 하여튼 저 프로토타입 청기사가 깨어난 후에는 모든 것을 알 수 있을 것이다. 이제 그 시간은 60일도 남지 않았다.

토지에르가 여태까지의 고생을 회상하며 감회 어린 표정으로 앉아 있는데, 제자 녀석이 헐레벌떡 뛰어 들어왔다.

"무슨 일이냐?"

"저, 놈들의 동태를 감시하라고 보낸 첩자로부터 연락이 왔습니다."

"오오, 그래? 어떻게 되었느냐?"

"여관을 착실하게 감시했지만 더 이상 그런 검은색 옷을 입은 검객의 모습은 확인할 수 없다고 합니다. 아무래도 자살하거나 파티를 떠난 모양입니다."

 토지에르는 만족스러운 미소를 피어 올렸다.

 "호오, 너도 오늘 일한다고 피곤했을 텐데, 이렇게 달려와 알려 줘서 고맙구나. 이제 들어가서 푹 쉬거라."

 "예, 스승님. 스승님께서도 쉬십시오. 이만 가 보겠습니다."

 "이제 어떻게 해야 할까요? 신탁은 도저히 도움이 되지 않는데······."

 미카엘은 파티를 이끌어 가고 있는 리더격 존재들인 시드미안 경, 팔시온, 안토니와 맥주를 마시며 앞으로의 향방에 대해 의논을 시작했다. 얄궂은 그림 한 장으로는 도저히 알아낼 방법이 없었다.

 "아니, 도움이 안 된다고 할 수는 없네. 이 그림을 보면 확실히 괴물이야. 하지만 이 세상에 뿔 달린 짐승만 생각해 보면 뭔가 답이 나올 수도 있지."

 시드미안 경의 말에 안토니가 덧붙였다.

 "푸른색에 뿔 달린 짐승이라······. 거기서 힌트를 얻을 수 있다면 가장 유력한 녀석이 있기는 있죠."

 "누군데요?"

 "블루 드래곤. 나도 본 적이 없어서 뿔이 몇 개나 달렸는지, 안 달렸는지 모르겠지만······. 어쨌건 드래곤의 색상 중에는 블루도 있어요."

 "드, 드, 드래곤이라구요? 저는 이렇게 빨리 죽고 싶은 생각은 없어요. 안토니도 좀 더 오래 살고 싶으면 딴 걸 생각해 보라구요. 우리가 가기만 하면 불문곡직 아작아작 씹어서 디저트로 먹어 버릴 텐데…….”
 미카엘의 엄살에 시드미안 경은 침착하게 대꾸했다.
 "꼭 그렇게 단정할 수는 없지. 드래곤을 방문하려면 좀 더 강력한 동료가 있는 게 좋겠지. 조금 시간이 걸리더라도 알카사스로 가세. 거기서 할 일이 있으니까.”
 “마도 왕국 알카사스에는 왜요?”
 “그야 다크의 저주를 그쪽에서 혹시 풀 수 있을까 알아보려고……. 만약 안 된다고 해도 어떤 저주에 걸렸는지는 알 수 있을 거 아니겠나? 혹시 알아? 그 저주가 아주 독특한 거라면 범인을 잡아낼 수 있을지…….”
 “그럼 제가 일행들에게 연락하죠.”
 팔시온이 위로 올라가려는데 위에서 미디아가 약간은 창백한 얼굴로 급히 뛰어 내려왔다.
 “혹시 다크 못 봤어?”
 “어? 미디아하고 같이 안 있었어? 아까 저녁 식사 때 술 실컷 마시고 뻗어서 네가 데리고 올라갔잖아.”
 “그런데 샤워하고 나와 보니까 없잖아.”
 “이런 제기랄, 콩알만 한 게 되게 말썽을 부리는군.”

다크의 위기

"아저씨, 포도주 한 병 주세요."

예쁜 여자 애가 약간은 술에 취한 것 같은 어조로 말하자 상점 주인이 물었다.

"설마 네가 마시려고?"

그러자 그 여자 애는 절대로 그렇지 않다는 듯 순진하게 미소 지으며 완강하게 부인했다.

"설마요. 아빠 심부름이에요."

"그래, 착한 아이구나. 여기 있다. 5실버 22타라다."

여자 애는 재빨리 주머니에서 돈을 꺼내 지불했다. 그리고 상점에서 나오자마자 병뚜껑을 따고 나발을 불기 시작했다.

"꿀꺽꿀꺽, 크아, 달콤하고 쌉싸름한 게 죽여주는데……."

그녀는 비틀거리며 사람이 별로 안 다니는 골목길로 들어가, 작은 상자에 걸터앉아 계속 술을 마셔 댔고, 반 병쯤 마신 후에는 거의 맛이 간 상태가 되었다.

이때 길 앞을 지나가던 패거리들 중 하나가 혹시 골목길 안에서 키스하는 장면이라도 훔쳐볼 수 있을까 살짝 들여다보다가 술 취한 예쁜 여자 애를 발견하고는 일행에게 손짓을 했다.

"저것 봐!"

"이야… 꽤 예쁜데……?"

"관둬라. 어린 애잖아."

"어린 애는? 저 정도면 다 큰 거라구."

그중 한 녀석이 소녀에게 다가가서는 슬쩍 말을 걸었다.

"이봐, 맛있니?"

"그러어엄, 아아주 아아주 조오오아."

완전히 혀 꼬부라진 소리가 들려오자 그 녀석의 눈에 음침한 빛이 어리기 시작했다. '봉 잡았다' 하면서…….

"더 좋은 거 있는데, 같이 가자."

"더 조오은 거어? 가레이슈?"

"그래, 갈렛슈도 있지. 응? 같이 안 갈래? <u>흐흐흐</u>……."

그러자 옆에 있던 놈이 끼어들었다.

"이봐, 여기서 해치우지 어디로 가자는 거야?"

"이런 예쁜 애를 이런 곳에서 먹는다는 건……. 거기다 완전히 맛이 갔는데, 좀 더 분위기 좋은 데서 즐긴 후 노예상한테 팔아 버리자구. 아마 못 받아도 2백 골드는 받을 수 있을 거야. 거기다 칼까지 차고 있는데? 여행객인 모양이야. 뒤탈도 없을 거고……."

"하긴……."

다크의 위기 271

그들은 슬쩍 소녀의 허리에서 검집을 벗겨 무장 해제를 시키고 나서, 인사불성인 그녀를 부축하듯 끌어안고는 목적지를 향해 이동하기 시작했다.

"저기 맞아?"
"예, 금방 술 취한 금발머리 여자 애를 부축해서 데리고 갔다고 하던데요?"

미카엘의 물음에 기가 찬다는 듯 지미가 어깨를 으쓱하며 대답하자 미카엘이 화가 머리끝까지 났는지 그쪽으로 뛰어갔다.

"이런 나쁜 새끼들……. 모두 죽여 버리겠어."

안에서 불빛이 새어 나오는 반쯤 부서진 폐가의 문짝을 단숨에 박살 내고 미카엘이 뛰어들었을 때, 이미 세 놈은 제정신이 아닌 여자 애의 옷을 다 벗겨 놓고 누가 먼저 할 것인지 한참 제비를 뽑느라 정신이 없었다.

"이런 못된 놈들! 죽엇!"

퍽, 퍽, 퍽!

우람한 근육질을 자랑하는 미카엘은 많이 봐 줘야 이제 갓 스무 살이나 되었을까 하는 젊은 남자 셋을 그야말로 개 패듯 패기 시작했고, 뒤따라 들어온 지미도 그놈들을 지근지근 밟았다. 하지만 그 젊은이들의 불행은 거기서 끝나지 않았다. 화풀이를 다 끝낸 지미와 미카엘이 씨근덕거리면서 인사불성인 다크의 나신(裸身) 위에 옷을 덮어 주고 있을 때 들이닥친 라빈의 분풀이 상대도 되어야만 했기 때문이다.

다크가 갑자기 없어져 버린 덕분에 시드미안 경 일행은 모두들 밖으로 뛰어나가 "금발머리의 예쁜 여자 애 못 봤어요? 키는 이만한데"하면서 여태껏 밤거리를 뛰어다녔던 것이다. 지금껏 마음 졸였던 것까지 합쳐서 라빈이 이미 기절해 버린 세 녀석들에게 한참 스트레스를 풀고 있을 때, 헐레벌떡 뛰어온 미디아도 실내의 정경을 보고는 어떻게 된 일인지 금방 눈치를 챌 수 있었다.

"야, 모두 밖으로 나가. 그리고 지미, 너!"

"예?"

"내가 나갈 때까지 저 녀석들 정신 차리게 만들어 놔. 다크에게 옷 입히고 나가서 아예 죽여 버릴 테니까."

여태껏 보지 못했던 분노에 찬 미디아의 표정에 질린 지미가 얼른 대답했다.

"알았어요."

"아, 앙……. 벌써 아침이야?"

비실비실 기지개를 켜며 잠자리에서 일어나 목욕탕으로 걸어 들어가는 소녀를 보고 지미와 라빈은 쓴웃음을 지을 수밖에 없었다. 어제의 그 사건…, 그걸 통해서 지미와 라빈은 미디아를 다시 보게 되었다. 도대체 그렇게 무자비하게 사람을 팰 수 있다니……. 여자가 그렇게 잔인할 수 있다는 사실을 그때 처음 깨달았던 것이다.

미디아는 정말 죽기 일보 직전까지 그 녀석들을 두들겨 팬 다음 다크를 안고 숙소로 돌아왔는데, 정작 정조를 상실할 위험에 처했던 당사자는 그 사건의 전모를 전혀 알지 못하는 얼굴이니 웃길 수밖에 없었다.

그날 아침은 마도 왕국 알카사스로 떠날 준비에 바빠 모두 이리

저리 짐을 챙기고 물건을 구입하느라고 바빴다. 그들이 떠나려고 할 때쯤 다크는 또다시 술에 곯아떨어져 있었다. 지미가 완전히 인사불성이 되어 버린 여자 애를 안고 나오자 팔시온이 그럴 줄 알았다는 듯 시큰둥하게 물었다.

"어디서 찾았냐?"

"뒤뜰에서요. 포도주 한 병을 다 마신 모양이던데요? 빈 병이 굴러다니는 걸 보니……."

"제기랄, 이 녀석은 라나보다 더 하군."

"그래도 라나보다는 나아요. 최소한 시끄럽지는 않잖아요. 그런데 어쩌죠? 완전히 뻗어 버렸는데……."

잠시 궁리하던 팔시온이 단호하게 외쳤다.

"말 등에 묶어 버려. 어차피 점심때쯤 되면 깨겠지. 으휴, 술 취한 계집애는 정말 대책이 없구만……."

"으윽! 이건 뭐야?"

꽁꽁 묶여 있던 여자 애가 떠들어 대기 시작하자 팔시온이 못 말리겠다는 얼굴로 중얼거렸다.

"깼군……."

그러더니 여자 애 쪽으로 자신의 말을 몰고 갔다.

"한숨 더 자지 그래?"

"이 자세로 잠이 오겠어?"

"그것도 그렇군."

팔시온은 서둘러서 끈을 풀어 줬다.

"그런데 여기는 어디에요?"

"아, 네가 잠든 사이에 이동 중이야. 그래서 할 수 없이 말 등에 묶어 놓은 거지만……."

"아무리 그래도 그렇지 가냘픈 여자 애를…, 나도 이 정도까지는 안 했는데……."

"네가 여자냐?"

"……."

한참 말이 없던 다크가 다시 입을 열었다.

"그건 그렇고 어디로 가는 거예요?"

"마도 왕국 알카사스. 거기서 할 일이 있어."

이때 뒤쪽에서 미카엘이 팔시온에게 소리쳤다.

"야! 마을은 멀었냐? 가까운 데 마을이 없으면 여기서 밥 먹고 가자."

"저기 고개만 넘으면 마을이니까 조금만 참아."

과연 고개를 넘자 작은 마을이 나타났고, 그들은 곧 작은 식당 하나를 발견할 수 있었다. 모두 당당히 식당 안으로 들어서서 자리를 차지하고 주문을 해 대기 시작했다.

"오므라이스, 채소 스프, 그리고 갈렛슈 큰 걸로 한 컵 가득!"

열여섯 살 정도 먹어 보이는 급사 소년이 다크를 살짝 훔쳐보며 얼굴을 붉히고 있다가 그 주문 내용을 듣고는 놀라서 물었다.

"그거, 그거… 너, 네가 마실 거야?"

"빨리 가져와."

"너, 너는, 너무 어려서… 안 돼! 내가 주, 주인아저씨한테 혼난다구."

"이런 꼬맹이까지 나를 몰캉하게 봐?"

고운 목소리기는 했지만 약간 언성을 높이며 살기 가득한 표정으로 일어서는 다크를 보고 시드미안 경이 제일 먼저 지금의 사태를 눈치 챘다. 강렬한 살기를 읽음과 동시에 시드미안의 몸은 튕기듯 움직였고, 다크의 샤벨이 매끄러운 발검 동작에 이어 소년을 향해 날아가는 것을 가까스로 잡을 수 있었다. 만약 다크의 힘이 조금만 더 셌다면 막을 수 없었을지도 모른다.

방금 전 자신을 향해 날아오던 칼날을 생각하며 바짝 얼어 있는 급사 소년을 보고, 시드미안 경이 툭툭 쳐서 정신이 나게 만들었다.

"갈렛슈 큰 거 한 잔… 가득 따라서 빨리 가져와. 죽고 싶지 않으면……."

소년은 방금 일어난 그 상황이 도저히 믿어지지 않는다는 듯 소녀를 힐끔거리며 주방으로 뛰어 들어갔다.

이윽고 식사가 날라져 오자 다크는 그걸 약간만 먹고는 기침을 해 대면서도 갈렛슈 한 컵을 몽땅 목구멍 속으로 집어넣었다. 그리고는 일행이 식사를 마칠 때쯤에는 완전히 뻗어 있었다. 다크가 픽 쓰러지자 시드미안이 그제야 일행들에게 말했다.

"다크의 칼은 지미 자네가 보관해. 아무래도 지금 저 정신 상태로는 너무 위험한 물건이야. 사실 도움도 되지 않고……."

"그러죠."

"식사 끝났으면 이동하지."

시드미안의 말이 떨어지자 지미는 다크의 몸에서 검집을 풀어내고, 다크를 어깨에 지고 가서 여태껏 해 오던 대로 말 등에 묶었다.

예쁜 여자 애를 말 등에 묶자 길 가던 사람들이 쭉 늘어서서는 의심스런 눈길을 지미에게 보내며 쑤군거렸다. 중간 중간에 인신매매가 어쩌구 하는 게 들리자 지미의 등에서 식은땀이 흘러내렸다.

'제길, 쫄따구인 게 죄지. 나 그렇게 나쁜 놈 아니란 말이에요.'
 속으로 투덜거렸지만 자기가 가만히 생각해 봐도 인신매매범의 모든 조건을 다 갖춘 행동을 하고 있다는 것이 억울할 뿐이었다.
"제길……."
이때 저쪽에서 무장한 경비병 두 명이 다가왔다.
"당신, 통행증 좀 봅시다."
"예?"
"이 애는 왜 묶는 거요?"
"우리 일행인데 술 취해서 완전히 뻗어 버렸으니 묶죠. 인신매매범 아니라니까요? 자, 봐요."
 모험가 일행으로 알카사스에 무투회 참석차 간다는 인증이 붙은 국경 통행증을 보고는 경비병이 쓴웃음을 지었다.
"고생이 많으시겠수. 술 못 먹게 좀 두들겨 패 버려요. 어디 콩알만 한 게 벌써부터……."
"휴, 팰 수라도 있으면 얼마나 좋겠습니까? 차마 때릴 데가 없는데……."

마도 왕국 방문

시드미안 일행이 알카사스에 도착한 것은 그로부터 한 달 후였다. 중간에 약간씩 말썽이 있었지만, 요즘 들어 다크의 히스테리는 으레 그러려니 하고 넘겼기에 일행들로서는 큰 문제가 될 게 없었다. 샤벨은 빼앗아 버렸기에 다크의 작고 연약한 주먹으로 맞아 봐야 아플 것도 없었다. 잘못 맞으면 눈탱이 부근에 퍼렇게 멍이나 들까, 그냥 그러려니 하고 넘기고 있었다.

다크가 부리는 행패의 대부분은 술주정이었다. 그도 그럴 것이요 근래 한 달 동안 다크는 완전히 자포자기하고 술에 절어 살고 있다고 해도 과언이 아니었다. 일행이 이런 다크의 행패를 참고 있는 것은 잡고 두들겨 패다가 잘못해 뼈다귀라도 부러질까 봐 조심했기 때문이지, 결코 힘이 달려서 그런 것은 아니었다.

"히야, 여기가 마도 왕국 알카사스로군요."

앞에 펼쳐진 특이한 경치를 보며 지미가 감탄사를 터뜨리자 팔시온이 거보란 듯 말했다.

"어때? 국경을 넘어 오고 나니까 풍경이 완전히 다르지?"

색다른 경치에 경험이 조금 떨어지는 일행들이 주위를 두리번거리는 걸 보고, 미카엘이 약간 짜증 섞인 소리로 말했다.

"이봐! 두리번거리면서 촌놈 티 내지 말고 빨리 가자."

그들이 목적지로 잡은 곳은 알카사스 제국 서쪽에 위치한 대도시 미네온이었다. 미네온은 예로부터 엑스시온의 생산지로 유명한 도시였지만, 요즘은 카로텔이 더 유명하다. 그 이유는 알카사스의 황제가 1.25 이상의 출력을 지니는 엑스시온의 수출을 금지하면서 그 통제를 효율적으로 하기 위해 1.20 이상의 엑스시온은 카로텔에서만 생산하도록 지시했기 때문이다. 그 때문에 카로텔은 강력한 엑스시온을 생산하는 도시로 소문이 났고, 나머지 도시들은 그 명성을 잃어 가고 있었다.

그들이 국경을 통과한 후 이틀을 소비해 도착한 알카사스의 국경 도시 그렉시아는 거대한 마법진으로 둘러싸인 도시였다. 사방에 수많은 마법진 같은 형상들이 보인다는 것 자체가 마도 왕국다운 도시였다.

"아주 재미있는 구조로 되어 있네. 무슨 성벽을 꼭 마법진처럼 만들어 놨어요?"

라빈의 말에 팔시온이 상세하게 설명해 줬다.

"마법진처럼 만든 게 아니라 마법진이야. 과거에는 성 외곽에 방어 마법진이 구축되어 있어서 웬만한 공격 마법으로는 알카사스의 도시를 공격할 수 없었지. 하기야 옛날에는 방어 마법진이 꽤나 도움이 되었는지 모르지만 지금은 타이탄의 등장으로 별로 쓸모없어졌어. 대신 곳곳에 있는 마법진들은 방어가 아닌 실생활에 도움이 되도록 다시 보수되어 그 나름대로 시민들에게 아주 뛰어난 기능들을 제공하고 있지."

"뛰어난 기능이라구요?"

"그럼. 저쪽 시 외곽에 있는 엄청나게 거대한 마법진들을 만들어 그쪽에 끌어들인 물을 데워 도시에 공급하지. 그 때문에 알카사스의 대부분의 도시에 있는 상수도관은 온수와 냉수, 두 가지 관으로 되어 있어.

트루비아의 경우 샤헨 등 몇몇 대도시에나 상수도가 설치되어 차가운 물이 공급되지만, 여기 알카사스는 아무리 작은 도시라도 상수도 시설이 되어 있지. 물론 뜨거운 물까지 나오는 상수도가 말이야. 또 방어 마법진은 온도 조절 마법진으로 바꿀 수도 있어. 그래서 알카사스의 도시들은 겨울에도 꽃이 필 수 있을 정도로 따뜻해."

"이야······."

그들이 마도 왕국 알카사스로 들어가는 그렉시아시 외곽에 도착하자 경비병 두 명이 그들을 가로막았다.

"통행증을 좀 볼 수 있을까요?"

시드미안은 토리아 국경을 넘어오며 발급받은 신분증명서를 그들에게 건네줬다.

"으음, 미네온 아카데미에서 열리는 무투회에 참가하시러 오셨군요. 무투회에 참가하러 많은 파티들이 오고 있죠. 꽤 특이한 파티군요. 무예 수행자 여섯 명, 노예 한 명, 모험가 한 명, 마법사 두 명에 신관 한 명. 여기 기록되지 않아서 그런데 어떤 신을 섬기시나요?"

그러자 팔시온이 재빨리 말했다. 알카사스는 크로노스교를 무자비하게 탄압하고 있었으며, 샤이하드를 받들고 있다는 게 드러나면 무조건 사형이었다.

"전쟁의 신 아레스를 섬기는 사제시죠."

여행 중이기에 신관의 옷이 아닌 가죽 갑옷만을 입고 있다는 점을 악용해 팔시온이 시치미 뚝 떼고 말하자, 상대는 존경스럽다는 듯한 눈빛으로 '신관'을 바라본 후 정중하게 말했다.

"아… 그러십니까? 여기 통행증 있습니다. 미네온 아카데미에서 열리는 무투회는 마법사들이 많이 참가하기에 기사들은 거의 안 오시는 편이거든요. 그런데 무투회는 한 달 후에 열리는데 좀 빨리 오셨군요. 그런데 저 노예는?"

그러면서 말안장에 꽁꽁 묶여 있는 예쁜 여자 애를 가리켰다.

"예, 토리아에서 구입했죠. 노예 매매 증서도 보여 드릴까요?"

그러면서 시드미안은 뻔뻔하게도 품속에 손을 집어넣어 있지도 않은 서류를 찾는 척했다. 술에 취한 엘프는 말도 안 되기에 이번에는 다크를 노예로 둘러 댄 것이다.

"아닙니다. 그걸 보여 주실 필요까지는 없구요. 여기 알카사스는 사람을 노예로 부리지는 않습니다. 노예로 쓴다면 엘프나 드워프, 수인족(獸人族) 같은 거죠. 하지만 저 아이는 사람인데……. 그러니까 여기 알카사스에 있을 때는 저렇게 묶어 놓지 마세요. 보기에 안 좋으니까."

"하지만 그러다가 도망치면 당신이 책임져 줄 겁니까? 어제도 도망치려고 해서 아예 술을 잔뜩 먹이고 이렇게 묶어 놨는데…….”
 "예, 어쨌거나 여기서는 사람을 노예로 쓰는 곳이 아니니까 좀 눈에 띄지 않게 해 주십시오. 그럼, 무투회에서 좋은 결과를 거두시기 바랍니다.”
 "고맙습니다. 공간 이동 문은 어디에 있습니까?”
 "저쪽에 파란색 건물 보이시죠? 저기에 있습니다.”
 "예, 감사합니다.”
 팔시온이 모두를 인도해서 파란색 건물로 다가가자 지미가 궁금한 듯 물어 왔다.
 "공간 이동 문이 뭐예요?”
 "알카사스는 마도 왕국이란 명성에 어울리게 각 도시를 잇는 이동 마법진이 건설되어 있지. 그래서 왕국의 끝에서 끝으로 이동하는 데 1분도 안 걸린다구.”
 그 건물 한쪽에는 「입구」, 한쪽에는 「출구」라고 쓰여 있었고, 입구라고 쓰인 곳 앞에 탁자를 하나 놔두고 앉아 있던 사람이 물었다.
 "어디로 가시나요?”
 "미네온으로 갑니다.”
 그 사람은 탁자 위에 올려놓은 두꺼운 책을 꺼내서 이리저리 뒤적거리더니 옆에서 푸른색 종이를 한 장 꺼내 기록했다.
 "으음, 열한 명하고 말 열한 마리. 사람은 30실버, 말은 40실버에요. 그러니까 모두 770실버입니다.”
 "여기 있소. 15골드 20실버.”
 "감사합니다. 여기 있는 표를 가져가서 나중에 보여 주세요.”

그러면서 그 사람은 「그렉시아, 사람 11, 말 11, 770실버」라고 쓰인 파란 종이를 건네줬다. 돈 계산이 끝난 후 팔시온은 입구 쪽으로 말을 끌고 갔고 모두들 뒤따라서 들어갔다. 그 안은 거대한 공간으로, 1백 명 정도는 너끈히 서 있을 수 있는 곳이었다. 모두 안으로 들어오자 팔시온이 외쳤다.
"미네온, 이동!"
주변이 뿌옇게 흐려지다가 암흑 속에 묻히는 것 같더니 순식간에 또다시 뿌옇게 흐려졌다가는 다시 그 마법진 안이었다.
"어떻게 된 거예요?"
"미네온에 왔다. 자, 나가자구."
문 입구에는 여러 명의 무장한 경비병들이 서 있다가 밖으로 나오는 팔시온 일행에게 말했다.
"어디서 오셨습니까?"
"그렉시아에서요. 통행증은 여기 있습니다. 그리고 이용권도……."
팔시온이 내미는 서류와 그렉시아에서 받았던 파란 표를 본 후 경비원이 말했다.
"모두 토리아에서 오셨군요. 그런데… 이 아이는 왜 통행증이 없죠?"
"그쪽에서도 말했지만 노예한테 무슨 통행증이 있다는 말이오? 안 그래도 도망치려고 한 벌로 꽁꽁 묶어 놨는데……."
"흐음, 노예라구요?"
경비병은 말 등에 꽁꽁 묶여 있는 다크의 아름다운 얼굴을 믿을 수 없다는 듯이 찬찬히 살펴보더니 말했다.

마도 왕국 방문 283

"통과!"

건물 안은 바뀐 게 하나도 없었기에 반신반의하던 일행은 밖으로 나오자 완전히 풍경이 바뀌어 있는 걸 보고는 놀랬다. 국경 부근의 작은 도시였는데 여기는 완전히 변화한 대도시였던 것이다.

"정말 신기하네요."

"이래서 마도 왕국이란 칭호가 붙은 거지. 마법을 실생활에 적절히 이용해서 사람이 살기에 대단히 쾌적하게 만들어 놨어. 여기서는 사시사철 따뜻한 물이 나온다구."

"정말이요?"

"그럼, 수도꼭지에서……."

"수도꼭지가 뭔데요?"

"이런 무식한! 나중에 설명해 줄 테니까 길거리에서 이러지 말고 가자."

알카사스의 햇살은 매우 부드럽고 따스했다. 팔시온의 설명으로는 이곳의 온도는 언제나 따스한 봄. 이 모두가 마법진의 위력이라는 게 조금 꺼림칙했지만 사람이 살고, 생활하는 데 있어서 최고의 조건임은 분명했다. 이것이 자연적인 것이 아니라 인위적으로 만들어진 것이란 게 조금은 특이할 뿐…….

그들은 길을 가면서 특이한 복장을 하고 돌아다니는 경비원들을 많이 볼 수 있었다. 경비원들은 보통 두 명씩 짝을 지어 다녔는데 허리에는 장검을 차고 있었다. 그들을 멀찍이 보면서 팔시온이 설명했다.

"알카사스는 풍요로운 국가야. 그렇기에 그만큼 치안 상태도 아주 좋지. 아마 소매치기를 걱정 안 해도 되는 국가는 알카사스와 아르곤뿐이겠지. 아르곤에서는 잡히기만 하면 샤이하드의 율법에 따라 도둑질한 팔을 자르니까 소매치기가 성행하기 힘든 거지만……."

"그런데 우리 지금 어디로 가는 거죠?"

"물론 여관을 잡으러 가는 거지. 일단 여관을 잡은 다음 갈 데가 있어."

"어디 아는 여관이라도 있어요?"

"물론… 없지. 나도 여기는 처음이니까. 저기 여관이 그럴듯해 보이는데 들어가자구."

그들은 '수정 지팡이 여관'으로 우루루 들어갔다. 여관의 1층은 보통 여관들이 그러하듯 식당이었다. 여행객이 들이닥치자 예쁘장하게 생긴 주인 여자가 나오며 그들을 반겼다.

"어서 오세요."

"방이 있소?"

"예. 그런데… 저 아가씨는?"

여자가 가리킨 곳에는 지미가 말 등에 꽁꽁 묶여 있는 다크를 풀어 주고 있었다.

"예, 도중에 몸이 아프고 열이 심해서……. 그래서 말 등에서 안 떨어지게 묶어 놓은 거죠. 방 있어요?"

"예, 방은 있습니다. 하지만 모두 다 묵을 방은 없는데요. 방이 세 개뿐이라……. 무투회가 벌어질 때가 다 되어가니까 요즘 타지의 손님들이 많이 오시거든요."

"아, 그건 걱정하지 마시오. 방 세 개면 충분하지. 어떻게 구성을 맞춰 잠자든 그건 우리들 책임이고 말이오. 말들이 지쳤으니 콩을 듬뿍 섞어서 여물을 부탁하오. 그리고 우리들에게도 식사를……."
 "예. 네리! 말들을 마구간에 넣어라. 손님들은 저를 따라 오시죠."
 그 여자는 앞서서 계단을 올라갔다. 그런 후 2층에 방 하나, 3층에 방 둘을 보여 주며 알아서 들어가라고 한 후 내려갔다. 그런데 문제는 모두 다 4인용 방이라는 데 있었다.
 "그럼 2층의 방은 미디아 양과 다크가 쓰고, 3층 첫 번째 방에는 팔시온, 미카엘, 지미, 라빈, 가스톤이 그리고 남은 방에는 나하고 스미온, 안토니, 로니에 씨가 쓰면 되겠군."
 그러자 미카엘이 투덜거렸다.
 "이건 불공평해. 누군 4인용 방을 둘이 쓰고, 누군 4인용 방에 다섯이 껴 자란 말이에요? 그래 봐야 땅바닥에 잘 사람은 정해져 있으니 그 사람에게 미안하다구요. 좀 다른 방법을 생각해 봐요."
 "아, 그건 걱정할 필요 없어. 나중에 방이 비면 바닥에서 잤던 사람은 독방을 쓰는 행운을 주지. 어떤가?"
 "그건 별로 좋은 의견이 아니에요."
 "그럼 어쩌자는 말이야?"
 그러자 스미온이 절충안을 제안했다.
 "그럼 제비를 뽑아서 하나를 여자들 방에다 집어넣으면 어떨까요? 그러면 침대 수와 인원이 딱 맞잖아요."
 이때 미카엘이 짓궂은 미소를 지었다.
 "아니, 그럴 필요 없이 지미나 라빈을 넣기로 하지. 녀석들은 어려서 무슨 짓을 하지는 못할 테니……."
 그러자 지미가 펄쩍 뛰었다. 남자라면 누구라도 술에 취해 곤드

레가 되어서 술주정이나 하는 계집애와 같이 있고 싶은 사람이 있을까?

"싫어요. 다크하고 같이 있기는 싫다니까……."

"그건 저도 싫어요. 뒤치다꺼리할 게 뻔한데……."

미카엘이 주먹을 지미의 눈앞에 들어 보이며 험상궂은 얼굴로 말했다.

"너희들이 지금 싫고 좋고 따질 위치냐? 좋게 말로 할 때 들을래? 아니면 몇 대 맞고 들을래?"

"좋아요……. 누가 싫다고 했나요? 헤헤, 제비뽑기 할래?"

역시 눈앞의 주먹에는 약해지는 것이 인간인가……. 지미의 말에 라빈이 말했다.

"야, 그냥 둘이서 같이 들어가자. 서로 번갈아가며 치다꺼리하면 편하잖아."

"좋아."

"야, 다크 데리고 따라와."

나머지 일행들은 3층으로 올라가고, 지미는 쓰러져 있는 다크를 어깨 위에 짐짝처럼 메고는 2층 방으로 들어갔다. 방은 제법 넓었고, 창문이 커서 꽤나 실내가 밝았다. 좌우로 2층 침대 두 개가 놓여 있었는데, 지미와 라빈은 오른쪽의 침대들을 점령했고 여자들은 왼쪽을 차지했다.

미디아는 일단 방에 들어오자마자 목욕부터 하겠다고 목욕탕으로 들어갔고, 피 끓는 두 젊은이는 앞으로 들려올 오묘한 음향(?)을 감상할 준비를 하고 있었다. 곧이어 쩔그렁하는 소리와 뭔가 가벼운 게 떨어지는 듯한 소리가 들려왔다.

"이건 옷 벗는 소리 같은데?"
"아마 조금 지나면 물소리가 들리겠지."
하지만 곧이어 들린 소리는 그 소리가 아니었다.
"아악! 어떻게 하면 물이 나오는 거야? 물은 어디 있는 거지?"
덜컹!
살짝 방문을 열고는 미디아가 머리만 꺼낸 상태로 투덜거렸다.
"빌어먹을! 어떻게 하면 물이 나오는 거야? 팔시온 좀 데려와."
"예."
팔시온이 막 라빈과 함께 들어섰을 때 다크가 갑자기 침대 밖으로 상체를 기울이더니 토하기 시작했다.
"우웨… 웩… 웩!"
속이 편해지자 다시 침대에 눕는 다크를 보고 팔시온이 고개를 절레절레 흔들었다.
"정말 누가 데리고 살지 걱정된다. 걱정돼."
투덜거리는 팔시온을 보고 미디아가 다급하게 물었다.
"팔시온, 물은 어떻게 하면 나오는 거야? 여기 목욕탕이라고 해놓고 물이 없어."
"이런 멍청하기는……. 철로 만든 휘어진 것들이 벽에 붙어 있는 게 보이지?"
"응."
"그 위에 보면 십자 모양이 붙어 있지?"
"응."
"그걸 오른쪽으로 돌리면 물이 나오고, 왼쪽으로 돌리면 안 나오게 되어 있어. 하기야 대도시에 와 본 적이 없으니 수도꼭지도 모르지."

"그래, 난 변두리 전쟁터만 쫓아다녔다. 보태 준 거 있어?"

"빨리 씻고 아래로 내려와. 밥 먹고 미네온 마법사 길드에 갈 거야. 그러니까 그때까지 다크 정신 좀 차리게 만들어. 알았어?"

팔시온은 그 말을 끝으로 밖으로 나가 버렸고, 이제 지미와 라빈에게는 웬수덩어리가 토해 놓은 오물을 뒤처리하는 임무가 남아 있었다.

"으이그……."

"휴, 냄새 한번 고약하네. 토하려면 마시지를 말지……."

"뭐 다크가 토한 게 한두 번이야? 제기랄, 기집애 뒤치다꺼리하자고 따라나선 여행이 아니었는데……."

둘이 투덜거리면서 깨끗이 바닥 청소를 끝내고 다크의 예쁜 입술까지 닦아 주고 나자 미디아가 물에 젖은 머리카락을 닦으면서 밖으로 나왔다. 그녀를 보고 지미가 서둘러서 말했다. 빨리 내빼지 않으면 또다시 무슨 일을 해야 할지 모르니까…….

"우리들은 샤워하기 전에 밑에 내려가서 수련 좀 할 테니까 그때까지 다크 좀 부탁드려요."

"알았어."

두 남자가 나가자 미디아는 문을 잠그고 다크의 옷을 벗겼다.

"충격이 긴 컸던 모양인데, 도대체 방법이 없을까? 이래 가지고는 몸만 더 상하지……."

뜨거운 물에 한참 목욕시키고 안마까지 해 줘서 이제 어느 정도 정신을 차린 다크가 미디아에게 끌려 식당으로 들어섰다. 예전에 미디아가 사 줬던 예쁜 옷이 그런대로 잘 어울렸지만 그새 밥도 거의 안 먹고 술타령한다고 살이 더 빠졌는지 그 옷도 약간 헐렁했다. 살이 빠져서 눈이 퀭한 미녀를 보면서 팔시온이 이죽거렸다.
"정말 맨정신인 모습 보기 힘들다. 에휴……."
"그래서? 보태 준 거 있어?"
두 눈 똑바로 뜨고 대드는 여자 애를 보면서 팔시온이 기가 차다는 표정이었다.
"어쭈? 이젠 아예 맞먹자고 드는군. 뭐 먹을래?"
"갈렛슈!"
"여기는 갈렛슈 없어. 또 미성년자는 음주 금지라구. 밥이나 먹어. 어디 가 볼 데도 있으니까 말이야."
"그럼 맥주라도 줘."
그러자 팔시온이 최대한 무서운 표정을 지어 보이며 위협했다.
"밥이나 먹어! 안 그러면 입에다가 퍼 넣어 줄 테다."
"제기랄!"
대강 몇 숟가락 먹고는 재빨리 옆자리의 지미 앞에 놓여 있던 맥주를 낚아채서 입으로 가져가는 다크를 양 옆의 인물들이 제지했다.
"술은 안 된다고 했잖아. 정말 두들겨 맞아야 정신을 차리겠냐?"
"그래, 때려라 때려! 누가 겁낼 줄 아냐?"
성질난 김에 손을 높이 들었던 팔시온……. 하지만 도저히 때리지 못하고 손을 내릴 수밖에 없었다. 저주에 걸려 자포자기한 동료……. 그전의 자신만만했던 그를 기억하고 있었기에 지금의 저 가냘픈 몸을 차마 때릴 수가 없었다.

'제길, 오우거라도 됐다면 편하겠다. 그건 마음껏 팰 수라도 있을 테니…….'

"으이그……."

한바탕한 뒤 다크가 밖으로 나가려고 하자 팔시온이 지미에게 말했다.

"따라가서 술 못 마시게 막아. 전처럼 어디 가서 아버지 심부름이라고 사서 마셔 대면 골치 아파."

"예."

또 다른 깨달음

 점심 식사 후 시드미안 경 일행은 미네온 마법사 길드를 향해 길을 나섰다. 미네온 마법사 길드는 제법 높다란 탑같이 만들어져 있었고, 그 높이는 8층이었다. 마법사 길드 건물의 옆에는 거대한 건물들이 줄지어 서 있었다. 라빈이 호기심에 그 건물 안을 들여다보더니 놀라서 지미를 불렀다.
 "지미!"
 "왜?"
 "이리 와 봐"
 지미도 그 안을 살짝 들여다보고는 탄성을 터뜨렸다.
 "우와!"
 모두 호기심에서 그 안을 보았다. 거대한 공장 같은 건물이었는데, 여섯 대의 타이탄이 줄지어 서 있었고, 많은 사람들이 타이탄을 만든다고 뛰어다니고 있었다.
 "타이탄을 만드는 공장이군. 저 타이탄은 쿠마보다 훨씬 작은 거 같은데?"
 이때 뒤에서 근엄한 말소리가 들려왔다.
 "작을지도 모르지. 저건 '크로메'라는 타이탄으로 높이가 4미터밖에 안 되니까 말이다."
 그들이 놀라서 뒤를 돌아보자 근엄하게 생긴 노마법사가 마법사의 정식 복장인 로브를 입고 서 있었다.
 "저건 미란 국가 연합에서 주문한 타이탄이야. 몬스터 토벌을 위해 주문한 거지."
 "몬스터 토벌에도 타이탄을 써요?"
 "그럼. 대신 저 타이탄은 대타이탄 전투를 생각하지 않고 만들었기 때문에 출력은 형편없지만 원체 가벼워서 제법 빠르지. 저거 가지고 오우거 사냥을 하면 꽤 재미있을지도 몰라……."
 노마법사는 당당한 덩치를 가지고 있으면서 꽤나 실력이 있어 보이는 시드미안에게 말했다.
 "그런데 여기는 무슨 일이오? 일반인은 들어올 수 없는 곳인데……."
 "아, 그게……. 마법사 길드에 볼일이 있어 왔다가 우연히 안을 들여다보게 된 겁니다."
 "마법사 길드에는 무슨 일로?"
 "다크! 이리 와 봐."
 여자 애의 양쪽 어깨를 그 큰 손으로 잡고는 노마법사를 향해 밀어 보이며 팔시온이 말했다.

"이 아이가 저주에 걸렸죠. 혹시 고칠 수 있을까요?"
"흐음, 저주라고? 저주에 걸린 지는 얼마나 되었나?"
"한 달 정도 되었죠."
"한 달이나? 으음, 어디 보자……."
이리저리 주문을 중얼거리면서 다크를 살펴보던 그 마법사가 씁쓸한 미소를 지었다.
"디스라이크군."
"디스라이크요?"
"그렇네. 자신이 가장 싫어하는 어떤 것이 되도록 만드는 주문이지. 그런데 왜 이런 예쁜 여자 애가 된 거지?"
"그야 그 여자 애를 다크가 끔찍이도 싫어했으니까요. 정말 감당 못 할 애였거든요."
"그래도 이렇게 젊고 예쁜 애가 되었으면 다행 아닌가? 꼭 원상태로 돌아가야만 하나?"
"저, 사실 다크는 남자라서 생활하기가 좀……. 그리고 원래 아주 뛰어난 무사였는데, 이런 근육 가지고 어디 힘이 나오겠어요?"
"그건 그렇구만……. 하지만 다른 방법이 없군. 디스라이크는 상당히 고위급 저주라서 시전자나 풀 수 있을까. 대안으로 트랜스포메이션을 걸어 준다 해도 그건 최대 30일 정도밖에 효과가 없는 데다가 여자 몸에 근육을 아무리 붙여 줘 봐야 그게 그거거든. 아무리 마법이 전능하다고 하지만 저 정도 이상은 안 돼."
그러면서 노마법사는 꽤 근육질의 몸매를 가지고 있는 미디아를 가리켰다.
"그러면 과거에 지녔던 마나라도 회복할 수 없을까요?"

"흐음……. 그건 힘들지. 육체는 그대로 두고 마나만 되돌리는 마법은 존재하지 않아."

"그럼, 아예 방법이 없는 겁니까?"

"그렇다네. 저주라는 것은 매우 완벽하게 몸을 바꿔 주지. 트랜스포메이션은 안 그렇지만……. 저 아이는 이제 아이도 낳을 수 있어. 그러니 딴 생각 말고 그냥 지금의 상태에 만족하고 적응하는 게 최선의 방법이겠지. 저 몸을 가지고는 복수는 꿈도 꾸지 않는 게 좋을 거야. 그 정도 고위급 흑마법을 구사하는 마도사라면 대단한 인물일 테니까……."

"그럼 그 정도 흑마법을 구사할 만한 인물들의 명단을 혹시 알 수 있을까요?"

"복수라도 대신해 주게?"

"예."

"자네들에게는 안 된 일이지만 그런 명단은 없어. 나도 과거 흑마법에 대해 연구를 해 본 적이 있어서 약간 알 뿐……. 사실 흑마법사들은 악마와 거래를 하는 사악한 자들이기에 대놓고 '나는 흑마법을 배웠다' 하고 떠벌이지는 않는다 이 말일세. 그러니 지금 이 세계에 얼마나 많은 흑마법사들이 존재하는지는 알 수가 없지."

"어쨌든 도움을 주셔서 감사합니다."

낙심한 일행이 인사를 하고는 돌아가려고 하는데 노마법사가 다크를 불렀다.

"다크라고 했나? 잠깐만 이리 와 보게."

다크가 다가가자 노마법사는 약간 불쌍하다는 눈빛을 띠었다.

"흑마법사를 상대해야 하는 경우 저주에 자주 걸리게 되지. 아무리 능력 있는 마법사라도 저주의 손길을 벗어나기는 힘들지. 미리 저주를 막기 위해 매직 실드나 바리어라도 치고 있었다면 모르지만……. 어쨌든 디스라이크에 걸려 아직도 자살을 하지 않은 걸 보면 자네도 꽤나 정신력이 대단한 인물인 것 같아서 하는 말이야. 자네는 지금 육체만이 엉망일 뿐, 자네가 쌓았던 그 높은 무술에 대한 기억은 보존하고 있지?"

다크는 노마법사의 눈을 똑바로 쳐다보며 몹시 화가 난다는 듯 대답했다.

"그렇죠. 하지만 그게 무슨 소용이 있나요?"

"어떤 사람이라도 한 번 갔던 길을 다시 가기는 쉬운 법이야. 노력을 한다면 과거와 같은 힘을 발휘하기는 힘들겠지만, 그와 비슷한 경지까지는 몇 년 걸리지 않아 이룩할 수 있을지도 모르지. 그런 노력 한 번 안 해 보고 포기하기에는 이르지 않을까?"

"다시 한 번 더… 해 보라구요?"

"그렇네. 저주를 건 마도사를 잡는다 하더라도 저주에서 벗어나기 힘들지도 몰라. 무턱대고 언젠가 저주가 풀릴 때를 기다리기보다는 지금 현재의 몸이라도 최대한 단련을 해 보게. 그러면 좋은 결과를 가져올지도 모르지."

노마법사의 친절한 조언은 다크의 마음을 꽤나 흔들어 놓았다. 여태껏 자신을 지탱해 왔던 것은 끈기와 집념이 아니었던가? 그게 아니었다면 어떻게 탈마(脫魔)라는 지고한 경지에 올라설 수 있었겠는가? 다크는 무의식중에 중원에서 인사하던 방식, 즉 양손을 포개 쥐고 포권 배례를 하며 감사의 뜻을 전했다.

"도움 말씀 감사합니다."

이 특이한 인사법에 노마법사는 약간 어리둥절해졌지만 그래도 그 상대의 말 속에서 진심 어린 감사의 감정을 읽었기에 따뜻하게 배웅을 했다.

그다음부터 보여 준 다크의 태도는 모두를 경악하게 하고도 남음이 있었다. 그대로 여관에 돌아가자마자 바로 현문(玄門 : 道家)의 태허무령심법(太虛無靈心法)을 운용하기 시작했던 것이다. 마음 같아서는 속성인 마교의 내공 심법을 사용하고 싶었지만 자신처럼 조급한 마음 상태로 마교의 심법을 썼다가는 언제 주화입마를 당할지 알 수 없는 노릇이었고, 또 주화입마에 걸리면 지금 이 상태로는 곧바로 죽음이었다.

현문이 개발한 최고의 정통 심법인 태허무령심법의 강점은 그 정순함을 근원으로 하는 강인한 힘에 있었다. 만약 태허무령심법 이전에 또 다른 심법을 익혔거나, 또는 그 이후에 익힌다면 기가 정순해지지 못해 태허무령심법이 가진 힘의 10퍼센트도 발휘하기 힘들었다. 다크의 경우 지금 완전히 내공이 무(無)로 돌아간 상태였기에 이 방법을 쓰고 있는 것이다.

식사 시간을 제외하고는 거의 모든 시간을 이상한 자세로 앉아 눈을 반쯤 감고 내공 수련을 하고 있는 다크의 모습을 그들은 신기하게 생각했다. 이들도 명상을 하기도 했지만 근본적으로 고도로 발달된 내공 수련이란 것은 없었기 때문이다.

이렇게 마나가 충만한 곳에서는 지속적인 수련만 해도 자연스레 기가 돌면서 어느 정도 성취를 얻을 수 있기에 기초적인 토납법 정도만 익혀도 충분했기 때문이다.

육체의 수련을 선(先)으로 내공의 수련을 후(後)로 보는 그들의 입장에서 그따위 가냘픈 육체로 내공만 수련하는 사람이 이상하게 보이지 않는다면 그게 이상한 일이었다. 내공만 가지고 모든 게 되는 건 아니었기 때문이다. 하지만 다크의 속셈은 따로 있었다. 어느 정도까지 기반을 잡은 후 북명신공을 이용해서 대량으로 기를 흡수하여 속성으로 환골탈태(換骨奪胎)해 버리는 것. 그것이 최선이자 가장 빠른 방법이라고 생각했던 것이다.

3일간 시간을 준 시드미안이 다크에게 말했다.
"드래곤을 만나러 가는데, 너도 갈 거냐? 아니면 여기서 계속 수련하면서 우리들을 기다릴래?"
"같이 가죠."
"내일 아침에 출발할 테니까 준비해."
다음 날 아침 일행은 전과 같이 공간 이동 문으로 갔다. 그곳에서 사용료를 주고 그레이시온 산맥 부근에 있는 제법 큰 상업 도시 고헨으로 향했다.
그들이 밖으로 걸어 나오자 전과 마찬가지로 경비병들이 기다리고 있었다. 각 도시에는 도시 나름대로 경비병들을 고용해서 도시 내의 치안을 관리했기에, 떠날 때는 별로 어렵지 않지만 안으로 들어갈 때는 이와 같이 복잡한 절차가 기다리는 것이다.
"어디서 오셨습니까?"
"미네온에서요. 통행증은 여기 있습니다. 그리고 이용권도……."
팔시온이 내미는 서류와 미네온에서 받은 파란 표를 본 경비원이 말했다.

"모두 토리아에서 오셨군요. 그런데 방문 목적에는 무투회 참가라고 되어 있는데 여기는 무슨 일로?"

"아, 여기 그레이시온 산맥에 몬스터들이 많다고 해서요. 그거 좀 사냥하면서 무투회 준비도 할 겸해서 말이지요."

"오, 몬스터를 잡아 주신다면 저희들에게도 많은 도움이 되죠. 그런데 이 아이는 왜 통행증이 없죠?"

"저쪽에서도 말했지만 노예한테 무슨 통행증이 있겠소?"

"흐음, 노예라구요?"

경비병은 다크의 아름다운 얼굴을 믿을 수 없다는 듯이 찬찬히 살펴보더니 말했다.

"하지만 인간인데?"

"인간처럼 보이지만 하프 엘프요."

"아, 하프 엘프. 귀가 사람 같아서 깜빡 속았군요. 사냥 많이 하시길 빌겠습니다. 참, 그런데 그레이시온 동쪽에 있는 카마가스 지대에는 가지 마십시오. 거기에는 성질 더러운 드래곤이 살고 있으니까요."

"예, 알려 주셔서 고맙습니다."

"통과!"

청기사, 힘을 드러내다

그들이 찾아가고 있는 블루 드래곤은 썬더 드래곤이라고도 부르는 푸른색이 나는 드래곤으로 뇌전(雷電)의 정령을 다스린다. 다른 드래곤과는 달리 브레스를 사용할 수는 없지만 그 뿔에서 엄청난 뇌전을 뿜어낸다. 다른 드래곤들의 브레스와 마찬가지로 자신의 몸속에 축적된 뇌전의 기운을 토해 내는 것으로 마법이 아니었다. 그렇기에 타이탄의 대마법 주문이 무용지물이었으므로 정면 승부하기 매우 힘든 상대가 이 드래곤이다.
　어쨌든 드래곤이 세계에 정확히 몇 마리나 살고 있는지는 확실하지 않았다. 누가 그 무서운 드래곤의 레어(Lair)까지 가서 인구… 아니, 용구 조사를 하러 다닐 것인가? 그렇기에 한 번씩 말썽을 부린 녀석들의 명단만이 나돌고 있을 뿐이었다. 그렇기에 드래곤이 어디어디에 산다고 해서 찾아갔다가 살아 돌아오기 힘든 이유가 있었다. 포악한 놈의 명단을 들고 찾아갔으니 애당초 살아 돌아올 생각을 말아야지.

어쨌든 시드미안 일행의 사정도 그와 비슷했다. 현재 알카사스와 코발트 제국의 국경선 역할을 하는 그레이시온 산맥에 블루 드래곤 한 마리가 살고 있다는 말이었다. 그것도 되게 포악한 놈이…….그야말로 대화 몇 마디 나누러 목숨 걸고 찾아가야 할 판이었던 것이다.

과거 드래곤은 가끔씩 동면을 한다고 헛소문이 퍼진 적이 있었다. 소란하던 녀석이 몇백 년 동안 조용하니 그런 소문이 퍼질 수밖에 없었다. 하지만 그 소문은 그야말로 헛소문이었다. 사람 괴롭히기도 심드렁해진 드래곤이 그냥 레어에서 낮잠이나 퍼 자면서 기나긴 시간을 때우고 있었던 것인데 그걸 동면이라고 착각하다니…….

만약 드래곤이 주기적으로 동면하는 게 사실이라면 그 취약한 동면 기간 중에 아마도 이 세상의 모든 드래곤들은 시체가 되어 드래곤 통구이가 되어 버렸을 것이다. 하지만 그게 사실이 아니었기에 그걸 노리고 부스러기라도 얻으러 갔던 모험가들이 도리어 통구이가 되어 버렸지만…….

일행은 고헨에서 그레이시온 산맥 쪽으로 가기 전에 고헨시 당국으로부터 여행증명서를 새로이 발급받았다. 여행 목적은 '몬스터 사냥'이었고, 여행 취지는 '무투회 예행연습'이었다. 그들은 그걸 가지고 그레이시온 산맥을 향해 이동했고, 고헨시는 그레이시온 산맥 부근에 위치한 도시였기에 3일 만에 그레이시온 산맥에 도착할 수 있었다.

"블루 드래곤 키아드리아스? 몇 살짜리에요?"
"여기 쓰여 있기로는 아마도 4천 살 정도 되는 모양인데?"
"어디 한번 봐요."
"여기 있네."
시드미안 경이 건네준 종이에는 별로 상세하지도 않은 기록이 쓰여 있었다.

이름 : 키아드리아스
서식지 : 그레이시온 산맥 동편
종명 : 블루 드래곤
주식 : 마나(별식으로 인간도 먹음)
특징 : 매우 흉폭하므로 그의 서식지에 출입을 금함. 들어가서 살아 돌아온 사람이 전무(全無)함. 약 4천 살 정도로 추측.

쭉 읽어 보던 미카엘이 고개를 들었다.
"이거 얼마나 줬어요?"
"정보료 50실버."
"도둑놈들! 겨우 저따위 기록으로 50실버라니! 저, 시드미안 경."
"왜 그러나?"
"대화를 나누려면 뭔가 뇌물이 필요하지 않을까요? 드래곤은 원래 까마귀처럼 반짝이는 걸 좋아한다고 하니까 금이라든지……."
"금을 1톤 정도 가져가도 그 녀석 덩치로 봤을 때는 얼마 되지도 않을 텐데……. 또 그 정도 돈도 없고."

"그럼 그놈이 수틀리면 어쩝니까?"

"어쩌기는 죽어라고 도망쳐야지."

언뜻 듣기에는 리더로서 대단히 무책임한 말 같지만 그건 사실이었고, 또 그 방법이 최고였다.

〈내 앞에 서 있는 그대는 누구인가? 희미한 마나의 기척이 느껴지는데…….〉

"나는 그대와 주종의 맹약을 맺고자 하는 사람이다. 나는 뛰어난 기사다. 그렇기에 그대에게 실망을 안겨 주지는 않을 거야."

〈좋다. 비교하며 주인을 고를 입장도 아니니 그대의 청을 수락한다. 이제부터 그대와 나는 태곳적부터 내려오는 골렘의 맹약에 따라 주종이 되었다. 내 이름은 페가수스. 그대의 이름은?〉

"나는 현재 왕국 제일의 기사이며 근위 기사단장인 프로이엔 폰 론가르트다. 너의 머리를 들어라."

거대한 청기사의 머리가 열렸고, 프로이엔은 그 안으로 재빨리 뛰어 들어갔다. 머리가 닫힌 후 천천히 시험 작동을 하던 프로이엔은 자신에게 주어진 이 청기사가 정말이지 무시무시한 힘을 가지고 있음을 뼛속 깊이 느낄 수 있었다. 엄청난 무게를 지탱하는 발이 대지를 쿵쾅거리며 밟을 때마다…….

왕국의 고위층에 소속된 인물들이 속속 도착하기 시작했다. 하지만 그렇게 수가 많지는 않았다. 이번에 테스트하는 타이탄은 너무나도 강해서 극비리에 제작됐기 때문이다.

호화로운 복장을 하고 높은 좌석에 앉아 있는 오만한 표정의 인물이 냉랭하게 "시작해라"하고 말하자 곧이어 두 대의 타이탄이 모습을 드러냈다. 한 대는 현재의 근위 타이탄인 카프록시아, 또 한 대는 미래의 근위 타이탄이자 최초로 생산된 프로토타입 청기사였다.

당당한 모습의 카프록시아를 창문 틈으로 바라보는 프로이엔의 귀에 말소리가 들려왔다.

〈저 녀석을 해치우면 되는 것인가?〉

"그렇지. 그러면서 네가 가진 모든 힘을 여기 있는 사람이 보는 앞에서 과시하는 게 목적이야."

카프록시아급 타이탄 겔리오네스가 폐하의 명에 따라 준비를 갖추며 방패와 검을 들어 올려 준비 자세를 갖추는 걸 보며 페가수스가 프로이엔에게 말했다.

〈좋아.〉

그와 동시에 청기사가 움직이기 시작했다. 청기사는 엄청나게 크고 무거운 덩치에도 불구하고 놀라운 속도로 다가가서는 재빨리 검을 내리쳤다. 겔리오네스도 당할 수만은 없다는 듯 재빨리 방패로 막았다.

쾅!

그와 동시에 청기사는 검을 그대로 아래로 밀어붙이며 왼손의 방패로 상대를 그대로 가격했다.

쿠앙!

엄청난 충격에 비실비실 뒤로 밀리는 겔리오네스를 보면서 청기사는 그대로 검을 강력하게 휘둘렀다. 겔리오네스가 방패로 막았지만 두 번의 칼질에 방패는 거의 박살이 나 버렸고, 세 번째 칼질은 방패를 박살 내며 그대로 겔리오네스의 몸통을 향해 휘둘러졌다.

관중석에서는 경악에 찬 신음성들이 터져 나왔다. 전쟁터가 아닌 이상 저렇게 할 필요는 없었고, 또 저렇게 해서도 안 되는 것이다. 둘 다 왕국을 지탱하는 최고의 힘인데…….

겔리오네스는 가까스로 뒤로 물러섰지만 겔리오네스의 앞부분을 휩쓸고 지나간 청기사의 검에 의해 흉부의 2차 장갑이 잘려 길고 예리하게 째진 상처가 생겼다. 이때 갑자기 청기사의 머리가 들리더니 프로이엔이 뛰어내리며 외쳤다.

"이봐! 괜찮아?"

그러자 겔리오네스의 머리가 들리며 또 다른 기사가 말했다.

"괜찮아. 하지만 아까 건 정말 위험했다구. 좀 살살해. 무게도 꽤 차이가 나지만 힘도 엄청나게 차이가 난단 말이야."

프로이엔은 고개를 끄덕이고는 천천히 관중석 앞으로 걸어갔다.

"폐하, 강력한 타이탄을 하사해 주셔서 감사할 따름이옵니다. 방금 전의 테스트만으로 두 타이탄의 힘의 차이를 느끼셨을 것이옵니다. 소신도 너무나 강력한 청기사의 조종에 아직 미숙한 부분이 남아 있사오니 오늘은 이쯤에서 그만 두는 것이 좋을 듯하옵니다."

압도적인 청기사의 힘에 만족스런 미소를 짓고 있던 젊은 황제는 부드럽게 말했다.

"윤허하노라."

"문제가 있습니다, 토지에르 경."

심각한 표정으로 말하는 론가르트를 보며 토지에르는 부드러운 미소를 머금고 정중히 말했다.

"무슨 문제인가?"

"페가수스가 제 말을 듣지 않습니다. 오늘 비무도 저는 그냥 마나만 공급해 주고 있었을 뿐……. 아니 빼앗기고 있었다고 보는 게 옳겠군요. 싸움은 완전히 페가수스 혼자서 다 했습니다."

토지에르 경은 심각한 표정을 지으며 말했다.

"흐음, 역시 우려한 일이 발생하고 있군."

"예? 무슨 말씀이신지……."

"엑스시온이 강한 만큼 청기사도 자신이 얼마나 강한지를 잘 알고 있지. 그만큼 자존심과 자아가 강하다는 말이네. 웬만한 타이탄만 되어도 처음에 기사가 자신의 몸을 조종한다는 것을 이해하지 못하는 경우가 많다네. 하지만 점차 시간이 지나면서 나아지게 되지.

청기사는 아직 길이 들지 않은 상태야. 시간을 들여 천천히 친구가…, 아니 동반자가 되어 청기사를 길들여 보게. 사실 미스릴을 입혀 그 시야를 대부분 차단하지 않았다면, 왕국에서 가장 뛰어나다는 그대도 청기사의 주인이 될 수는 없었을 것이네."

자신을 얕잡아 보는 듯한 말에 자존심이 상한 프로이엔의 눈이 약간 꿈틀했다. 하지만 토지에르는 그걸 짐짓 모른 체 무시하고 말을 이었다.

"그건 지금 주인을 마음대로 고르고 있는 유일한 타이탄인 헬 프로네가 입증해 주고 있지. 헬 프로네의 주인들은 모두가 마스터급이지. 아마 청기사에 미스릴을 입히지 않았다면 그 심사 기준은 헬 프로네보다 더 강하면 강했지 약하지는 않을 것이네. 우리는 그만큼 콧대 높은 미인을 길들여야 하는 거지. 그건 그대의 실력과 정성에 달려 있네. 무슨 말인지 알겠는가?"

"히야, 파티 내에 실력자들이 많다는 건 정말 좋군요."
 그날 하루 종일 산길을 강행군한 후 해가 저물자 모두들 노숙 준비를 했고, 지미가 스프를 끓이면서 내뱉은 말에 라빈도 동의했다.
 "맞아요. 미카엘하고 셋이서 다닐 때는 감히 이런 산골짜기에서 식사 준비는 꿈도 못 꿨는데……."
 그러자 미카엘의 눈이 살짝 가늘어졌다.
 "야, 그렇다고 내가 너희들을 굶겼냐? 왜 투정이야?"
 "언제 이런 산골짜기에 들어갔을 때 따뜻한 식사 한 끼 한 적 있어요? 모두 그놈의 말라빠진 고기포 아니면 비스킷, 딱딱한 빵 쪼가리……. 뭐 그랬지."
 보통 이렇게 깊은 산골짜기까지 들어와서 해가 질 때쯤 시작되는 저녁 식사는 무조건 고기포나 비스킷 같은 걸로 정해져 있다. 요리를 하면 그 불빛을 보고 몬스터들이 달려들기 때문이다. 하지만 이 파티에는 뛰어난 인물들도 꽤 많았고, 거기에 타이탄 쿠마가 있지 않은가? 그런 만큼 처량하게 고기포나 우물거리고 있을 이유가 없는 것이다.
 "그건 그렇고 내일이면 키아드리아스의 서식지로 들어가게 되는데, 혹시……."
 라빈의 말을 팔시온이 가볍게 받아넘겼다.
 "괜찮아. 죽기밖에 더하겠어? 자, 식사나 하자구."

오랜만의 산악 행군으로 일행들은 모두 피곤에 지쳐 밥맛도 별로 없는 상태였지만, 내일도 움직이기 위해서는 무조건 먹어 둬야 했다. 모두들 잘 들어가지도 않는 음식을 꾸역꾸역 먹어 치우고 잠자리에 들었다. 다크는 가냘픈 몸으로 험한 산길을 걸어서 그런지 식사 후에 곧장 곯아떨어져 버렸다.

자원해서 첫 번째 불침번을 맡은 로니에 사제는 모두 잠든 모습을 지켜보다가 편안하게 잠들어 있는 아름다운 소녀를 잠시 바라봤다. 그리고는 소녀가 덮고 있는 모포 아래쪽을 들췄다. 그녀의 예쁘고 날씬한 다리가 나타났다. 하지만 양말을 본 로니에 사제의 얼굴이 살짝 찌푸려졌다. 물집과 피가 배어 나온 게 보였기 때문이다.

로니에 사제는 서둘러 양말을 벗겨 내고 물집 투성이가 된 발을 꺼내어 주문을 외우기 시작했다. 이 정도가 되었다면 엄청나게 고통스러웠을 게 뻔한데도 아프다는 소리 한 번 안 하고 따라왔다는 게 놀라웠다.

다크는 아무런 내색도 하지 않았지만 로니에 사제는 이미 다크의 발이 엉망진창일 거라고 예상하고 있었다. 전에 라나도 산길을 한 번 걸은 후에 이랬기 때문이다. 물론 라나의 경우 이 상태가 되기 전에 죽는 소리를 해 대며 일찍이 가스톤에게서 치료를 받고 뻗은 척하면서 말에 실려 갔지만…….

로니에 사제는 성스러운 치료 마법을 동원해서 다크의 발을 깨끗하게 치료한 후 다시 양말을 신기고 모포를 잘 덮어 줬다. 그런 후 이번에는 파티의 모든 구성원에게 샤이하드의 축복을 내렸다. 이렇게 축복을 내려놓으면 근육통이 사라지고 내일 아침 편안하게 잠에서 깰 테니까. 그는 신관으로서 뒤에서 조용히 구성원들을 위해 일을 하는 것이다. 모든 작업을 끝낸 후 로니에 사제는 충실하게 불침번을 섰다.

로니에 사제는 두 번째 불침번인 가스톤을 깨운 후 잠이 들었다. 가스톤 또한 어김없이 다크의 발바닥을 살피기 시작했다. 양말이 엉망인데도 발바닥이 매끈한 것을 본 가스톤은 이미 로니에 사제가 치료를 해 줬다는 걸 눈치 채고는 다시 모포를 잘 덮어 줬다.

다크의 모습을 보면 과거 자신이 존경했던 뛰어난 실력을 갖춘 선배가, 저주에 걸려 오크가 된 후 절망감에 자살했던 쓰라린 기억이 떠올랐다. 그 선배는 오크가 된 후 며칠 지나지 않아 자살했지만, 다크는 마음을 잡고 다시 수련을 시작하는 걸 보고 가스톤은 마음속 깊이 존경 어린 찬사를 보냈다. 그에게 있어 이번 일이 남의 일 같지 않았기 때문이다.

세 번째 불침번을 서게 된 지미는 약간씩 졸다가 뭔가 부스럭하는 소리에 놀라서 벌떡 일어섰다. 자세히 보니 뭔가 어둠 속에서 번쩍이는 게 있었다. 그걸 보고 놀라서 시드미안을 깨웠다.

"뭐야?"

"일어나 보세요. 뭔가 있어요."

시드미안은 벌떡 일어서서 주위를 살펴보았다.

"트롤이다. 한 30마리는 될 것 같은데, 모두 깨워."

"이봐요, 트롤이에요."

지미의 말에 사람들이 꾸역꾸역 일어섰고, 각자 준비를 갖추기 시작했다.

"무조건 머리를 날려 버려."

트롤(Troll)은 묵향이 이 세계에 처음 와서 싸운 괴물로, 그 치유력이 비정상적일 정도로 좋아서 딴 곳을 공격해 봐야 씨알도 안 먹힌다. 그렇기에 최고로 좋은 방법이 머리를 잘라 버리는 것이었다. 트롤들과 인간들 간의 대규모 접전이 시작되었다. 힘이 약한 마법사나 신관들은 말(馬)과 다크를 보호하며 안쪽에서 지원을 하고, 검객들은 밖에서 격투를 벌이며 치열한 전투를 시작했다.

트롤이 휘두르는 거대한 돌도끼를 방패로 막으며 각자 있는 실력을 다해 상대의 목을 노렸고, 그들에게 보호받고 있는 마법사들은 놈들을 향해 마법을 날렸다. 이들이 겨우 트롤 30마리를 가지고 시간을 끈 데는 다크가 전투 불능이라는 이유가 컸다. 트롤 30마리쯤이야 다크 정도의 실력자라면 얼마 걸리지도 않겠지만 보통 사람들이 봤을 때는 거의 목숨까지 걸어야 하는 상대다.

어쨌든 이들의 리더인 시드미안은 근위 기사라는 명성에 걸맞게 현란한 움직임을 보이며 거의 반수에 가까운 트롤들의 목을 잘랐고, 나머지는 동료들이 합심해서 물리쳤다.

만남

 다음 날 아침, 그들은 본격적으로 키아드리아스의 영토 안으로 들어가게 되었다. 하지만 바뀐 것은 없었다. 한 번씩 몬스터들이 나타나긴 했지만 그 정도 몬스터에게 당할 정도의 약한 파티는 아니었다. 험한 산길이라 꾀를 부려 대는 말을 억지로 끌면서 팔시온이 앞서갔고, 그 뒤에서 스미온이 다크의 말까지 두 필을 끌고 따라왔다. 자기 말의 안장에 다크 말의 고삐를 매서 끌고 있는 것이었지만……. 그 뒤로 줄줄이 가쁜 숨을 몰아쉬며 한참 전진하고 있는데 갑자기 시드미안이 팔시온에게 외쳤다.
 "이봐, 잠시 쉬어 가세."
 "예? 좀 더 가는 게……."
 "저기 좀 보게. 더 가서 될 일인지."
 시드미안이 가리키는 방향에는 얼굴이 창백해진 다크가 땀을 있는 대로 흘리며 주저앉아 있었다. 팔시온이 나지막하게 말했다.
"확실히 같은 육체라도 그 주인이 누구냐에 따라 이렇게 바뀌는군요. 라나라면 죽는 소리를 하면서 더 이상은 못 간다고 떼를 써 댔을 텐데, 저 지경이 되도록 아무 소리 안 하고 따라오고 있었다니……."
"인내심이 대단한 녀석이야. 지금의 육체로는 조금만 험한 곳을 걸어도 죽을 지경일 텐데……. 아마 저 상태로 조금만 더 가면 곧바로 인사불성이 될걸?"
"으휴, 그래도 계집애라면 칭얼대는 맛이 있어야지, 저렇게 다부져서야 누가 데리고 살겠어요?"
"하하하, 자네가 걱정 안 해 줘도 나중에는 데려갈 사람이 줄을 설 거야."
이때 미카엘이 시드미안이 있는 곳으로 걸어오며 말했다.
"도대체 키아드리아스는 어디 있는 거죠?"
"모르지, 뭐……."
"계속 안 나타나면 어떻게 할 거에요?"
"어떻게 하기는? 어디에 있는지는 모르겠지만 레어까지 찾아가야지."
"돌았군요."
"돌지 않았어. 그 방법뿐이잖아. 안 그럼 어쩔 거야?"
모두 투덜거리며 또다시 길을 떠났다. 키아드리아스는 그레이시온 산맥의 동쪽에 위치한 카마가스 지역에 산다고 하니까 그 일대를 배회하다 보면 뭔가 수가 생길지도 모른다는 생각에 될 수 있으면 좋은 길을 택해 말을 끌고 갔다.

그런 식으로 며칠 걸어가다 보니 그들의 발아래에는 넓고 평평한 구릉 지대가 나타났다. 곳곳에 인위적으로 만들어진 것 같은 돌무더기들이 있다는 걸 제외하고는 별로 의심스러운 곳도 아니었다.

"어째 기분이 좀 으스스한데요?"

"그러게 말이야. 돌무더기들이 꽤 많군. 적게 잡아도 1천 개는 되겠어."

"저 구릉 지대 중간에 뭔가 있는 것 같은데요?"

"으응? 그렇네. 건물 같기도 하고 안토니 저게 뭐지?"

안토니는 중얼중얼 주문을 외워 대더니 시동어를 외쳤다.

"클레어보이언스(Clairvoyance : 천리안)!"

안토니는 구릉 지대의 구석구석을 훑어보았다.

"돌무더기들이 굉장히 많습니다. 그리고 그 중간에는 작은 집이 한 채 있어요. 사람이 사는 듯 작은 밭도 있습니다. 어떻게 하시겠습니까?"

"일단 가 보자."

일행은 산에서 내려와 구릉 지대 안으로 들어섰다. 사방에 쌓여 있는 돌무더기가 별로 기분 좋지는 않았지만 뭐 그게 걸어 다니면서 공격해 올 가능성은 없으니까. 그들은 차분하게 중간에 위치한 집으로 걸어갔다.

똑똑!

꽤 낡은 집이긴 했지만 그래도 본바탕이 튼튼한 돌로 만들어져서 인지 아직도 버티고 있는 모양이었다.

똑똑!

"뭐야? 사람이 안 사는 거 아니에요?"
"설마, 저기 작은 밭이 있는데 사람이 살지 않을 리가 있나?"
똑똑, 똑똑.
20분 정도 문을 두들겨도 반응이 없자 미카엘이 투덜거렸다.
"사람이 안 사는 거라니까요. 그냥 들어갑시다."
"글쎄, 밭이 있는 걸 보면 외출한 모양인데 들어갈 수야 있나. 그냥 이 근처에서 기다리기로 하지."
"으휴, 속 터져. 여기까지 와서 기사 흉내를 내야만 하겠어요?"
"나는 트루비아의 자랑스런 기사라네. 그것도 근위 기사라는 영광스런 칭호를 받은 사람이지. 아무리 어려운 곳이라도 지켜야 할 것은 지켜야지. 자, 야영할 준비나 하게."

시드미안의 말에 모두들 움직이기 시작했다. 미카엘, 지미, 라빈, 팔시온이 숲 쪽으로 나무를 주우러 갔고, 미디아가 음식 만들 준비를 했다. 그리고 시드미안과 스미온은 주위를 둘러보러 갔고, 마법사들은 혹시나 있을지도 모를 불상사에 대비해 대지의 기억에 물어보기 시작했다. 일단 주인이 누군지는 알아야 실례가 없을 테니까.

지미와 라빈이 먼저 돌아와 음식을 만들기 시작했다. 미디아는 여자였지만 영 음식 솜씨가 형편없는 관계로 지미와 라빈이 음식 준비를 도맡고 있었다. 돌덩이 몇 개를 놓고는 그 위에 솥을 올려 놓고, 그 밑에다 모닥불을 지폈다. 미디아가 이미 길어 놓은 우물 물을 펄펄 끓여서 대강 가지고 있는 재료 다 집어넣고 밀가루를 풀었다. 걸쭉하게 만든다고 지미가 휘휘 젓고 있는 동안 라빈은 또 다른 모닥불에 프라이팬을 올려놓고 밀가루를 반죽해 적당히 간을 맞추고 팬케이크를 부치기 시작했다.

보통 때는 빵을 데워서 스프하고 함께 먹었지만, 며칠 동안 산속을 헤매다 보니 빵은 다 먹어 버렸고, 이제부터 건조식품을 대강 끓여서 먹는 단계에 온 것이다.

이들이 한참 음식을 만든다고 부산을 떨고 있을 때 팔시온과 미카엘이 나무를 잔뜩 가져왔다. 다른 방향으로 정찰 나갔던 시드미안과 스미온 역시 땔감들을 한 아름 가지고 왔다. 시드미안은 땔감들을 한쪽에 내려놓으며 안토니에게 물었다.

"수상한 점은 없는 거 같던데, 자네가 보기에는 어떤가?"

"저 역시 수상한 건 못 느꼈습니다. 이 집 주인은 엘프더군요."

안토니가 중얼중얼 주문을 외우고 나자 잘생긴 남자 엘프의 영상이 만들어졌다. 약간 낡은 듯한 망토와 고풍스러운 검이 아주 잘 어울리는 엘프였다.

"바로 이 사람이 집주인인 모양입니다. 대지의 기억에 따르면 오늘 아침까지는 여기 있었던 것 같은데요."

"좀 지나면 날도 저물 테니 돌아오겠군. 지미, 식사는 멀었냐?"

"이제 다 됐어요. 자, 둘러들 앉으세요."

그러자 시드미안이 저쪽 구석에서 심법을 펼치고 있던 다크에게 외쳤다.

"다크! 밥 먹어라! 밥!"

요즘 들어서 다크는 시간만 나면 태허무령심법을 통해 내공을 쌓고 있었다. 하지만 원체 단련이란 단어라고는 모르던 육체가 되어 놔서 그런지 거의 일주일 이상 내공을 운용해 봤지만 거의 기가 모이지 않았다. 일단 기가 모이기 시작하면 그다음부터는 쉬운데,

처음에 기가 지나다닐 통로를 개척하고 정말 실낱같은 기를 끌어모아 하나의 자그마한 덩어리로 형성해 나가는 것은 엄청나게 시간이 많이 들어가는 작업이었다.
 심법을 마치고 일행들 사이에 끼어 앉아 지미가 내미는 스프와 팬케이크 덩어리를 받는 다크를 보며 시드미안이 조심스레 물었다.
 "진전은 보이냐?"
 그 말에 다크는 씁쓰레한 표정으로 고개를 가로 저었다.
 "언젠가는 되겠지요."
 식사를 마친 후 설거지는 음식 준비에 거의 도움을 주지 못한 미디아와 다크가 해치웠다. 그들이 쉬려고 할 때쯤 비가 부슬부슬 내리기 시작했다. 시드미안은 미카엘에게 외쳤다.
 "텐트를 쳐!"
 "뭐라구요? 집이 옆에 있는데 텐트를 왜 쳐요. 집으로 들어가자구요. 나중에 집주인에게 사정을 설명하면 되겠죠."
 가만히 생각하던 시드미안이 말했다.
 "그도 그렇군. 혹시 잠기지는 않았나?"
 문을 슬쩍 밀자 문은 끼긱거리는 소리를 내며 손쉽게 열렸다.
 "자, 안으로 들어가자. 팔시온, 미카엘, 가스톤, 지미, 라빈은 말에서 짐을 꺼내서 집 안에 넣고, 나머지는 집 안에 들어가서 불 좀 피워. 스미온, 안토니 자네들은 나 좀 따라오게."
 기사들의 신조가 '숙녀를 위하여' 다 보니 여자들은 일단 비를 피할 수 있는 집 안으로 집어넣고, 남자들은 비를 맞으며 각자에게 할당된 일을 하기 시작했다. 일을 끝낸 후 집 안으로 들어온 그들은 집의 외부는 낡고 허름한 데 반해 내부는 아주 고풍스럽고도 멋있게 잘 꾸며 놓은 데 놀랐다. 거기에 갖가지 아름다운 금, 은 세공품들이 장식되어 있었고, 매우 아름다운 여자의 그림도 몇 점 걸려 있었다.

"우와, 정말 대단하네. 도대체 그 엘프는 이런 멋진 장식을 시골집에다 해서 뭐 하려는 거지?"

"뭐, 각자 취향이 있는 거니까. 꽤 고급스런 취향을 지닌 엘프인 모양이군."

"이야, 저 활 좀 봐요. 정말 멋있는데……."

그러면서 한번 만져 보려고 하자 가스톤이 제지했다.

"될 수 있으면 만지지 말고 감상만 해. 엘프는 대단히 뛰어난 마법사들이야. 누가 알아? 딴사람이 못 만지게 저주라도 걸어 놨는지."

"저주쯤이야 걸려 봐야……."

그러다가 지미는 저쪽 구석에서 또다시 수련을 시작한 다크를 보며 황급히 입을 다물었다.

'저 꼬라지가 되면 절단이지.'

한참 지난 후 비에 흠뻑 젖은 시드미안이 돌아왔다. 뭐 하러 갔었는지 모르지만 장작을 한 아름씩 안고 있었다.

"적당히 말려가며 태우면 되겠지. 그건 그렇고…, 아직도 주인은 안 돌아왔나?"

"예."

"어디서 비라도 피하는 모양이군, 어쨌든 오늘은 이대로 쉬고……."

만남 317

시드미안은 집 안을 두리번거리면서 다음 말을 이었다.
"따뜻한 보금자리를 빌리는 것만 해도 고마운 거니까, 집 안 물건에는 손대지 않도록 주의하게. 화낼지도 모르니까."
"아무것도 안 만졌다구요."

그 집주인은 다음 날 아침이 되어서 돌아왔다. 집 안이니까 모두들 안심하고 푹 자고 있는데 문이 슬쩍 열리면서 그 남자가 들어왔다. 사람의 기척을 느끼고 시드미안이 재빨리 검을 잡고 일어서는 순간, 어제 안토니가 보여 줬던 그 영상과 같은 엘프가 약간은 놀란 듯한 표정으로 서 있었다. 그를 보고 시드미안은 재빨리 인사를 했다.
"죄송합니다. 어제저녁 갑자기 비가 오는 바람에 실례를 하게 되었습니다. 용서해 주시기를……."
그러자 엘프는 빙긋이 미소 지었다.
"괜찮습니다. 어제저녁은 추웠는데 이불이라도 좀 가져다가 쓰시지……."
"그럴 수야 있습니까? 허락 없이 지붕을 빌린 것만 해도 죄송한데……. 이봐! 일어나. 빨리 일어나."
시드미안이 깨워 대자 모두들 부스스 일어났다.
"무슨 일이에요?"
"집주인이 왔어. 인사해야지."
"안녕하십니까? 허락 없이 집에 들어와서 죄송합니다."
서로 인사가 시작되자 지미는 시드미안에게 저쪽에서 아침 일찍 일어나 수련 중인 다크를 가리키며 조용히 속삭였다.

"다크는 어떻게 할까요?"

"자기가 수련할 때 몸을 건드리지 말라고 했으니까 옆에 가서 말을 해. 못 듣는 거 같으면 좀 더 큰 소리로 말하고."

조금 있다가 다크도 그들 쪽으로 왔고, 모두 인사를 나눌 수 있었다.

"저도 인간 세상을 조금 떠돌아다녀 봤는데, 모험자 분들치고는 꽤나 예의에 밝으시군요."

"아닙니다. 과찬의 말씀을……."

"그런데 이곳에는 무슨 일로? 이 일대는 공포스러운 블루 드래곤 키아드리아스의 영토인데, 혹시 드래곤 슬레이어(Dragon Slayer : 용 살해자)라도 되고 싶으시오?"

카렐이라고 자신을 소개한 엘프가 농담조로 말하자 시드미안이 미소 지으며 답했다.

"아닙니다. 드래곤 슬레이어야 꿈만 많은 몽상가들이 하는 소리고……. 혹시 그를 만나면 물어볼 말이 있어서요."

"드래곤에게 물어본다고요? 당신 제정신이오? 물어보기 전에 뱃속에 들어갈 게 뻔한데……."

"그래도 목숨을 걸고라도 물어봐야 할 게 있습니다."

"도대체 무슨 일인데 그러시오? 나도 젊었을 때는 제법 세상 여기저기를 돌아다녀서 약간은 도움이 될지도 모르겠소."

"그럼, 혹시 블루 드래곤에 뿔이 달려 있습니까?"

무슨 엄청난 거나 물어볼 줄 기대했는지 한참 흥미를 보이던 카렐이 웃음을 터뜨리며 대답했다.

"당연히 있죠. 드래곤 중에 뿔 없는 드래곤이 어디 있습니까? 그래 그거 알아보려고 목숨을 거셨소?"

"그건 아니구요. 블루 드래곤의 뿔은 몇 개인가요?"

"여기 살면서 몇 번 키아드리아스를 봤는데, 내가 봤을 때 분명히 하나였소. 이렇게 이마 중간에 뿔 하나가 길게 솟아 있죠."

그 말을 들은 시드미안은 실망한 듯 한숨을 푹 쉬었다.

"그럼 블루 드래곤도 아니군……."

"무슨 일인데 그러시오?"

"그럼 혹시 이렇게 생긴 짐승이 있는지 아십니까?"

카렐은 신탁에서 받았던 그림을 주의 깊게 들여다보았다.

"내가 알기로는 푸른색이 나면서 이렇게 생긴 짐승은 없소. 색깔을 무시한다고 해도 마찬가지지. 여행하면서 듣기로 레드 드래곤이 뿔이 3개라고 하지만 이런 식으로는 생기지 않았소. 이건 무슨 투구나 마신의 머리 모양 같군요."

"투구나 마신이라구요? 하지만 투구는 아닐 거고, 마신이라면……."

시드미안은 안토니에게로 시선을 돌리며 물었다.

"이보게 안토니, 마신 중에서 이렇게 생긴 마신이 있을까?"

"마신들이야 원체 숫자가 많으니까 그 생김새들을 기억할 수는 없죠. 하지만 모양이 꽤 다양하니까 어쩌면 이렇게 생긴 게 있을지도 모르겠습니다."

"좋아. 그럼 돌아가서 마신에 대해 연구를 해 보면 되겠군. 도움을 주셔서 감사합니다."

"그런데 무슨 일인데 그러시나요? 그대를 보아하니 꽤 수련을 쌓은 분 같은데……. 그냥 모험가나 할 분으로는 보이지 않는다 이 말입니다.”

 “예, 저희들은 드래곤 하트를 훔쳐간 놈들을 추격하는 중인데, 신탁으로 드래곤 하트의 행방을 물으니까 달랑 이런 그림이 나왔죠. 그리고 그놈들 중에는 뛰어난 흑마법사까지 있거든요. 그걸 보면 아무래도 이 그림이 마신일 가능성이 크겠군요.”

 “드래곤 하트라……. 정말이지 인간들이 가지기에는 너무 위험한 물건이군요.”

 “예, 드래곤의 마나가 집중된 것이니만큼 그게 나쁜 목적에 사용된다면 큰일이지요.”

 한참 얘기를 나누던 카렐은 저쪽에서 또다시 내공 수련을 하고 있는 다크를 보면서 말했다.

 “저 아이도 동료인가요? 동료치고는 너무 어리군요…….”

 “아주 뛰어난 동료였습니다. 디스라이크라는 저주에 걸려서 저 모양이 되었지만요. 실의에 빠져 한 달 정도 술독에 빠져 있다가 요즘 들어 다시 수련을 시작했죠. 대단한 정신력을 갖춘 검객이죠.”

 “후후, 디스라이크에 걸린 것치고는 꽤나 특이한 모습이군요. 그건 그렇고 대단한 젊은이네요. 저렇게 자연스레 마나를 다스릴 줄 알다니…….”

 “마나를 다스린다구요?”

 “그럼 그대는 그걸 못 느꼈단 말이요? 아주 미약한 양이지만 스스로의 통제에 의해 움직이고 있어요. 그러면서 외부에서 마나를 조금씩 흡수하여 그 덩어리를 키우고 있지요. 대단한 기술입니다. 나는 여태껏 저런 방식으로 수련하는 사람을 본 적이 없는데…….”

그 말에 시드미안의 얼굴에는 약간은 씁쓰레한 미소가 떠올랐다. 다크에 대해 그렇게 잘 아는 게 약간은 마음에 걸렸지만, 상대는 정령을 부리는 엘프니까 어쩌면 마나의 움직임에 특별히 민감할 수도 있기에 시드미안은 별 생각 없이 말했다.

"그럴 만할지도……. 저주를 받기 전에는 검 한 자루로 타이탄도 박살 냈던 엄청난 실력의 소유자였으니까요. 전쟁의 신전에 등록은 되지 않았지만 그때 그는 아마 마스터의 경지에 있지 않았을까 하고 생각했지요."

"서론이 길었던 것 같은데 여기 먹을 것도 좀 있으니까 식사라도 같이 하시겠소? 과일이나 채소뿐이지만……."

"아닙니다. 지금 동료들이 준비하고 있으니 같이 드시지요. 밖으로 나가시죠. 지금쯤 준비가 다 끝났을 겁니다."

"그럼 잠시만 기다리세요. 내 것도 가져올 테니……."

모두 죽 둘러앉아 카렐이 가져온 생과일과 과일 절임을 그들이 끓인 스프, 팬케이크와 함께 먹으며 얘기를 나눴다. 그 와중에 카렐은 여자답지 않게 퍼질러 앉아서 무표정하게 음식들을 씹고 있는 다크를 보며 말을 건넸다.

"그대는 누구에게 검을 배웠나요?"

"스승들에게서요."

"스승들이라고요? 그러면 당신의 스승들도 당신만큼 검을 다룰 줄 압니까?"

"아니요."

"흐음, 당신은 어느 나라 사람입니까?"

"나는 여기 사람이 아니에요. '송'이라고 불리는 아주 아주 먼

곳에서 왔지요."

"송? 들어 본 적이 없는데?"

"당연히 들어 본 적이 없겠죠. 여기와는 차원도, 시간도, 공간도 다른 곳이니까."

카렐은 경악하며 다시금 다크를 찬찬히 살펴보았다.

"그럼 당신은 이 세계 사람이 아니란 말이오?"

"예, 그렇게 봐야 별로 차이도 못 느낄 거예요. 그놈의 저주 때문에 겉모양이 바뀌었으니까."

"그렇다면 당신은 어느 정도 시간이 지나야 예전의 수준까지 올라갈 거라고 생각합니까?"

"10년 이내. 어쩌면 그보다 더 당겨질지도 모르죠. 여기는 내가 살던 곳보다 기…, 아니 마나가 더욱 충만한 곳이니까."

"그렇다면 겨우 10년 만에 마스터의 경지까지 오를 자신이 있다는 말입니까? 지금의 그 쓸모없는 육체로?"

"내 계산이 정확하다면요. 사실 그보다 더욱 앞당길 수도 있겠지만 지금 내 정신 상태로는 그건 목숨을 건 도박이라서 실행을 못하고 최대한 안전한 방법을 택하고 있을 뿐이에요. 급할수록 돌아가라는 말이 있거든요."

"놀랍군요. 그토록 빠른 시간에 마스터의 경지에 오를 수 있다니……"

"그건 내가 한 번 지나왔던 길이니까 그렇지요. 그건 그렇고, 당신의 진정한 정체는 무엇입니까?"

다크는 커다란 눈으로 상대의 눈을 쏘아보며 말을 이었다.

"내 눈과 천천히 다져지는 감각…, 그리고 느낌은 당신이 절대

평범한 인물이 아니라고 경고를 보내고 있어요. 엄청난 경지까지 검을 이해한 사람이라고 말하고 있지요. 안 그런가요?"
 카렐은 아직까지 미소를 지우지 않았다.
 "하지만 느낌은 종종 틀릴 수도 있지요."
 그러면서 그는 허리에 찬 고풍스런 검을 가리켰다.
 "이 녀석은 내가 오래전 세상을 떠돌 때 사용했던 겁니다. 하지만 그 이후로 이걸 써 본 적은 거의 없어요. 그때 배웠던 검술도 거의 다 잊어버렸구요."
 미소 띤 카렐의 얼굴을 잠시 바라보던 다크는 다시 스프를 먹기 시작하며 말했다.
 "검이란 것은 배우기도 어렵지만 잊어버리기는 더욱 힘들지요. 나도 배웠던 수많은 검술들을 완전히 잊어버리는 데 40년 정도가 걸렸으니까요."
 그 말이 끝나자마자 일행들은 모두 음식 먹기를 멈추고 다크의 예쁜 얼굴을 믿을 수 없다는 표정으로 바라봤다. 그중에는 먹던 게 목에 걸렸는지 기침을 심하게 하는 사람도 있었고, 어떤 이는 놀라서 입속에 있던 음식이 튀어나오기도 했다. 그런 와중에 카렐은 좀 더 짙은 미소를 띠며 말했다.
 "그대가 저주에 걸리기 전에 만났다면 더 좋았을 텐데……."
 다크도 방긋이 미소 지었다.
 "나 또한……."
 "그대의 나이는 몇 살이오?"
 "일흔둘. 그대는?"
 "420세라고 해 두지. 나도 잘 모르겠으니까……."

"대단히 오래 사셨군요."

"원래 엘프의 수명은 5백 년 정도니까 그렇게 오래 살았다고는 할 수 없지요……."

"그런데 내가 여기 와서 만난 그 어떤 인물보다 강한 무예를 소유하고 있으면서 왜 이곳에서 숨어 지내고 있죠?"

그러자 카렐은 빙긋이 미소 지었다.

"나는 결코 숨어 지내는 게 아니에요. 다만 추악한 인간들 근처에서 살고 싶지 않을 뿐……. 그 더러운 욕망과 추악한 심성을 그만큼 뼈저리게 느꼈으면 되었지, 더 이상 내가 인간 세상에 미련을 둘 필요는 없겠지요. 또 엘프는 자연과 함께 하는 것이 자연스러운 것이지 결코 은둔하는 게 아닙니다. 이 세상 거의 모든 엘프가 자연을 벗 삼아 살고 있으니까요."

"여기서 지내는 게 좋으시다니 다행이군요. 내가 알고 있던 어떤 선배도 그렇게 세상을 떠돌며 살았죠. 그의 경우는 과거 저질렀던 어떤 실수에 대한 사죄 같은 거였지만……. 어쨌거나 내가 아는 강자들은 이상하게 세상과 떨어져서 살기를 더 좋아하는군요."

"그도 당신만큼이나 강했나요?"

다크의 눈이 회상에 잠기듯 약간 몽롱해지며 살짝 미소를 띠었다.

"나보다도 더 강했죠. 단 한 번, 잠시 스쳐가듯 만났지만 그에게서 꽤나 많은 걸 배웠지요. 다음에 또 만날 수 있기를 바라고 있어요."

카렐은 그런 다크를 지그시 바라보다가 말했다.

"그러면 나중에 당신이 잊었던 무예를 되찾았을 때 나와 한번 비무를 해 주겠습니까?"

"예, 당신은 그럴 자격이 충분히 있어요."

그러자 카렐은 빙긋이 미소 지으면서 자신의 손가락에 끼고 있던 아름다운 푸른 보석이 박힌 반지를 빼내어 건네주었다.

"이건 내가 오래전 여행에서 얻은 거죠. 원래 나한테 별로 맞지 않는 반지였는데, 어쩌다 보니 내가 가지게 되었지요. 나중에 힘을 되찾으면 이게 필요도 없겠지만, 지금은 이게 당신을 지켜 줄 겁니다. 사양 말고 받아요."

은근히 권하는 통에 다크는 할 수 없이 그 반지를 받을 수밖에 없었다. 다크는 카렐의 굵은 손가락에 끼워져 있던 반지가 자신의 가느다란 손가락에 끼워지자, 잠시 빛을 내더니 곧이어 자신의 손가락에 딱 맞게 줄어드는 것을 보고 이게 마법 반지라는 걸 알았다.

"그 녀석의 이름은 아쿠아 룰러(Aqua Ruler : 물의 지배자). 그 녀석을 잘못 사용하면 그대의 목숨이 사라질 수 있지만, 그대가 그런 사악한 인물이 아니라고 믿고 주는 것이니, 그 반지를 사용해야만 할 때는 꼭 세 번 생각하기를 바랍니다. 지금 그대의 힘으로는 그걸 사용할 수 없어요. 그러니 그냥 끼고만 있으면 나머지는 그 녀석이 알아서 해 줄 겁니다."

아쿠아 룰러라는 말이 나오자 그 말이 뜻하는 걸 알고 있는 몇 명의 입이 쩍 벌어졌다. 그것은 무한한 힘의 상징이었기 때문이다. 하지만 그런 걸 모르는 다크는 잠시 생각해 보더니 말했다.

"그럼 제 힘을 찾을 때까지만 빌릴게요. 내 힘을 되찾았을 때 그때는 이걸 돌려드리겠어요. 사실 그때쯤 되면 이건 필요가 없어질 테니까요."

다크의 말을 들은 카렐은 미소 지으며 말했다.

"내가 주인을 꽤 잘 찾아준 것 같군. 그럼 그때 되돌려 받기로 하지요."

그들은 그곳에 더 이상 있을 이유도 없었고, 또 해야만 하는 일이 있었기에 기억에 남을 만한 아침 식사를 끝낸 후 카렐과 작별을 하고 서둘러서 산을 내려갔다.

카렐과의 대화에서 그 그림의 주인공이 아무래도 마신일 가능성이 높아진 이상 마법에 대한 연구가 잘 되어 있는 알카사스에서 그에 대한 단서를 찾아볼 생각이었다.

빨리 돌아가기 위해 점심은 건조 식량으로 때우면서 길을 재촉했다. 밤이 되어 식사를 끝내고 모닥불 가에 쭉 둘러앉자 곧 다크가 받은 반지에 대한 얘기가 터져 나왔다. 그 이야기의 시발점은 시드미안이 끊었다.

"다크."

"왜요?"

"카렐이 엄청난 실력의 검객인 건 어떻게 알았지? 나도 눈치 채지 못했는데……."

"그야 당연하죠. 엄청나게 높은 경지까지 올라가면 자신이 가진 마나를 몸속 깊이 숨겨서 밖으로 드러내지 않죠. 그냥 보면 평범하게 보여요. 나도 오랜 시간 수련을 하며 쌓은 경험에 의한 것일 뿐……. 꼭 뭐라고 집어서 말할 수는 없군요."

그러자 팔시온이 물었다.

"아까 그 말 정말이야? 일흔두 살이라는 거."

"정말이에요."

"이야! 그렇다면 여기 있는 사람들 중에서 최고 고령자가 가장 어리게 보이는 소녀로군. 그건 그렇고 이렇게 되면 내가 말을 높여 불러야 할까요, 다크 어르신?"

그러자 다크가 낮은 소리로 웃으면서 말했다.

"킥킥, 그따위 소리 하지 말고 같이 놓자. 그렇게 덩치 큰 인물이 나한테 높임말을 쓰면 다들 미쳤다고 생각할 거야. 아니면 나를 귀족쯤으로 생각하겠지. 하여튼 둘 다 내가 원하는 건 아니야."

"그도 그렇네. 하기야 엘프들은 1백 살이 다 되어 가지고 세상에 나오면서 스무 살 정도의 외모를 가지지만, 그들이 모험가들과 파티가 되었을 때 모험가들이 엘프에게 존댓말 쓰는 거 본 적이 없으니 뭐 그렇게 하지. 또 갑자기 존댓말 쓰자니까 거북하고······."

"그런데 어떻게 일흔두 살의 나이에 20대 중반 정도의 외모를 가질 수 있었지? 나는 아무리 생각해도 그게 이해가 안 가는데······?"

"내가 예전에 살던 곳에서는 '화경'이란 단계에 들어가면 체내에 쌓인 그 엄청난 마나로 육체를 완전히 젊게 바꿀 수 있지. 화경이 검강을 뿜어낼 수 있는 단계니까 아마 이쪽의 마스터하고 같은 무예 수준일 거야. 혹시 마스터라고 불리는 사람을 본 적 있어?"

그러자 모두 고개를 가로 저었다. 마스터란 존재는 이 세상에 열두 명 정도가 생존해 있을 뿐인, 정말이지 지고무상의 존재였기에 그들과 만날 가능성은 평생 길거리를 가다가 1만 골드를 주울 확률보다 낮았다.

"아마 그들도 나처럼 젊은 육체를 가지고 있을 거야. 또 몸속에 쌓인 마나의 양이 많다면…, 그러니까 지금 시드미안 정도의 양만 있다면, 어느 정도 기술만으로도 노화를 막을 수 있어. 노화를 억누르는 것은 마나만 많다면 결코 어려운 게 아니니까."

그러자 솔깃해진 시드미안이 관심을 보였다.

"그 기술 나한테 좀 가르쳐 줘."

다크는 씩 웃더니 고개를 저었다.

"그래 봐야 겉모습뿐이야. 근골의 노화는 똑같이 진행되니까 말짱 헛거야. 대신 너희들이 말하는 마스터부터는 다르지. 그때 완전히 몸이 새로 재구성되는 '환골탈태'라는 걸 경험하게 되는데, 그걸 여기 말로는 잘 모르겠어. 그걸 거치면 어거지로 노화를 억누르는 게 아니라 진짜로 몸이 젊어진다고.

여기서는 마나를 이용한 여러 가지 기법들이 발달되지 않은 것 같은데, 그들 정도 경지까지 올라갔다면 그따위 기법은 필요 없이 저절로 몸이 젊어지게 돼 있어."

미카엘은 그 말을 듣고는 놀란 표정을 지었다.

"정말 대단하군. 나는 마스터라면 엄청나게 늙은 인물인 줄 알았더니…, 그게 아닐 줄이야. 앞으로는 젊어 보이는 사람들한테도 조심해야겠어."

"그건 그렇고 다크 너, 그 아쿠아 룰러가 뭐 하는 반지인 줄 알고 있는 거냐?"

시드미안의 물음에 다크가 고개를 가로젓는 걸 보면서 지미가 궁금한 듯 말했다.

"우리들한테도 말해 줘요. 우리들도 그게 뭐 하는 건지 잘 모르니까."

시드미안이 쭉 주위를 둘러본 후 말했다.

"내가 설명하기는 좀 그러니까 전문가인 안토니가 설명해 주게."

"예, 그러니까 아쿠아 룰러는 물의 지배자. 물을 지배하는 강력한 마법 반지죠. 전설에 따르면 물의 정령왕 나이아드(Naiad)의 힘이 봉인되어 있다고 전해지는 봉인 반집니다. 그 힘을 모두 끌어내면 폭우를 부를 수 있다고 전해지는 엄청난 물건입니다."

안토니의 설명이 채 끝나기도 전에 라빈이 물었다.

"그런데 정령왕이 봉인되어 있다면 이 세상에 물은 없어야 되잖아요. 또 홍수도, 비도 없어야 하는데 왜?"

"아, 그건 라빈 네가 잘못 알고 있는 거야. 말이 봉인이지 사실은 봉인이 아니거든. 이 세상에 정령을 봉인할 수 있는 물건은 없어. 정령과 계약을 맺을 수 있을 뿐이지. 저 아쿠아 룰러를 통해 나이아드는 자신의 힘을 원하는 자에게 주겠다고 계약을 맺었을 뿐이지. 그러니까 결론은 저 아쿠아 룰러가 곧 나이아드고 나이아드가 곧 아쿠아 룰러가 되는 거야. 언제라도 아쿠아 룰러를 매개체로 나이아드를 불러낼 수 있으니까 말이야. 아마도 카렐이 한 말은 아쿠아 룰러 자신이 파괴되지 않도록, 또는 그걸 가진 자를 어느 정도 수준까지는 지켜 준다는 계약도 있는 모양이지. 그러니까 저걸 가지고만 있어도 어느 정도 힘이 되어 줄 거라고 하는 거지."

지미가 믿을 수 없다는 표정으로 고개를 갸웃거렸다.

"하지만 아쿠아 룰러가 그렇게 막강한 힘을 가지고 있을까요?"

"아무렴. 과거 저걸 이용해서 도시 하나가 완전히 물속에 잠긴 일이 있었지. 하지만 그 후로 거의 3백 년간 이 세상에 모습을 드러내지 않았는데……. 설마 카렐이 그 사건의 주인공은 아니겠지?"

 안토니가 농담 삼아 뒷얘기를 하자 가만히 듣고 있던 미디아가 말했다.

 "어쩌면 카렐이 그 나쁜 놈을 죽이고 그걸 빼앗았는지도 모르죠. 카렐이 말했잖아요. 나쁜 일에 쓰면 목숨이 날아간다고……."

 언제 끝날지 모르는 대화가 계속 이어지자, 시드미안이 손을 저으며 일행의 대화를 끊었다.

 "그럴지도 모르겠군. 어쨌든 그만 자자. 내일도 엄청나게 걸어야 하니까."

『〈묵향6 : 외전 - 다크 레이디〉에서 계속』

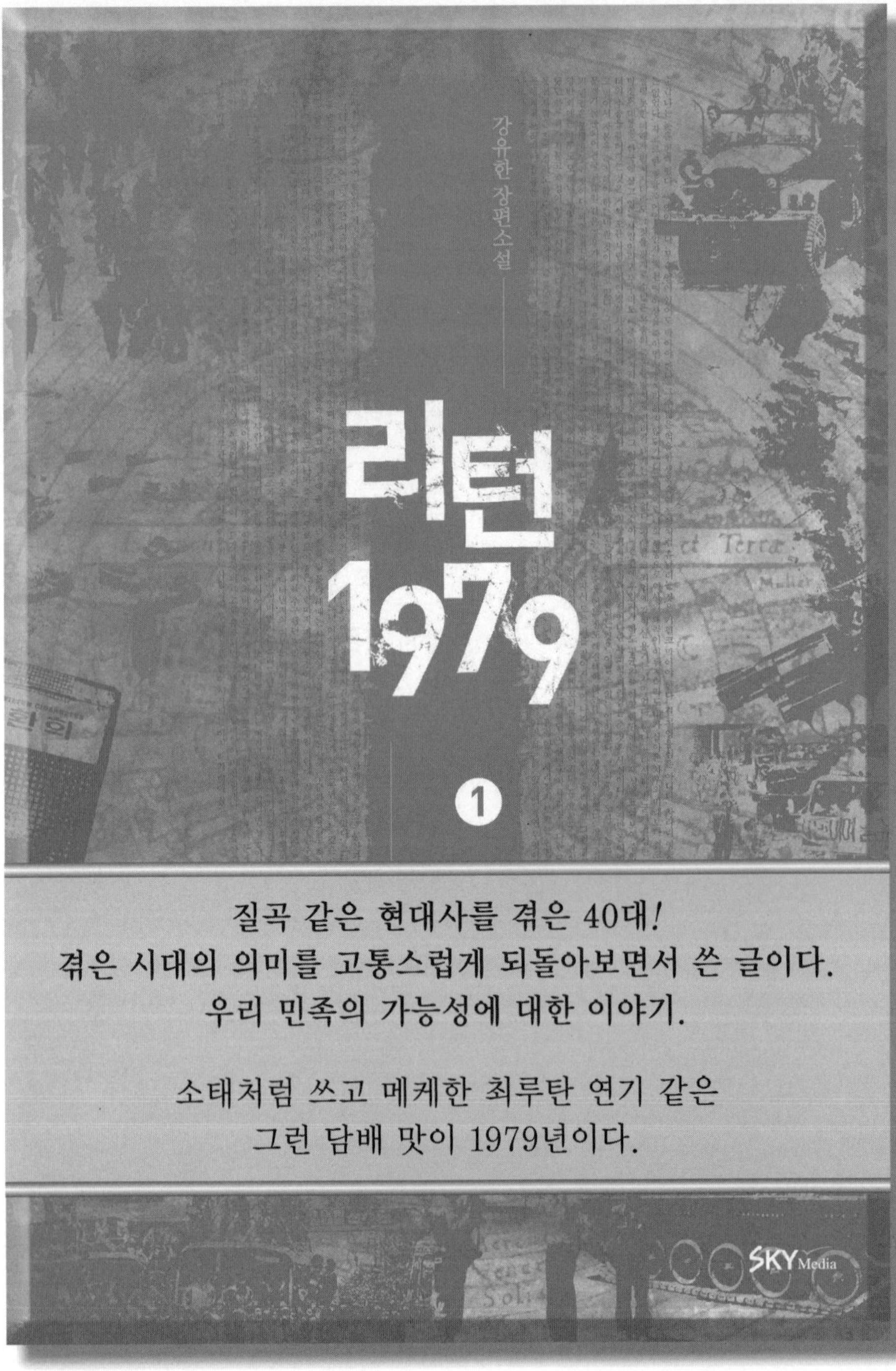

강유한 장편소설

리턴 1979

①

질곡 같은 현대사를 겪은 40대!
겪은 시대의 의미를 고통스럽게 되돌아보면서 쓴 글이다.
우리 민족의 가능성에 대한 이야기.

소태처럼 쓰고 메케한 최루탄 연기 같은
그런 담배 맛이 1979년이다.

강유한 지음 / 1~10권 발간

조선을 바꿀 실용대왕이 나타났다!

과연, 내가 과거로 간다면 이 땅에 정의를 실현하기 위해서
내 자신을 희생하면서 그러한 일들을 할 수 있을 것인가라는
의문에서부터 이 글은 시작된다!

이후 지음 / 1~2권 발간

동아시아 WW2

김도형 장편소설

① 오욕의 시간 속으로

동아시아의 진정한 주인은 누구인가!

나는 저 만주와 연해주를 되찾을 날이 꼭 올 것이라 믿는다.
꼭 그래야만 한다. 이미 한반도는 좁아도 너무 좁다.
다시 한 번 대륙을 호령하는 그 날이 오기를 기대하며……

김도형 지음 / 1~5권 발간

EMPIRE of DREAM

꿈의 제국 ①

너도 역사장편소설

우리 대한의 영토는 어디까지인가?
세종대왕의 애민! 애국! 부국강병!

옛 조선의 영토 수복과 민족 대통합의 역로.
세계 최대 제국을 이룩하기 위한 장현과 우리 선조들의 대 로망!

SKY Media

너도 지음 / 전 5권 발간